1

Vertige D'amour

Il fulmine vertigini

La

Légende

D'Issam

TOME III

L'engagement

Un roman d'amour

D'une famille d'Italie & du Moyen-Orient

Sur plusieurs générations.

Le pouvoir, l'ambition, la fortune, la beauté.

Riches et puissants, tout leur réussi.

FAMILLE FALCOLLINI

Alessandro (1957)

Sofia Soberini-Falcollini (1959)

Sandro (1980) Valentina sa maman

Enzo, le grand-père (1914)

Lucia, la grand-mère (1918)

Paolo, le père (1937)

Ana, la mère (1938)

Alessandra Falcollini-Tassini, la tante
(1937)

Ricardo Tassini époux d'Alessandra
(1935)

Leurs enfants

Ricardo (1957)

Monica Velanichi (1959)

Leurs enfants

Francesca (1977)

Damien (1983)

Regina (1960)

Vittorio (1962)

Tommaso, l'oncle, frère de Paolo (1940)

Nahiba, l'épouse de Tommaso (1946)

Leurs enfants

Aba (1975)

Bellay (1977)

Lola (1980)

Fiona, la cousine, fille de Tommaso (1960)

Luigi, le parrain, frère de Paolo (1944)

Isabella Soberini (1945), la compagne de
Luigi

Leurs enfants

Matteo (1978)

Laora (1978)

Bergame

Mai : mille neuf cent cinquante-sept

À une heure de Milan, naquit Alessandro Falcollini, fils unique de riches parents italiens possédant des centaines d'hectares de forêts.

Son père, Paolo Falcollini, un homme à fort caractère, avait repris la scierie familiale avec son copain d'enfance Leonardo Soberini. Ana la mère d'Alessandro, une magnifique brune, travaillait avec les deux hommes. Ils habitaient une vieille et grande ferme rénovée, propriété de la famille depuis deux descendances, avec des domestiques à leur service.

Depuis les chambres, on avait une vue sur un beau parc majestueux à en couper le souffle, où travaillaient plusieurs jardiniers.

L'arrière-grand-père Falcollini avait acheté une partie des terres et fait construire la ferme. L'autre partie était acquise par l'arrière-grand-père Soberini.

La séparation entre les deux terres était un immense lac qui appartenait conjointement aux deux hommes. Ils avaient fait fortune ensemble dans le monde agricole.

Quelques années plus tard, Enzo le grand-père d'Alessandro avait construit, des annexes en bois pour les membres du personnel et leurs familles : des logements confortables pour les ouvriers et les bûcherons.

Paolo Falcollini avait fait bâtir une écurie avec plusieurs boxes où abritaient de très beaux étalons arabes. Cet homme fougueux livrait une grande passion pour les purs sangs du Moyen-Orient. Il avait transmis cet amour à son fils Alessandro et à sa nièce Fiona. La petite fille était née trois ans après son cousin, en *juillet mille neuf cent soixante*.

Alessandra, la sœur jumelle de Paolo vivait à Rome avec son époux Ricardo Tassini un grand joaillier issu d'une grande famille riche et leurs trois enfants : deux garçons et une fille. Ricardo junior, Regina et Vittorio.

Leur création était reconnue dans le monde entier, ainsi que des boutiques à leur emblème.

Tommaso, était propriétaire d'une clinique à Dakar avec son épouse Nahima. Le couple avait trois enfants. Depuis quelques temps, il avait repris contact avec son frère Luigi. Néanmoins, pour le moment, il ne souhaitait pas revenir en Italie : la trahison de Paolo l'avait terriblement affecté.

Luigi, le benjamin vivait à Paris avec Isabella Soberini son amour de jeunesse. Il avait ouvert son agence de mannequin en France et s'offrait les services de sa compagne en tant que la plus prestigieuse étoile sur les podiums.

Le couple était dans la mode depuis plusieurs années. Ils vivaient pleinement leur réussite et leur bonheur d'être ensemble.

À vingt-sept ans Alessandro Falcollini était le plus chanceux des hommes. En rendant visite à son oncle Luigi aux États-Unis, il avait enfin retrouvé Valentina Soberini sa jeune voisine qui trois auparavant lui avait naturellement offert sa virginité. Après la découverte d'un fils, sa vie était pleine d'allégresse. Toutefois, il souhaitait découvrir qui était derrière cette discorde avec la femme de sa vie : la mère de son fils Sandro.

Après un illustre week-end puis un réveillon mémorable Fiona Falcollini à vingt-quatre ans, était malheureuse de sa séparation avec Nadir al-Quatir le grand copain d'Alessandro. Fiona en voulait à la terre entière : particulièrement à son cousin Alessandro, qui avait occasionné cette séparation. Puis à Nadir de l'avoir laissé pour aller retrouver sa maitresse à Paris.

Ricardo Tassini à vingt-sept, fiancé à la riche héritière Laurence de la Grillère, vivait depuis deux ans à New York avec Monica Velanichi son grand amour de jeunesse.

Après des années de séparation et de peines, le jeune couple avait repris un nouveau départ. Un petit garçon Damien un an, avait renforcé leur amour. Ricardo et Monica envisageait de nombreux enfants.

Regina Tassini vingt-quatre ans vivait à New York pour ses études dans la finance. Depuis plusieurs mois elle fréquentait Loukas Luonidas un riche héritier grec.

Le jeune couple comptait se fiancer dans un an en Italie.

Vittorio Tassini à vingt-deux ans quant à lui continuait ses études de médecine à Rome. Il sortait avec une suédoise Brigit, une étudiante en médecine.

Les ouvriers de la ferme Falcollini

Hector Ortiz (1933) chef d'équipe de la scierie.

Antonia Ortiz (1935) institutrice.

Leurs enfants.

Enrique (1955)

Maribel (1959)

En mille neuf cent cinquante-trois, Hector et Antonia arrivaient de Barcelone en Espagne. Tout jeune marié, le couple avait décidé de partir vivre en l'Italie. Le jeune homme était ébéniste et très adroit de ses mains, sa jeune épouse était institutrice. Ils étaient arrivés à Bergame à une heure de Milan, devant une immense ferme. Enso Falcollini leur avait offert le repas et une chambre pour la nuit.

Le lendemain le maitre des lieux leur avait proposé du travail. Le couple heureux de cet accueil chaleureux avait accepté avec beaucoup d'enchantement.

Quelques mois plus tard, Hector travaillait à la scierie. Antonia qui parlait bien l'italien enseignait depuis peu à l'école du village. La jeune femme était enceinte de leur premier enfant.

Leur petit garçon, Enrique était né à la ferme Falcollini. Quatre ans plus tard naquit une jolie petite fille prénommée Maribel.

Enrique vingt-neuf ans était médecin. Il se mariait dans l'année à Bergame avec Carmen la jeune espagnole qu'il avait connu pendant ses études à Madrid.

Le jeune couple venait s'installer à Bergame : Enrique reprenait le cabinet médical de la ville. Quant à la jolie Carmen elle cherchait du travail comme secrétaire comptable.

Maribel à vingt-cinq vivait en Espagne chez ses grands-parents. Elle était étudiante dans une université. Elle souhaitait enseigner plus tard les mathématiques.

FAMILLE VELANICHI

Raffaello (1955)

Violetta (1957), la compagne de Raffaello

Leurs enfants

Ugo (1978)

Carla (1982)

Daniello (1957)

Monica (1959)

Ricardo Tassini (1957), le compagnon de
Monica

Leurs enfants

Francesca (1977)

Damien (1983)

Marco (1961)

Raffaello Velanichi ce bel homme de vingt-neuf gagnait parfaitement bien sa vie : son affaire était florissante. Violetta Franchini sa magnifique compagne travaillait souvent avec lui. Le couple était parent de deux enfants. Ugo et Carla. Ils essayaient de revenir une fois par an à Bergame chez leur famille italienne qui leur manquait terriblement.

Le célibataire Daniello Velanichi vingt-sept vivait à Florence dans un très bel appartement. Il se faisait un nom au milieu des architectes paysagistes. Il travaillait avec des promoteurs et généralement avec son bon copain Alessandro Falcollini. Il venait régulièrement rendre visite à Paolo et Enzo Falcollini.

Monica Velanichi à vingt-cinq s'éclatait dans son métier de photographe. Elle était pressée d'obtenir le diplôme de joaillière pour pouvoir travailler en collaboration avec le père de ses enfants qu'elle aimait plus que sa vie.

Marco vingt-trois ans était le benjamin de la famille. En étudiant pour devenir vétérinaire, il travaillait aux écuries Falcollini. Depuis un an, il fréquentait avec sa voisine Analysa Soberini.

FAMILLE SOBERINI

Valentina (1959)

Le fils

Sandro (1980) Alessandro son papa

Valentino, le grand-père (1915)

Juliana, la grand-mère (1918)

Leonardo, le père (1937)

Luisa, la mère (1940)

Les sœurs

Sofia (1959)

Alessandro Falcollini (1957) l'époux de Sofia

Le fils d'Alessandro

Sandro (1980)

Juliana (1962)

Analysa (1965)

Luciano, l'oncle, frère de Leonardo (1940)

Daniela, la tante, sœur de Luisa (1942)

Les cousins

Luca (1960)

Angelo (1962)

Carla (1962)

Ugo (1964)

Isabella, la marraine, sœur de Leonardo (1945)

Luigi Falcollini, le compagnon d'Isabella (1944)

Leurs enfants

Matteo (1978)

Laora (1978)

Juillet : mille neuf cent cinquante-neuf

Valentina Soberini vint au monde avec sa sœur jumelle Sofia à Bergame. Juliana naquit trois ans après, au mois de septembre, suivie d'Analysa trois ans plus tard, au mois d'octobre.

Leur père, Leonardo Soberini, était un très bel homme, ses filles avaient hérité de ses beaux yeux bleus et son teint caramel. Il était associé à son grand copain Paolo Falcollini à la scierie et grand producteur de fruits, sur une centaine d'hectares de terre avec son épouse, Luisa, une magnifique blonde au caractère entier.

Son frère Luciano Soberini vivait à Florence en Toscane où il cultivait du raisin sur des centaines d'hectares. Il était marié à Daniela, aussi belle que sa sœur Luisa, l'épouse de Leonardo.

Quatre enfants étaient nés de cette union, trois garçons et une fille, Luca, Angelo, Carla et Ugo. Tout comme leurs cousines, ils avaient hérité de la beauté de leur père avec leurs yeux bleus et ce teint caramel.

Isabella Soberini, la jeune sœur de Leonardo, vivait à Paris avec Luigi Falcollini, le plus jeune frère de Paolo.

Leonardo et Luisa habitaient avec les grands-parents Valentino et Juliana Soberini, dans leur grand domaine familial voisin à celui de la famille Falcollini.

Le lac séparait les deux habitations. Au loin de grandes collines avec leurs arbres fruitiers étaient à perte de vue. Tout comme son voisin l'arrière-grand-père avait bâti ce domaine.

Des années plus tard des annexes étaient bâties pour le personnel par Valentino le grand-père.

Leonardo Soberini avait transmis sa passion des chevaux à ses filles, et avait fait construire des écuries. Valentina, Sofia, Juliana et Analysa étaient de très grandes cavalières.

Valentina vingt-cinq ans vivait pleinement son amour avec Alessandro et son petit garçon Sandro de trois ans à New York. Elle attendait des jumeaux pour le mois de mars.

Quant à Sofia sa sœur jumelle en passant une seule nuit avec Paul de Dolran le grand copain de son mari Alessandro, attendait son premier enfant. Cependant, elle ne savait pas comment gérer cette situation : ne pas décevoir Luisa, sa mère adorée.

Juliana à vingt-deux ans vivait à Milan. La jeune femme était étudiante en médecine. Elle aimait les enfants et comptait être pédiatre à la fin de son internat. Depuis quelques mois elle avait une relation intime avec son patron ; le grand pédiatre Patricio Belinassi.

Analysa à vingt ans habitait à deux rues de l'université de médecine dans un appartement à Bergame avec deux copines Julia et Francesca. Elle était en deuxième année de kinésithérapie. La jeune femme amoureuse de Marco Velanichi sortait avec lui depuis un an. Ils comptaient se fiancer et se marier d'ici deux ans.

Luca à vingt-quatre ans le fils ainé de Luciano et Daniella Soberini était interne en médecine à l'université de Seattle. Le jeune homme s'était fait beaucoup d'ami dont un prince du Moyen-Orient. Khalid al-Quatir.

Angelo à vingt-deux ans n'était pas fait pour les grandes études. Il travaillait la terre depuis deux ans avec son père. Il comptait plus tard reprendre la grande exploitation de ses parents. Ce qui rendait Luciano Soberini fier de lui. Il lui apprenait les corps du métier avec passion. Le jeune homme avait racheté des hectares de terre d'oliviers et reprit les ouvriers de l'exploitation voisine de ses parents pour la fabrication d'huile d'olive.

Carla à vingt-deux, la sœur jumelle d'Angelo, faisait des études de médecine à Milan avec sa cousine adorée Juliana. Les deux jeunes femmes avaient les mêmes gouts : Faire la fête avec les copines, suivre la mode et collectionner les plus beaux hommes de l'hôpital.

Ugo à vingt ans vivait au domaine avec ses parents et son frère Angelo. Tout en étudiant le droit pour devenir avocat, il était comptable à l'exploitation familiale.

Matteo et Laora six ans les enfants de Luigi Falcollini et Isabella Soberini étaient la fierté de leurs parents. Ce petit garçon et cette petite fille, avec leur beauté et leur savoir-faire, faisaient déjà les mannequins pour les collections de prêt à porter pour enfants.

Leur bel avenir était tout tracé.

Les ouvriers du domaine Soberini.

Mauricio Franchini, arboriculteur (1930)

Carlita Franchini, cuisinière (1931)

Leurs filles

Violetta (1957)

Raffaello Velanichi (1955) le compagnon de
Violetta

Leurs enfants

Ugo (1978)

Carla (1982)

Florentina (1959)

En mille neuf cent soixante-trois, Mauricio et
Carlita arrivèrent de Florence en Toscane avec
leurs deux petites filles de six et quatre ans.
Leonardo engagea le jeune homme qui avait
son diplôme d'arboriculteur en fruit et sa jeune
épouse comme cuisinière, avec un très bon
salaire pour le couple. Leurs deux fillettes

Violetta et Florentina étaient deux très jolies blondinettes aux beaux yeux bleus.

À leur arrivée, elles avaient été très intimidées par tous les enfants de la ferme et du domaine. Mais très vite elles s'étaient faites des copains. Elles aimaient beaucoup la compagnie des garçons : comme Enrique Ortiz, les deux frères Raffaello et Daniello Velanichi et Alessandro Falcollini.

Au fil des années, l'ainée Violetta tombait amoureuse de Raffaello. Quant à la cadette elle était attirée par Daniello.

Violetta vingt-sept ans vivait toujours à Paris avec Raffaello Velanichi. Ensemble ils étaient propriétaires d'une pâtisserie. Ils étaient parents d'un petit garçon Ugo six ans et une petite fille Carla deux ans.

Florentina, une jolie jeune femme de vingt-cinq ans, était infirmière à l'hôpital de Bergame. Elle logeait chez ses parents en entendant de gagner sa vie et de se trouver un appartement. Toujours seule, elle rêvait de rencontrer un jour le grand amour.

Paquita Ortiz, femme de ménage (1940)

Mille neuf cent soixante-trois, la femme de ménage du domaine Soberini commençait à prendre de l'âge. Hector Ortiz fit venir sa sœur Paquita à Bergame. La jeune femme de vingt-trois ans remplaça la vieille dame. Cette jeune Espagnole avait été renvoyée par la propriétaire du château : là où elle exerçait comme femme de ménage.

Paquita avait de bonnes qualités : travailleuse et disposée, mais un défaut, elle était légère : elle aimait les hommes.

C'était une jolie jeune femme aux cheveux châtains et des yeux de biche couleur noisette. Paquita adorait se faire courtiser par le sexe masculin, ce qui agaça Luisa Soberini. Cette dernière n'affectionnait pas cette jeune femme qui aguichait son mari.

Leonardo riait de la jalousie de sa femme Luisa. Elle n'avait aucun souci à se faire. Malgré le fort caractère de son épouse, il aimait plus que sa vie.

Paquita était toujours au service du domaine Soberini.

Pendant des années, la jeune femme fut la maitresse d'Octavio Velanichi. Depuis l'histoire de la détention de ses propres enfants Marco et Monica, et la fuite de cet homme dont elle était amoureuse, Paquita n'avait plus de nouvelles.

Cela l'avait beaucoup affecté de savoir qu'elle faisait l'amour avec un homme aussi rustre et sauvage que lui.

Avec du recul Paquita se posait souvent la question : Octavio n'était-il pas responsable de la mort de sa femme Francesca.

Aujourd'hui Paquita et son beau voisin Karl Schneider le père de Paola, s'aventuraient dans une toute nouvelle relation amoureuse.

Karl Schneider, contrôleur en fruit (1935)

Sa fille

Paola (1960)

Mille neuf cent soixante-trois, Karl un jeune Allemand se présenta au domaine Soberini, une valise à la main, sa fille Paola de trois ans dans les bras.

Valentino, le père de Leonardo l'accueillit chaleureusement. Le grand-père reconnaissait le jeune homme : leur nièce avait envoyé une photo de leur mariage. Bettina était la fille de la sœur de son épouse Juliana. La jeune femme avait rencontré Karl pendant une saison au domaine. Sans le consentement de ses parents, elle avait suivi le jeune homme jusqu'en Allemagne. Le jeune couple s'était marié en douce juste avec deux témoins.

Un an après la petite Paola avait renforcé le bonheur de Karl et Bettina. Malgré cela plus tard leur joie s'effondrait : Bettina était tombée gravement malade.

La jeune femme avait envoyé une lettre à sa famille les suppliant de lui pardonnés d'avoir suivi l'homme qu'elle aimait. Bettina leur avait demandé d'accueillir son époux bien-aimé et leur fille chérie chez eux en Italie.

Après l'enterrement de son épouse adorée le jeune homme avait respecté son choix : vivre avec sa famille italienne.

Karl était un jeune homme meurtri, depuis son enfance, il avait été trimbalé de famille en famille, sa mère étant violée pendant la guerre, l'avait abandonné à la naissance.

Avant de rencontrer Bettina, il était resté en Allemagne avec espoir de rencontrer celle qui l'avait mise au monde.

Aujourd'hui Karl et sa belle voisine Paquita Ortiz la sœur d'Hector, s'aventuraient dans une toute nouvelle relation amoureuse.

Paola à vingt-quatre ans cohabitait toujours en colocation avec Fiona, Carlotta et Fabiola. Elle était médecin interne à l'hôpital de Milan tout comme sa voisine et grande copine Fiona Falcollini. Dans cinq, elle réaliserait son rêve de devenir gynécologue obstétricienne.

FAMILLE AL-QUATIR

<u>Nadir (1956)</u>

Issam, le grand-père (1912)

Layla, la grand-mère (1910)

Hassan, le père (1932)

Naïba, la mère (1934)

Les frères et sœurs

Maher (1954)

Jamil et Djamila (1958)

Sami (1960)

Khalid (1962)

Bahir (1964)

Layla (1967)

Salimar

À des milliers de kilomètres d'Italie, Nadir naquit à Salimar une petite principauté du Moyen-Orient, deux ans après son frère Maher. Tous les deux ans, naissaient des princes, les jumeaux Jamil et sa sœur Djamila, Sami, Khalid et Bahir. Trois ans plus tard naquit la petite dernière la princesse Layla.

Hassan al-Quatir, prince de Salimar, était médecin, un homme d'affaires redoutable et grand éleveur d'étalons arabes. Il avait fait de sa principauté une grande richesse : des palaces, des boutiques, des restaurants, une clinique à son nom ainsi que de belles industries. Hassan comptait communiquer son savoir-faire à ses fils adorés.

Son épouse Naïba, une magnifique brune aux yeux dorés, était une princesse d'un pays voisin. Elle lui avait donné huit enfants.

33

À la naissance de leur dernière fille Layla, Naïba était tombée malade. Depuis, elle vivait dans un établissement médicalisé, tout près du palais.

Hassan partait deux fois par jour rendre visite à sa tendre épouse. Il n'avait jamais eu d'autre femme que Naïba. Il était un exemple pour ses huit enfants. Cet homme avait deux belles qualités ; la fidélité envers son épouse et l'amour pour ses enfants. Il espérait élever ses huit héritiers avec toute l'affection que Naïba aurait pu leur donner.

Les huit princes al-Quatir devaient suivre le protocole : se marier avec des souverains de pays voisins. Depuis leur naissance ils avaient déjà leurs épouses ou époux choisis.

Depuis la séparation de deux êtres chers, leur grand-père Issam s'était éloigné de sa famille pour pleurer et prier dans le désert. Il avait rejoint un groupe de nomades, laissant seul un fils adoré, mais une épouse mal aimée. La grand-mère Layla, une femme autoritaire vivait avec son fils Hassan et ses huit petits-enfants au palais. Elle adoptait le rôle de Naïba la maman, auprès de ces enfants.

Maher à trente ans avait pris ses fonctions en tant que cardiologue, à la clinique familiale à la principauté de Salimar. Il était marié à Razzia sa promise. Il avait tiré un trait sur sa vie à Genève et à son amour pour Caroline Pilorié. Depuis sa nouvelle vie, il n'avait plus de nouvelle de la jeune femme.

Nadir à vingt-huit ans ne savait plus où il en était de ses sentiments. La femme dont il était tombé fou amoureux lui était interdite. Fiona Falcollini la sublime rousse, dans laquelle il avait ressenti « *il fulmine vertigini* ». Jamais il n'aurait songé être foudroyé par ce vertige inattendu.

Après cette brutale rupture avec sa sublime Fiona, aujourd'hui, sa vie serait tout écrite. Il prendrait la princesse Samia pour épouse, il se consolerait dans les bras de Nelly et la très belle rousse, restera un mémorable souvenir. Malgré tout, son cœur saignera de ne plus l'apercevoir.

Jamil à vingt six résidait à Paris. Tout comme ses deux frères ainés Maher et Nadir, le jeune prince était interne en médecine. Dans quatre ans il endosserait ses fonctions de chirurgien à la clinique familiale al-Quatir de la principauté. En entendant de se marier à son tour avec la princesse Orazia la jeune sœur de la princesse

Razzia la jeune épouse de Maher, était l'amant de la jeune starlette Vicky Hault.

Djamila la sœur jumelle de Jamil faisait ses études de médecine à la principauté de Salimar. En tant que princesse, elle n'avait pas la même liberté que ses frères. Dans trois ans la jeune femme rejoindrait la clinique familiale al-Quatir auprès de son frère ainé Maher comme médecin ophtalmologiste.

À vingt-quatre ans Sami cohabitait dans le même appartement que son frère Jamil à Paris, pour des études de médecine lui aussi. Depuis un an, le jeune prince se faisait soigner pour un cancer des testicules.

Cela faisait deux ans que Khalid vingt-deux ans étudiait à Seattle. Il s'était fait des amis dont un italien : Luca Soberini le cousin de Valentina.

Bahir à vingt ans et Layla à dix-sept ans demeuraient au palais avec leur père Hassan. Bahir étudiait dans une école de vétérinaires.

CHAPITRE I

Paris

Mille neuf cent quatre-vingt-quatre

Le lendemain du réveillon, Nadir avait appelé de son jet Nelly pour sa venue à Paris. Le couple envisageait d'acquérir ensemble un club privé.

Dans la matinée, une hôtesse de son avion privé avait loué, une Porche pour Nadir, qui l'attendait au parking privé de l'aéroport Paris-Le Bourget. Une heure plus tard, il entra dans un appartement au septième arrondissement de Paris : le quartier Champs de Mars. Le prince avait acheté ce lieu pour son ancienne maitresse dont il possédait encore un jeu de clés.

Nadir s'installa sur le grand canapé d'angle de cuir blanc et prit un journal sur la petite table en verre. Nelly surgit de sa chambre habillée d'un déshabillé transparent blanc.

« Tu es déjà là mon chéri ».

La jeune femme s'asseyait à califourchon sur les genoux de Nadir. Elle passa ses bras autour de son cou et posa ses lèvres sur celle de Nadir.

« Je suis arrivé, il y a une heure à Paris ».

« Je ne pensais pas que tu allais venir si tôt ! ».

« Pourquoi tu as un amant dans ta chambre ? Je peux revenir en fin de journée si tu veux ! ».

Tout en parlant, Nadir posa ses mains sur les cuisses de Nelly et la caressa. Il ferma les yeux et vit le beau visage de Fiona. Il aurait tant voulu l'avoir dans ses bras en ce moment : pouvoir lui faire l'amour.

Les deux jours à Londres avaient été glorieux pour Nadir. Aujourd'hui, son cœur cognait que pour sa sublime Fiona. Ils avaient partagé des préliminaires, comme jamais il n'aurait pensé réaliser avec toutes ses anciennes maitresses : Même avec l'adorable gazelle blonde qu'il tenait dans ses bras musclés, et dont il avait vénéré pendant des années.

Fiona était unique, une femme merveilleuse avec qui il avait envie de fonder une famille :

avoir une fille aux cheveux couleur fauve, des beaux yeux bleus en amande comme elle et une peau foncée comme lui. Un mélange des deux.

En partant des États-Unis tout le long du trajet, Nadir, avait songé à la sublime Fiona, à son joli visage meurtri par les dures sentences qu'il lui avait glissées à la figure.

Nelly le sortit de sa rêverie.

« Fais-moi l'amour mon chéri ».

« Nous deux ce n'est plus possible Nelly. J'ai eu tort de t'avoir fait l'amour l'année dernière. Il y a longtemps que mes sentiments pour toi se sont éteints ».

« S'il te plait Nadir, caresse-moi, une dernière fois, j'ai besoin de sentir tes mains et ta bouche sur mon corps ».

Nadir fixa Nelly dans les yeux en soupirant. Il lui tira doucement les cheveux en arrière et déposa un baiser sur son cou en faisant rouler tendrement un téton entre ses doigts. Il sentit Nelly se détendre sous sa caresse. Il prit un sein dans sa bouche puis le lécha.

Nelly baissa la braguette et dégagea sa verge gonflée de son caleçon. Elle fit glisser ses doigts le long de son membre puissant. Elle se frotta contre lui.

« Sens-tu comme je suis excité ? ».

Nadir la maintenait fermement par la taille et l'incita à continuer à l'exciter. Il sentait la vulve humide sur son sexe. Il se ressaisit et pensa de nouveau à Fiona.

« Allez, lève-toi. Il vaut mieux arrêter ce petit jeu ».

« Je sais que tu as envie de continuer ce petit jeu ».

« Non, ça suffit ».

Nelly, se leva pour s'agenouiller. Elle voulut poser ses belles lèvres sur son sexe.

Nadir se mit en colère contre Nelly.

« Arrête Nelly, tu sais très bien que je n'aime pas ce genre de préliminaire. Habille-toi, sinon je vais déjeuner seul chez mon frère ».

Chagrinée, Nelly s'en allant dans sa chambre en protestant.

« Tu es incontestablement le seul homme qui n'aime pas les câlins ».

La seule qui disposait le droit à lui faire une caresse aussi profonde était Fiona. Nadir, avait joué avec elle à des jeux érotiques. Pendant le trajet dans le jet privé de Nadir jusqu'à New York, ils avaient prolongé leur échange. Il ne voulait surtout pas effacer ce partage.

Plus il y réfléchissait et plus il se maudissait de n'avoir pas eu le cran de remettre à sa place Alessandro. Il aurait dû se défendre au lieu de s'être renfermé comme un lâche et abandonné Fiona dans sa douleur.

Nadir réajusta son pantalon et partit regarder la Tour Eiffel. Il contempla ses poutres d'acier mondialement connu. Il aperçut Nelly qui se joignait à lui. Elle lui passa les bras autour de sa taille. Il retint ses jolis mains un moment dans les siennes. La faisant virevolter face à lui, il déposa un chaste baiser sur ses lèvres.

« Allons-y. Je ne veux pas faire attendre mon frère ».

« Même si je ne compte plus pour toi, es-tu toujours d'accord pour acquérir ce club et me mettre directrice ? ».

« Oui, Nelly ne t'inquiète pas. À quelle heure avons-nous rendez-vous ? ».

« À dix-neuf heures ».

« Très bien je vais pouvoir repartir en fin de soirée ».

« Tu ne veux pas passer la nuit avec moi ? ».

« Non, Nelly ».

« Je t'aime Nadir. Je ne peux pas vivre sans toi. Je t'aime tellement mon amour ».

« Ce n'est plus partagé. Je suis très amoureux d'une autre femme et je désire l'épouser ».

« Tu es amoureux d'une autre femme ! Est-ce que c'est la princesse Samia ? S'est-elle que tu veux épouser ? ».

« Ce n'est pas la princesse Samia. Mais une magnifique Italienne ».

« Oh ! Toi qui aimais les filles de mon genre : grandes blondes avec de petits seins. C'est tout l'opposée ! Cette Italienne que tu aimes, doit être une brune à forte poitrine ! Sais-tu qu'elles sont de vraie *mamma* ? ».

« Eh bien, vois-tu aujourd'hui, je glorifie les seins opulents. La femme que j'aime me rend heureux. Je frémis de plaisir rien que de penser à sa belle poitrine. Elle est sublime et je suis fou d'elle ».

Fiona n'était pas brune, ni blonde, mais une sublime rousse.

« Tu veux me rendre jalouse ».

« Non, sûrement pas Nelly, parce que c'est la vérité ».

Une heure après, le couple se trouvait à table chez Jamil. Depuis trois ans le frère de Nadir sortait avec Vicky, une jolie blonde. Le jeune homme était à sa septième année d'internat à l'hôpital américain de Paris. Il faisait des études de médecine en chirurgie esthétique.

Nelly s'informa sur des implants mammaires.

« Ton frère est partisan aux gros seins, donc Jamil tu seras dans l'obligation de me faire une paire de gros lolo ».

« Je ne suis pas encore un chirurgien reconnu ma chère Nelly. Je t'enverrai chez un confrère. Je ne veux pas amocher la jolie poitrine de ma belle-sœur ».

Nadir lança un regard noir à son frère et lui parla en Arabe : Nelly et Vicky, n'avaient pas besoin de comprendre leur discussion.

Après le repas Jamil et son frère s'isolèrent au salon.

« C'est quoi cette histoire de gros seins ! ».

« Je suis tombé très amoureux d'une sublime Italienne et Nelly le prend très mal ».

« Qui est-ce cette sublime Italienne ? ».

« Fiona Falcollini, la cousine d'Alessandro. Cette jeune femme met interdite. Malgré cela, je réaliserais mes rêves de l'avoir dans mon lit ».

« Oh ! Si ce n'est que dans ton lit tu vas finir par obtenir ce petit caprice ».

« Ce n'est pas un caprice et loin de là, je veux faire ma vie avec elle et fonder une famille ».

« Et cette jeune femme, que pense-t-elle de tout cela ? ».

« Fiona a des sentiments pour moi et ils sont partagé »

« Alors que fais-tu avec Nelly ? ».

« Ce n'est que professionnel. Ce soir je vais signer l'acquisition d'un club privé. Nelly en sera la directrice ».

« Un avertissement mon frère, si tu as des sentiments pour ta belle italienne, ne mélange pas les affaires et ta vie privée. Si un jour, elle devait découvrir, que tu es le patron d'une boîte privée et que c'est ton ancienne maitresse qui est directrice : je ne donnerais pas cher de ton couple ».

« Fiona n'en sera jamais rien. Je ne dévoilerai jamais à mon épouse l'autre facette de ma vie personnelle ».

« Tu parles de Fiona comme si elle était déjà ton épouse ».

« Fiona, deviendra mon épouse : j'en ferais mon serment ».

« Si tu l'aimes, je te le souhaite Nadir ».

« Merci Jamil. Et toi avec Vicky ? ».

« Sexuellement, ça se passe bien entre nous. De là à être très amoureux, je ne sais pas : je ne connais pas le sens du verbe aimer ».

« Pourquoi Sami n'est-il pas ici pour déjeuner avec nous ? ».

« En ce moment, il sort avec une jolie blonde Clarisse. Le problème cette fille était la petite amie de son grand copain Fabio. Un matin il les a vu ensemble. Depuis leur amitié s'est brisé ».

« Ah ! Ces belles gazelles blondes, elles nous feront perdre la tête ».

« Je suis sûr que Fiona doit être une sublime gazelle blonde ! ».

« Non. Fiona est une sublime rousse ».

« Tu as perdu la tête mon frère ? Alors que tu ne concevais pas côtoyer une rousse ! ».

« Oui, complètement ».

« As-tu pensé à ton futur mariage ? ».

« Quand je vois Maher qui n'est pas du tout heureux avec son épouse Razzia, cela ne me dit rien de faire un mariage de convenance. Quitte à perdre mon titre et mon héritage je ne vais surtout pas épouser Samia. Et toi es-tu décidé à épouser Orazia ? ».

« Pour le moment, je prends du bon temps avec Vicky, ensuite je suivrais le protocole : j'épousais Orazia et elle me donnera un héritier. Rien ne m'empêchera d'avoir des maitresses ».

« Nous nous comprenons mon frère ».

« Même si tu aimes cette beauté rousse, tu comptes prendre des maitresses ! ».

« Si elle ne me satisfait pas au lit, bien sûr que oui je prendrais des maitresses. Tu sais très bien que j'aime les femmes et le sexe ».

« Je reconnais mon frère. Maher doit en faire autant »

« Ne t'inquiète pas pour lui ».

« Et ce club ! C'est toi qui dois choisir toutes ces danseuses ! ».

« Non. Néanmoins j'insisterais pour qu'elles soient toutes de très belles gazelles blondes ».

En début de soirée Nadir et Nelly entrèrent dans l'établissement. Le propriétaire du club, Patrick Mac-Arthur un très bel homme d'une quarantaine d'années les attendait avec sa jeune et jolie épouse.

« Enchanté de vous rencontrer prince Nadir al-Quatir. Vous avez une délicieuse épouse ».

Nadir souriait, le couple n'avait rien besoin de connaitre sur sa vie privée. Il serra la main à Patrick puis ensuite à Genna. Les deux couples s'installèrent dans le bureau et commencèrent à discuter affaires.

Nelly posait des questions impertinentes au couple.

« Nelly s'il te plait ! ».

Le patron de l'établissent répondait à toutes les questions dont Nelly et Nadir posaient. Le couple repartait vivre en Irlande pour reprendre une affaire familiale.

Tard dans la nuit, Nadir déposa Nelly devant sa résidence. Sans même un regard à la jeune femme, il prit la direction du Bourget. Il avait hâte de rentrer chez lui, et de pouvoir méditer avec son grand-père Issam.

Bergame

Huit mois qu'Alessandro n'était pas rentré en l'Italie. Il parla avec son père en lui annonçant qu'il avait rencontré quelqu'un aux États-Unis.

Paolo Falcollini entra dans une colère noire.

« Tu te rends compte de ce que tu nous fais ! Est-ce que tu as pensé à Sofia ? Depuis que tu es à New York, elle vit l'enfer, cette pauvre fille. Elle est partie pour Madrid avec Maribel. Tes beaux-parents s'inquiètent beaucoup pour sa santé. Alors *per favore*, reviens à la raison, reste en Italie et ne revois plus cette personne. Est-ce que tu lui as dit que tu étais marié ? ».

« Oui, elle sait que je suis marié. Écoute *padre* je ne suis pas amoureux de Sofia et je ne le serai jamais ».

« Mais tu peux apprendre à l'aimer : Sofia est amoureuse de toi. Donne-lui de l'amour *figlio*. Cela peut fonctionner entre vous deux ».

« Non, je suis désolé, mais je ne peux pas : je suis beaucoup trop amoureux de Val…de cette personne. Ne me réclame pas l'impossible *padre*.

49

Je vais demander le divorce à Sofia et repartir vivre à New York ».

« Comment ! Tu veux demander le divorce ? Mais tu te figures que nous divorçons chez les Falcollini et chez les Soberini ! Il n'en est pas question. Si tu fais cela, tu ne remettras plus les pieds ici. Tu m'entends ? ».

« Je t'entends. Mais mon amour est trop fort pour cette femme. Si tu ne veux pas me revoir, ce n'est plus un problème, ma famille est là-bas avec elle et mes enfants ».

« As-tu perdu la tête ? Je ne comprends pas ! Cette femme a déjà des enfants et tu veux les reconnaître ? Alors que ce ne sont pas les tiens ! Tu sais que Sofia va te donner un héritier, un fils à toi, de ta chair et de ton sang. Tandis que cette fille, elle t'a mis le grappin pour que tu reconnaisses ses bâtards. Je ne savais pas que mon fils était complètement idiot. Elle va te ruiner cette Américaine ».

Enzo entra dans la conversation et défendit son petit-fils.

« Ça suffit Paolo, ton fils est amoureux d'une autre femme. Il faut que tu respectes cela. Je savais que c'était une grossière erreur de laisser Alessandro épouser Sofia. Mais tu as préféré ne rien voir par amitié pour Leonardo. Ton fils est amoureux de Valentina et le sera toujours ».

« Mais ce n'est pas Valentina qu'il voit. Tu divagues *padre* et toi Alessandro, tu reviens à la raison. À l'avenir, c'est moi qui partirais rendre visite à ce client. Tu resteras ici. Je ne veux plus que tu repartes pour New York et revoir cette trainée ».

« Je repars demain matin que tu le veuilles ou non. C'est ma vie et non la tienne. Je pense qu'à vingt-sept ans je suis assez adulte pour savoir ce que j'ai à faire. Je te remercie nonno de m'avoir soutenu. Maintenant excusez-moi mais, j'ai un bagage à préparer. Je souhaiterai, à l'avenir que tu respectes la femme que j'aime *padre* ».

Alessandro laissa les deux hommes ensemble au bureau et se dirigea vers la ferme.

Enzo regarda son fils.

« Tommaso a quitté le foyer familial à cause de tes embrouilles avec lui, je n'ai pas envie de perdre mon petit-fils. Alors laisse-le faire sa vie ».

« Parce que tu es d'accord avec mon fils ? D'après toi c'est bien qu'il quitte sa femme pour une maitresse ? ».

« Écoute Paolo si vraiment, ils s'aimaient ces deux-là, un enfant serait né de leur union ».

« Sofia attend un enfant d'Alessandro ».

« Rien n'est certain, que ta belle-fille porte un petit Falcollini ».

« Qu'insinues-tu ? Tu penses, que ma belle-fille trompe mon Fils ? ».

« Je ne peux rien prouver encore. Cependant, elle a reçu un copain d'Alessandro : le Français Paul de Dolran est resté deux nuits chez eux, alors qu'Alessandro se trouvait à New York ».

« Tu as les yeux partout *padre*, moi je n'ai rien vu de tout ça ».

« Vous étiez à Rome avec Ana. Donc, tu ne pouvais pas d'en apercevoir ».

Alessandro vit sa mère au salon. Il s'asseyait sur un fauteuil et sortit une photo de sa poche.

« Tiens *mamma*, voici Sandro ».

Ana admira le petit garçon. Une larme coulait le long de sa joue.

« Mon petit-fils Sandro est très beau. C'est incroyable comme il te ressemble. As-tu montré la photo à ton père ? ».

« Non *mamma* ».

« Tu devrais lui en parler. Il serait très fier de son petit-fils ».

« Tant que *padre* ne me fera pas confiance, il ne connaitra pas l'existence de ses petits-fils ».

« Ses petits-fils ? ».

« Oui. Valentina attend des jumeaux pour le mois de mars ».

« Oh ! Combien je suis heureuse pour vous deux. Il me tarde de rencontrer ta petite famille *figlio*. Quand repars-tu pour New York ? ».

« Je repars demain en fin de matinée. Avec Valentina, nous envisageons de revenir en Italie à la fin du mois de juin ».

« Je suis impatiente de rencontrer tes fils. Je veux que tu me téléphones dès que tes petits garçons naitront. Est-ce que Damien, Ricardo et Monica vont bien ? ».

« Ils vont très bien. Monica va passer son diplôme de joaillerie en juin. Eux aussi vont rentrer avec nous. Elle attend leur deuxième enfant, pour la fin du mois de septembre. Elle veut accoucher à Rome ».

« Je suis très heureuse pour eux ».

« As-tu des nouvelles de Fiona ? ».

« Dès que Fiona est rentrée de New York, elle a fait ses bagages et reparti à Milan. Je ne l'ai pas beaucoup vu. Elle m'a raconté ce qui s'était passé le lendemain du réveillon ».

« Je reconnais, j'ai été idiot. Même Valentina m'a fait la tête pendant plusieurs jours. Dès que j'arriverais à New York je téléphonerai à Fiona pour lui demander pardon ainsi qu'à Nadir ».

« Elle est très en colère après toi ».

« Je le sais *mamma* ».

New York

De retour à New York, Alessandro, pénétra dans la chambre. Il s'allongea sur le lit auprès de Valentina et de son fils Sandro. Il lui raconta la confrontation avec son père.

Valentina l'écouta et le réconforta.

« Ne t'inquiète *tesoro*. Paolo, comprendra très vite pour Sandro, et nos deux autres fils. Il en parlera autrement de cette histoire de bâtards ».

« Je veux qu'il respecte notre vie ».

« Tout comme toi avec celle de Fiona ! ».

« Je sais Tina, je suis allé trop loin. Dès que je vais revoir Fiona et Nadir je m'excuserai de ne pas avoir respecté leur relation ».

« J'espère bien ».

Pour le bien de ses bébés, Valentina, devait rester allongée. En début d'année, elle avait réussi à créer la collection pour le printemps ainsi que celle de l'été. Elle avait même dessiné la collection hiver. Heureusement, elle avait une bonne équipe qui travaillait pour elle. Luigi lui prêtait des mannequins, Pierre et Jean, ses deux grands amis stylistes menaient les affaires.

Un matin du mois de mars, dans sa cuisine Valentina souffrait effroyablement du ventre. La poche des eaux se perça et une contraction vint lui couper le souffle.

Alessandro se réveilla. Il entendit des cris qui provenaient de la cuisine. Il se leva rapidement du lit et partit en courant retrouver Valentina. Elle se tenait le ventre et marchait difficilement.

« Alex, il faut que nous partions à l'hôpital. Je vais accoucher ».

« Attends, je vais avertir Ricardo et Monica ».

« Tout de suite Falcollini, sinon je vais mettre nos garçons au monde dans cette cuisine ».

Complètement perdu, Alessandro sortit de l'appartement. Il montait les escaliers deux par deux et tambourinait de toutes ses forces sur la porte, chez Ricardo et Monica.

« Ricardo ! *Per favore*, Valentina est en train d'accoucher : je ne sais pas quoi faire ».

« Calme-toi Alessandro. Tu as téléphoné au médecin ? ».

« *Dio*, non, bon sang ! Je suis complètement désorienté, j'ai peur de la perdre ».

Monica arriva avec son fils dans les bras.

« Je vais récupérer Sandro avec moi. Ricardo va vous conduire à l'hôpital ».

Dix minutes après, ils arrivèrent à l'hôpital. Une infirmière installa Valentina dans un box.

« Le médecin Foster est de garde, il va venir vous voir dans cinq minutes ».

Le gynécologue arriva pour commencer son examen. Il évalua la dilatation du col de l'utérus, vérifia que les bébés étaient bien positionnés. L'infirmière brancha le monitoring. Elle attacha deux ceintures autour de la taille de Valentina avec leurs patchs. Les pulsations de deux cœurs se faisaient entendre. Alessandro était très ému d'écouter le son, envoyé par la machine.

Le médecin revint les voir.

« Nous pouvons descendre la maman en salle d'accouchement ».

« Est-ce que je peux assister à la naissance de mes fils ? ».

« Bien sûr que oui monsieur Falcollini. Mais êtes-vous certain de ne pas tourner de l'œil ? ».

« Ça va aller docteur. Je vais rester auprès de ma femme ».

L'infirmière fit allonger Valentina sur la table d'accouchement. Elle installa ses pieds sur les étriers et releva la blouse médicale jusqu'en haut de son ventre arrondi.

Alessandro se plaça derrière Valentina et lui donna la main. Il commença à sentir une belle panique. Cependant, pour sa compagne il allait faire un effort considérable.

Allongée sur la table, Valentina commençait à pousser. Le médecin l'encourageait. La tête du premier bébé se montrait : seulement, il avait du mal à sortir.

« Poussez, poussez encore Valentina ! Je vois la tête ».

Fatiguée, Valentina, n'arrivait plus à pousser. Cela faisait une heure que le travail avait débuté.

Alessandro commençait à perdre patience.

« Qui a-t-il docteur ? Pourquoi les bébés ne veulent pas sortir ? ».

« Nancy ! Donnez-moi les forceps ».

Le docteur Foster installait les instruments médicaux dans le passage pour l'expulsion du premier bébé : mais rien à faire ; le passage était encore étroit.

« Nancy ! Les ciseaux s'il vous plait. Je vais être obligé de lui faire une épisiotomie ».

« Mais ça ne va pas docteur ! Je vous interdis de lui faire quoi que ce soit. Je ne veux pas que ma femme souffre. Ne la touchez plus ».

Le médecin à son tour haussa la voix.

« Calmez-vous monsieur ! Les bébés sont en danger. Il faut faire vite. Si vous n'êtes pas bien sortez de la salle et attendez dans le couloir ».

« Alex *per favore* arrête. J'ai besoin de toi, mais pas dans ces conditions. Le médecin sait ce qu'il doit faire. Si tu crois que c'est facile pour nous trois de te voir comme ça ! ».

Alessandro s'approcha de Valentina.

« Excusez-moi docteur ».

L'obstétricien fit naître le premier bébé puis le second bébé. Il donna la paire de ciseaux à Alessandro. Les mains tremblantes, avec l'aide de l'infirmière, il sectionna le cordon ombilical de Leo et celui de Paolo.

Alessandro s'approcha et embrassa sa femme passionnément. Les deux petits garçons étaient nés, aussi beaux et aussi bruns que leur frère ainé Sandro.

« *Grazie, amore mio*, pour nos trois garçons ».

Le lendemain matin, Luigi et Isabella étaient revenus avec leurs enfants de voyage d'affaires. Mateo et sa sœur Laora les jumeaux de cinq ans se reposaient chez Ricardo et Monica.

Le couple et Sandro arrivèrent à la maternité, le petit garçon fit connaissance avec ses petits frères. Isabella demeura dans la chambre avec Valentina. Alessandro profita d'aller prendre un café à la cafétéria avec son oncle Luigi.

« Qu'est-ce que tu envisages de faire avec ta petite famille ? Comptes-tu habiter aux États-Unis ? ».

« Je ne peux pas résider à New York. Mon travail est en Italie. *Padre* compte sur moi ».

« Tu as pensé à Valentina et à tes fils ? Est-ce qu'elle est d'accord pour revenir en Italie ? ».

« Nous n'avons pas encore discuté de tout cela, mais je pense que Valentina sera heureuse de rentrer et de revoir sa famille. Ça fait quatre ans qu'elle ne les a pas vus. Ses grands-parents doivent lui manquer ».

« Nous aussi nous allons revenir cet été en Italie. Nous pourrions faire en sorte de rentrer tous ensemble, puisque Ricardo et Monica ont décidé de regagner Rome au mois de juin ».

« Valentina ne restera pas toute seule à New York, surtout si tout le monde revient en l'Italie. J'ai entièrement aménagé le refuge, en maison bien chaleureuse. Nous y serons très heureux tous les cinq. Ensuite, quand tout ira mieux, je vais faire construire une maison en bois avec un atelier pour que Valentina puisse travailler en collaboration avec Jean et Pierre ».

« Tu me parles de maison en bois, mais ce ne sont que des chalets ! ».

« Non, Luigi. Des maisons où il y aura tout le confort. Même si dans les chalets il y a tout ce qu'il faut. C'est à Genève que j'ai eu cette idée. J'ai vécu en colocation avec mes cinq très bons copains dans un grand chalet et je peux te dire que nous y étions très bien. Étant naturellement et très vite renouvelable, le bois est clairement le matériau du vingt et unième siècle. C'est un immense projet, mais je suis sûr que dans une vingtaine d'années, plusieurs habitations seront construites en bois dans le monde entier. Tous les pays nordiques ont des années d'avance sur nous. *Padre* n'est pas très favorable avec mes projets. Mais je souhaite quand même engager un architecte pour développer l'entreprise ».

« Je suis très fier de toi mon garçon. Tu as une grande passion pour ce que tu fais. C'est très intéressant ce que tu me racontes. Je suis sûr que tu seras un puissant homme d'affaires ».

« *Grazie* parrain ».

Valentina demeura quelques jours à l'hôpital. Alessandro et leur fils venaient lui rendre visite tous les jours. Sandro aimait ses petits frères. Il n'était pas trop déçu de l'absence d'une petite sœur.

Une semaine plus tard, Valentina et Monica se promenèrent dans un parc avec leurs enfants. La jeune femme était enceinte de quatre mois.

« As-tu des nouvelles de Fiona ? ».

« Malheureusement, je n'ai aucune nouvelle. Je sais juste que Fiona a fait ses bagages pour Milan. Elle était très en colère après Alessandro. Néanmoins, je comprends très bien ce qu'elle peut ressentir, il n'a pas été très adroit envers Fiona et Nadir ».

« Je suis tout à fait d'accord, si Alessandro ne s'était pas préoccupé de leur idylle, ils vivraient certainement le parfait amour ».

« Oui, surement ».

« Dès que j'ai mon diplôme nous rentrons en Italie. Nous allons passer chez Raffaello à Paris. Je vais enfin faire connaissance avec ma nièce Carla. Ensuite nous allons visiter des maisons. Ricardo veut acheter un bien à dix kilomètres de Rome. Maintenant plus j'y pense et plus j'ai hâte de revenir en Italie. Seulement, il ne me tarde pas de vivre avec sa grand-mère Rosalia et sa sœur Regina ».

« Moi aussi, j'ai hâte de revoir ma famille et de leur présenter mes trois fils. Je te comprends pour Rosalia et Regina. As-tu eu des nouvelles de ses futures fiançailles ? ».

« Non. Cela m'est complètement égal qu'elle se fiance à ce gars. Nos hommes n'approuvent pas cette alliance. Cela dit, c'est son problème. Maintenant, je désire savoir quel rôle joue cette mademoiselle de la Grillère dans la relation avec ce Loukas ! ».

« Ils ne savent pas vraiment si c'était lui dans la voiture ».

« Non. Mais d'après Ricardo, il ressemblait à ce gars ».

Genève

La dernière semaine du mois de mars, Fiona arriva à l'aéroport de Genève en compagnie de ses trois copines Paola, Carlotta et Fabiola. Son oncle Ricardo Tassini lui prêtait le chalet pour une semaine. Cela faisait trois mois, qu'elle était revenue des États-Unis, où elle avait passé les fêtes de Noël en compagnie de ses deux cousins Alessandro et Ricardo. Elle avait été heureuse d'être auprès de ses deux copines Valentina et Monica, son oncle Luigi, sa compagne Isabella, ses jeunes cousins et ses neveux.

Pendant son séjour à New York Fiona, avait beaucoup aimé, se trouver aux bras de l'homme qu'elle chérissait : son prince du désert Nadir al-Quatir, jusqu'à que ce dernier lui lance en plein visage qu'il ne voulait plus la revoir.

Depuis son retour en Italie, la jeune femme n'arrivait pas à se remettre de cet échec. Déçue par le comportement de son cousin Alessandro qui avait provoqué sa séparation avec Nadir. Elle en voulait terriblement aux deux hommes : Alessandro avec son pouvoir sur elle. Quant à Nadir, il l'avait horriblement blessée avec des paroles cinglantes : il ne souhaitait pas de vierge dans son lit.

Fiona et ses copines sortirent d'un terminal pour se dirigeaient vers le tourniquet, où elles devaient récupérer leurs bagages. Au même instant un groupe de jeunes gens sortaient d'un terminal privé en chahutant. Quatre hommes et deux jeunes femmes traversaient le hall avec deux chariots remplis de bagages. Fiona croisa le regard d'un des hommes et reconnut Nadir, qui tenait une belle brune par la taille. Le cœur blessé, elle détourna le regard et prit son bagage sur le tourniquet.

Nadir regarda Fiona dans les yeux. Il vit une larme qui coulait le long d'une joue. Son beau visage était triste. Il devait aller lui parler et lui demander pardon pour avoir été aussi lâche le lendemain du réveillon. Il sortit de l'aéroport où l'attendait une limousine avec chauffeur. Les deux jeunes femmes couraient vers le véhicule en riant. Elles étaient toutes excitées. Les yeux tristes, Fiona les regardait passer. Elle attendait un taxi avec ses copines. Nadir s'approcha d'elle et lui tint les mains. Il ne désirait pas la voir si malheureuse.

« Bonjour Fiona ».

66

Fiona recula en le regardant froidement.

« Fiona *habibi*. Il y a de la place pour tout le monde dans la limousine. Je vais demander au chauffeur de vous déposer à votre hôtel. Dans quel hôtel es-tu descendu ? ».

« Nous prenons un taxi. Va t'amuser avec ta belle brune. Surtout oublie-moi ».

« Fiona ! S'il te plait ».

Les jeunes gens dans la limousine appelèrent Nadir. Ils étaient tous impatient de partir.

« Deux secondes, j'arrive. Fiona dis-moi où nous pouvons nous retrouver ! ».

« N'insiste pas, laisse-moi tranquille. Rejoint tes compagnons, ils sont impatients de partir. Bonnes vacances ».

Nadir se faufila dans la limousine. Dès qu'il s'installa, la jolie brune se suspendit à son cou. Les larmes aux yeux, Fiona regardait partir le véhicule.

Paola s'interrogea.

« Tu connais ce gars ! ».

« Oui, c'est Nadir, le copain d'Alessandro ».

« Quoi ! Ton prince ! ».

Fiona ne répondit pas. Un taxi arriva juste à ce moment-là. Les quatre copines montèrent dedans et parties en direction du chalet.

Le lendemain Nadir et ses copains skièrent sur une piste à bosses en réalisant des figures acrobatiques. Leurs deux copines passaient la journée à se faire bichonner dans les salons de beauté et de massage de l'hôtel.

Au loin, Nadir aperçut Fiona et ses copines. Il était en admiration devant ce petit bout de femme qui slalomait divinement bien. Il resta longuement à la contempler. Elle était en colère contre lui mais il le comprenait.

À New York chez Luigi, Nadir, avait passé avec Fiona, ses deux grands copains et leurs compagnes un fabuleux réveillon. Le lendemain matin, de cette remarquable soirée, il n'avait pas été gentlemen avec la jeune femme : son grand copain Alessandro lui avait demandé de ne plus poursuivre cette relation avec sa cousine Fiona. Abjectement, il lui avait fait ses adieux en lui lançant à la figure de funestes paroles.

Un soir les quatre copines mangeaient une raclette avant de sortir en discothèque. Seule Fiona restait au chalet à les attendre.

Paola était très peinée de voir sa copine aussi malheureuse.

« Fiona, écoute-moi, ne te mets pas dans cet état pour ce gars. Je suis certaine qu'un jour tu rencontreras un beau et gentil type qui t'aimera et qui sera te rendre heureuse. Ne t'inquiète pas, tu auras nombreux enfants comme tu désires tant : mais certainement pas avec ce goujat ! Il est trop individualiste pour songer à fonder une famille nombreuse ».

Les deux autres jeunes femmes Fabiola et Carlotta étaient d'accord avec Paola.

« Je sais très bien, mais je suis très amoureuse de Nadir. Maintenant, préparez-vous les filles et amusez-vous bien ».

« Es-tu vraiment sûre de ne pas venir avec nous ? ».

« Sûre. Je vais aller m'allonger, je suis fatigué. Bonne soirée les filles ».

À l'hôtel une réception était donnée au profit d'une association pour le cancer. Nadir était un invité de marque en tant que prince de Salimar. Une table privée était réservée pour le prince et ses amis.

La présidente de cette association dinait à ses côtés.

« Je ne pensais pas avoir le privilège de vous rencontrer prince Nadir de Salimar. Vous êtes sublime Votre Altesse. Je me présente Laurence de la Grillère ».

« Enchantée madame de la Grillère ».

« Oh ! Appelez-moi Laurence, je ne suis pas une vieille dame. Je suis sûre que nous avons le même âge ! ».

« Laurence de la Grillère. Êtes-vous la jeune femme qui est fiancée à Ricardo Tassini ? ».

« Oui. Mais cet idiot m'abandonne pour son amour de jeunesse. Une sale intrigante ; Monica Velanichi ».

« Je suis désolé pour vous ».

« Ne soyez pas désolé Votre Altesse, je vais m'en remettre surtout à vos côtés. Vous êtes d'une beauté saisissante ».

« Merci. Vous êtes très belle vous aussi ».

Tout en discutant Nadir sentit la main de la jeune femme sur sa cuisse. Elle s'aventura entre ses jambes. Ennuyé par ce geste audacieux, il lui retira gentiment sa main en souriant poliment. La musique se faisait entendre, tous les invités se levèrent pour aller danser.

Laurence se leva de son siège et prit la main de Nadir.

« Je vous invite à danser ».

« Normalement, c'est à moi de vous inviter ».

« Alors qu'attendez-vous ? ».

Nadir se leva à son tour et s'excusa auprès de ses amis. Il l'enlaça puis commença à danser au son d'une musique sensuelle. Laurence avançait outrageusement son bassin contre lui. Elle était très belle, une jolie gazelle blonde comme il les aimait. Mais très entreprenante à son goût.

« Vous me plaisez beaucoup Nadir. On dit de vous que vous êtes le célibataire, le plus désiré de la planète. Comment se fait-il que vous ne soyez pas encore marié ? Avez-vous du mal à trouver votre princesse ? ».

« Je ne cherche peut-être pas ».

« Hum, je serai bien une candidate si vous voulez, même pour passer cette nuit avec vous. Je suis sûre que vous êtes un amant fascinant ».

« Êtes-vous amie avec Regina Tassini ? ».

« Vous connaissez Regina ? ».

« Je suis un très bon copain à Ricardo. Nous avons passé le réveillon ensemble à New York. Alors comme cela il paraitrait que nous soyons amants ! ».

« Cela vous gêne-t-il ? ».

« Cela ne m'enchante pas du tout d'entendre cette rumeur, dans la mesure que cela est arrivé aux oreilles de la femme que j'aime ».

Nadir sentit entre les boutons de sa chemise, le doigt fin de sa partenaire, lui caresser la peau nue de son torse

« Donc, vous êtes amoureux Nadir. Elle est chanceuse. Cette jeune femme est-elle ici ? ».

« Non ».

Laurence continuait ses divines caresses. Elle avait détaché les deux boutons de la chemise de Nadir, en faisant glisser sa main sur son torse musclée. Elle s'amusait à titiller un téton.

Le souffle court Nadir pressentait un frisson. Laurence ferait incontestablement une amante intéressante. S'il s'écoutait, il enlèverait cette belle gazelle, pour lui faire l'amour : cela faisait un an qu'il n'avait pas couché avec une femme. Néanmoins, il devait s'abstenir et rester chaste pour sa merveilleuse Fiona. La femme dont il était fou amoureux.

« Pouvons-nous passer la nuit ensemble ? ».

Nadir attrapa la main de Laurence, celle qui était enfouie sous sa chemise. Il enlaça sa main en la regardant dans les yeux.

« Vous êtes très belle Laurence. Seulement, je suis très amoureux de cette femme ».

« Je sais que vous êtes amoureux. Malgré cela je suis trop excité. Accompagne-moi dehors. Je te désire tellement Nadir ».

« Connaissez-vous Fiona Falcollini ? ».

« Oui ! Pourquoi ? ».

« Fiona, est la femme que j'aime. Merci pour cette danse. Bonne soirée mademoiselle ».

« Attendez, vous couchez avec Fiona ! ».

Laurence partit d'un éclat de rire.

« Alors là ! Je suis étourdie. Sérieusement elle avait bien caché son jeu celle-là. Moi qui croyais qu'elle était vierge ».

Nadir foudroya du regard cette pimbêche et se mit en colère contre elle.

« Je vous prie d'honorer la jeune femme que j'aime. Excusez-moi, mais je vais être grossier avec vous : Fiona n'écarterait sûrement pas, ses cuisses dès qu'elle serait avec un homme à ses côtés : tout comme vous ».

« Vous n'êtes qu'un grossier individu prince al-Quatir. Je me chargerais de parler à la presse dont la façon vous traitez les femmes ».

« N'envisagez surtout pas à communiquer de fausses rumeurs à la presse. Sans quoi je vous trainerais en justice ».

Nadir laissa sur place la jeune femme puis retourna à sa table pour dire bonsoir à ses amis. Il prit l'ascenseur et se dirigea à sa suite.

Quelques jours plus tard, au salon Fiona lisait un magazine. Elle regarda la photo : Nadir était enlacé avec une belle blonde. Fiona reconnut Laurence de la Grillère.

Fiona montra la photo et l'article à Paola.

« Ce prince arrogant se croit tout permis. Il arrive avec une belle brune à Genève et il fricote le soir même, avec une belle blonde : Laurence de la Grillère. Ainsi, je ne suis pas mécontente pour Ricardo. Il est bien plus heureux avec Monica que d'être humilié par cette potiche. Je garde cet article pour le montrer à Ricardo ».

« Tu es très en colère et je te comprends ».

« *Grazie* Paola. Nadir est un vrai Play Boy. Finalement, je me demande si je ne préfère pas son frère Maher. Il me déplait ce gars. Je désire ne plus le revoir ».

Les jours passèrent très vite. Nadir et ses copains allaient skier tous les jours. Il était déçu de ne plus voir Fiona sur les pistes de ski. Il aurait tant souhaité la revoir et avoir une bonne discussion avec elle.

Dès que Nadir rentrerait à la principauté de Salimar, il téléphonerait à Alessandro. Même si ce dernier n'était pas d'accord qu'il revoie Fiona sa cousine, il lui prouverait son amour pour la jeune femme.

Toute la semaine Fiona et ses copines avaient slalomé sur une autre piste pour ne pas croiser Nadir et ses copains.

Le samedi soir, après le restaurant, les quatre jeunes femmes étaient parties en discothèque. Paola, Carlotta et Fabiola avaient réussi à sortir leur copine de son animosité. La représentation de la soirée, les clients devaient être habillés de cuir. Paola portait une robe courte bustier, avec des bottes cuissardes en cuir noir. Carlotta était en robe courte en cuir rouge, ses chaussures assorties à talons hauts. Fabiola en pantalon et débardeur de cuir blanc. Fiona était magnifique dans sa robe courte en cuir noir sans manches, une fermeture zippée sur le devant ouverte jusqu'au creux de sa belle poitrine. Elle portait des bottes cuissardes noires.

Les quatre copines s'avancèrent vers le bar. Fabiola passa une commande : Gin pour les quatre filles. Il y avait beaucoup de monde. Des hommes en pantalon et haut en cuir, d'autres portaient juste le pantalon de cuir et de t-shirt blanc. Les femmes étaient habillées de robes très courtes ou de combinaisons ouvertes sur le dos et les fesses.

Fiona reconnut les deux jeunes femmes qui accompagnaient Nadir.

« Il y a les deux copines de Nadir. Regarde là-bas Paola, la brune. Elle est super-sexy avec sa robe courte ».

« Tu ne te trouves pas sexy ! Tu es sublime Fiona tous les gars te regardent ».

« Tu parles, je n'ai pas la beauté de sa copine. Bon, allons sur la piste de danse peut-être qu'un beau mec viendra m'inviter à danser ».

Fiona et ses trois copines dansaient sur la piste. Elles s'amusaient à exciter les hommes en se déhanchant outrageusement sur les chansons de Boney. M.

Nadir regardait Fiona se dandiner. Elle lui faisait un effet fou. Il demanda un service à son copain.

« Tu vois la jolie rouquine qui se dandine là-bas avec ses copines, invite-la à danser et dès que j'arrive par-derrière : tu nous laisses ».

« Hum ! Tu as bon goût, elle est magnifique. Est-ce que tu la connais ? ».

« Oui, c'est Fiona Falcollini la cousine de mon meilleur copain ».

« Enfin, je vais pouvoir reprendre ma place auprès de ma chérie ».

« Excuse-moi Karim. Je voulais à tout prix rendre jalouse Fiona. Malgré cela je crois que je me punis à moi-même ».

« J'espère que ça va s'arranger pour toi. Elle est magnifique. Je comprends que tu sois très amoureux ».

« Merci Karim. Mais, en réfléchissant, je vais attendre avant de l'inviter à danser. Je veux voir, comment se déroule la soirée ».

Tard dans la soirée, Fiona avait bu plusieurs verres de Gin. Elle se dirigea vers la table de Nadir et ses copains. Paola essayait de la retenir.

« Laisse-moi Paola, je vais aller lui dire ma façon de penser ».

« Non, Fiona, il est avec ses copains, tu vas te rendre ridicule devant eux ».

« Cela m'est égal de me rendre ridicule ».

« Fiona *per favore* ».

En titubant, Fiona se pointa devant la table de Nadir. Elle regarda la jolie brune et s'adressa à elle.

« Si vous êtes vierge, ce n'est pas la peine de vous accrocher à Nadir. Il ne veut surtout pas de pucelle dans son lit ».

« Ne craignez rien pour moi, nous sommes amants depuis quatre ans. Donc, il y a bien longtemps que je ne suis plus vierge. Et vous ! Êtes-vous vierge ? ».

Fiona commença à s'énerver et crier après la jeune femme.

« Qu'est-ce que ça peut vous faire que je sois vierge ? Hein ! De quoi je me mêle ».

« Effectivement cela ne me regarde pas. Mais c'est vous qui venez m'agresser ».

Nadir se leva et prit la main de Fiona. Il lui parla gentiment pour ne pas l'effrayer. Il sentit Fiona complètement malheureuse. Elle avait bu pas mal de verre pour réagir de cette façon.

« Viens avec moi Fiona ».

Fiona se mit à pleurer. Elle l'injuria

« Toi ne me touche pas. Je te déteste ».

Nadir souleva Fiona dans ses bras pour partir dans un salon privé. Il la déposa délicatement sur un lit.

« Mon ange, tu n'aurais pas dû boire autant d'alcool ».

« Non, je ne suis pas saoul. J'ai juste mal à la tête ».

« Veux-tu un comprimé ? ».

Fiona ne répondit pas. Elle avait les yeux fermés. Nadir entendit un petit ronflement. Il souriait en admirant cette beauté. Il s'enleva sa chemise et il lui retira la robe. Un bras autour de sa taille nue : il voulait sentir le contact de sa peau contre la sienne. Il posa sa tête entre les deux seins opulents. Il huma son parfum fleuri et déposa un chapelet de baiser sur sa poitrine en fermant les yeux à son tour.

Le lendemain matin Fiona se réveilla. Elle sentit une tête posée sur ses seins. Elle poussa un cri de stupeur puis se leva brusquement. Elle partit en courant à la petite salle d'eau attenante à la chambre. Elle se mit à vomir. Son ventre se tordait de douleur et sa tête se mit à tourner.

Nadir derrière elle, lui attrapa les cheveux. Il profita pour caresser son dos nu : cette peau si douce qu'il adorait.

« C'est bon Nadir, je vais me débrouiller ».

« Non, je ne pense pas que tu sois capable de faire quoi que ce soit en ce moment. Tu es très blanche et tu n'arrives pas à rester debout ma chérie ».

« Surtout ne m'appelle pas ma chérie et si tu n'es pas content va voir ailleurs. Ta belle brune doit t'attendre, tu devrais aller la retrouver. Je me rappelle très bien ce qu'elle m'a dit : depuis quatre ans vous êtes amants. Tu t'es bien foutu de moi ! ».

« Fiona, Karina n'est pas ma maitresse ».

« Arrête de me mentir. Laisse-moi tranquille. Je vais aller retrouver mes copines ».

« À l'heure qu'il est tout le monde est en train de dormir ».

« Pourquoi ! Quelle heure est-il ? ».

« Dix heures du matin ».

« Dix heures ! Mais qu'avons-nous fait sur ce lit ? ».

« Si cela peut te réconforter, nous n'avons pas fait l'amour Fiona. Je ne vais pas profiter d'une femme qui a bu plus que de raison ».

« Ni d'une vierge ».

« Excuse-moi Fiona, je ne pensais pas ce que je t'ai dit le lendemain du réveillon ».

« Je ne veux plus rien savoir. Karina t'offrira ce dont je ne peux pas te donner puisque je n'ai aucune expérience sexuelle. J'ai été peiné par tes paroles. C'est Karima que tu es parti retrouver à Paris ? ».

« Fiona écoute-moi, mon ange, Karina n'est pas ma maitresse. C'est une amie, nous suivons les mêmes cours à Salimar. Elle est maman d'un petit garçon, dont Karim est le père ».

« Pourtant, de ce que j'ai découvert vous êtes très intime plus que des copains ».

« C'était un jeu Fiona. Dès que je t'ai vu à l'aéroport, j'ai demandé à Karina de jouer le rôle de ma petite copine ».

« Pourquoi ? ».

« Parce que je suis un idiot. En me montrant avec une autre femme je pensais que ce serait plus facile de ne plus t'approcher. Je suis très amoureux de toi Fiona. Je t'aime et en même temps l'amitié d'Alessandro m'est très chère ».

« Je suis fâché avec mon cousin. Je le hais ».

« Fiona, Alessandro t'aime comme un grand frère ».

« Je sais très bien qu'il m'aime. Seulement, je ne supporte plus qu'il soit possessif envers moi.

Quand je vois que Ricardo n'empiète pas dans la vie de sa sœur Regina ».

« Ce n'est pas du tout la même complicité et puis excuse-moi, je sais que c'est ta cousine, mais c'est une vraie langue de vipère. Elle est dégradante avec Monica. Ricardo ne laissera jamais sa sœur se comporter de façon ignoble envers la femme qu'il aime ».

« Au moins mon cousin prouve son amour à la femme de sa vie, ce n'cst pas le cas de tout le monde. Au fait qui est-ce cette femme à qui tu as rendu visite à Paris ? Est-ce qu'elle t'a épuisé sexuellement. Es-tu heureux de m'avoir laissé tomber, pour lui faire l'amour à elle ? ».

« Fiona, je rends visite à cette personne que pour les affaires. Je t'ai menti en te disant que je partais la retrouver pour coucher avec elle ».

« Elle est médecin ! ».

« Non. Mais ne parlons plus d'elle ».

« Pourquoi ? Que me caches-tu ? ».

« Je ne te cache rien Fiona. La femme qui vit à Paris est mon ancienne maitresse ».

« Ah ».

« Il n'y a plus rien entre elle et moi. Je t'aime Fiona ».

« Que faisons-nous ici, dans cette chambre d'hôtel ? Je ne me souviens de rien, juste que tu m'aies soulevé. Ensuite je me suis endormi sur un lit ».

« Nous n'avons pas bougé de l'établissement, nous sommes dans un salon privé de la boîte de nuit ».

« Mais que va-t-il penser le propriétaire ? ».

« C'est moi le propriétaire ».

« Mais ! Depuis quand es-tu le propriétaire de cette boîte ? ».

Depuis trois jours, Nadir était le maître des lieux. La discothèque était flambante neuve. Elle incluait quatre pistes de danse et deux bars immenses. La transaction s'était faite sans souci avec l'ancien patron. Le chiffre d'affaires était colossal. L'ex-propriétaire partait rejoindre un fils à l'étranger avec son épouse.

« Cette semaine j'ai fait affaire avec l'ancien patron et depuis trois jours j'en suis l'acquéreur. Veux-tu aller te rafraîchir ? ».

« Oui, je veux bien. Merci ».

Fiona se déshabilla entièrement. Elle passa nue sous le regard de Nadir. Il l'attrapa par la taille et la plaque contre lui.

« Tu ne devrais pas passer nue devant moi ».

« Cela te gêne de me voir dans ma nudité ! Tu sais, j'adore vivre nue ».

Nadir dégluti. Il avait une opulente érection. Il prit la main de Fiona et la posa sur son sexe pour lui faire sentir son excitation.

« Fiona, mon amour, caresse-moi ».

« Je vais me prendre une douche, ensuite je vais me recoucher. Je me sens encore épuisée. À tout à l'heure ».

Nadir lui claqua la fesse en la laissant partir sous la douche.

« La prochaine fois ne bois pas autant. Cela ne te convient pas ».

Fiona entra dans la cabine en lui tirant la langue. Nadir se déshabilla à son tour et partit retrouver la jeune femme sous la douche. Il se colla à son dos, ses mains palpaient les seins qui pointaient à son contact. Il la savonna et la rinça tout en la caressant. Il s'abandonna à son tour par les mains expertes de sa bien-aimée. Elle le savonnait, rinçait et caressait. Il gémissait quand il sentit ses doigts fins lui frôler ses testicules et sa verge gonflée. Elle le caressait divinement.

Nadir embrassa fougueusement Fiona tout en faisant glisser ses mains sur ce sublime corps.

« Je t'aime Fiona. Je veux te faire l'amour ».

Nadir se frottait contre Fiona. Il avait envie de lui faire l'amour. Son sexe bandé était prêt à éjaculer. Il câlina son pubis de son gland.

« Mon amour, je désire partager plus que des caresses ».

Une personne tambourina à la porte puis une voix féminine appela Fiona.

« Fiona ! Fiona *per favore* il faut venir Fabiola ne se sent pas bien ».

Nadir grogna entre ses dents

« Bon sang, que se passe-t-il ? ».

Nadir enfila son pantalon pour partit ouvrir. Fiona fit de même, elle s'habilla pour aller voir ce qui se passait.

« Je suis désolé, mais Fabiola ne va pas bien du tout. Elle a une crise ».

« Une crise de quoi ? ».

Fiona comprit en regardant Paola que c'était très grave.

« Où se trouve-t-elle ? ».

« Dans les toilettes ».

« Allons-y Paola ».

Le couple suivit Paola jusqu'aux toilettes. Nadir entra dans les sanitaires, puis vit Fabiola en pleine crise convulsive. Il se pencha sur la jeune femme pour lui prendre son pouls. Elle était très faible.

« Il faut appeler une ambulance ».

Un quart d'heure plus tard, une ambulance emmena Fabiola jusqu'à l'hôpital de Genève. Les trois copines sortirent de l'établissement.

Nadir et un de ses copains Aziz suivirent les filles. Fiona craqua et se mit à pleurer.

Nadir la prit dans ses bras.

« Fiona, est-ce que ta copine se drogue ? ».

« S'il te plait ne me pose pas de questions. Pas maintenant ».

« Pourquoi Fiona ? Ne me dis pas que vous êtes toutes accros à la cocaïne ! ».

Fiona lui lança un regard noir, puis elle se détourna. Elle ne voulait pas lui parler. Elle tremblait d'inquiétude qu'il comprenne, qu'elle sniffait autrefois avec ses trois copines et son copain de l'époque. Qu'il soit très déçu par son passé.

« Fiona, regarde-moi, est-ce que tu touches à cette merde ? ».

« Non, Nadir, plus maintenant. Depuis trois ans, je ne me drogue plus. Paola et Carlotta non plus, tandis que Fabiola continue à se droguer, elle est accro. Nous n'arrivons pas à la sortir de cette dépendance Nadir. Je suis impuissante, je ne veux pas qu'elle se détruise. Je ne sais plus quoi faire. C'est une de mes grandes copines, comme toi avec tes copains ».

Nadir reçut comme un coup au ventre en entendant les propos de Fiona : la comparaison de son amitié avec Fabiola, comme lui avec ses copains. Elle avait raison, s'il arrivait quelque chose à un de ses grands copains ou s'il devait en perdre l'un d'eux, il ne s'en remettrait jamais. Il prit la main de Fiona et enlaça ses doigts aux siens. Il lui donna un baiser sur les lèvres pour la rassurer.

« Viens, mon ange, je t'emmène à l'hôpital ».

Tous les amis arrivèrent à l'hôpital. Nadir discuta avec un urgentiste de CHU de Genève. Il connaissait le jeune médecin, ils avaient fait une partie de leurs études ensemble.

« Je suis désolé Nadir, mais la jeune femme est décédée. Elle a fait un arrêt cardiaque. Nous n'avons pas pu la réanimer. Il faudrait prévenir sa famille ».

« Je vais annoncer la mauvaise nouvelle à ses amies ».

Nadir laissa l'urgentiste et s'avança près de Fiona et ses amies. Il prit Fiona dans ses bras.

« Fiona, ma chérie, Fabiola a fait un arrêt cardiaque. Ils n'ont pas pu la réanimer ».

« Dans quelle chambre est-elle admise ? Je veux lui parler. Il faut vraiment qu'elle cesse de s'empoisonner. Je vais l'aider à s'en sortir. Viens avec moi Nadir, peut-être qu'elle t'écoutera ».

« Fiona, écoute-moi, Fabiola est décédée, elle est morte. Je suis désolé mon ange ».

« Non, Fabiola n'est pas morte. Elle va s'en sortir. S'il te plait Nadir dis-moi qu'elle va s'en sortir ».

Fiona se sépara des bras de Nadir. Elle criait de douleur, ses deux autres copines pleuraient aussi. Paola était dans les bras d'Aziz qui la consolait. Nadir essayait de reprendre Fiona dans ses bras, mais elle se débattait en hurlant. Elle partit en courant, longea le couloir et sortit de l'hôpital. Elle était totalement désorientée.

Nadir partit à sa poursuite. Il prit Fiona dans ses bras en la serrant contre lui.

« Ma chérie, je suis là. Je ne vais pas te laisser seule. Si tu veux, je vais venir avec toi annoncer la nouvelle à ses parents ».

Fiona le fixa comme s'il avait dit une énorme idiotie.

« Fabiola est toute seule Nadir, elle n'a jamais connu ses parents. Elle travaillait pour payer ses études et sa drogue. Dans l'appartement, nous sommes quatre copines. Nous sommes toutes les trois sorties de familles aisées et nous payons le loyer de Fabiola ainsi que la nourriture ».

« Veux-tu que je m'occupe des obsèques ? ».

« Ta vie est à Salimar. Je vais m'en occuper avec Paola et Carlotta. Nous allons l'enterrer en Italie, à Milan. Demain, je vais changer les billets du retour. Ensuite je vais voir, comment je peux m'organiser pour rapatrier le corps de Fabi ».

Fiona tremblait dans les bras de Nadir. Elle pleurait de plus en plus fort.

« Elle va terriblement me manquer Nadir ».

« Je sais ma chérie. Laisse-moi m'occuper de tout ça. Je connais la Suisse et je suis un prince. Je vais avoir beaucoup plus d'influence que toi Fiona. Cela me fait plaisir de t'aider. Mon avion est à ta disposition. Vous allez rentrer avec mon jet ».

« Merci Nadir. Mais je ne veux pas t'ennuyer avec mes histoires ».

« Fiona, tu ne m'ennuies nullement. Je t'aime et je fais tout cela pour toi : tes histoires sont les miennes. Je vais assister à l'enterrement. Après je souhaite que l'on se voie plus souvent ».

« Je veux te revoir aussi. Je t'aime Nadir ».

« Allons retrouver nos amis ».

Nadir et Fiona partirent main dans la main retrouver leurs amis.

En arrivant au service funèbre le médecin fit signer les papiers à Fiona et Paola. Carlotta était allongée sur un lit : elle s'était évanouie à force de pleurer.

Nadir prit les mesures pour rapatrier le corps de Fabiola. Il en parla au médecin.

« Je vais faire le nécessaire Guillaume, mon jet privé va pouvoir décoller demain en début d'après-midi. Comme ça je vais enregistrer tous les documents pour transférer, le corps de la jeune femme à Milan ».

« Est-ce que ton amie veut rester cette nuit à l'hôpital ? ».

« Non, je ne préfère pas. Nous allons rentrer à l'hôtel. Je reviendrai tout seul pour organiser les funérailles ».

« Cette jeune femme a eu de la chance de te rencontrer ce week-end. Je ne sais pas comment ces trois jeunes femmes se seraient débrouillées pour rapatrier le corps de leur copine d'un pays à un autre ».

« Je viens demain matin à neuf heures ».

« Dis-moi Nadir, cette jeune femme, est bien plus qu'une aventure d'un week-end ! ».

« Oui. À demain Guillaume ».

« À demain Nadir ».

Nadir préférait partir au plus vite, il n'avait pas envie de dévoiler sa vie privée.

New York

À la fin du mois de juin, Valentina reprit des forces. Les deux bébés avaient deux mois. Elle les nourrissait au sein sous le regard attendri d'Alessandro qui adorait ce moment d'intimité. Il aimait beaucoup lui caresser les seins quand les petits, chacun leur tour, s'alimentaient du lait maternel. Même avec ses adorables rondeurs, il trouvait Valentina de plus en plus belle.

Au mois de juillet, Valentina préparerait les bagages. Le couple rentrait en Italie avec leurs trois fils, Ricardo, Monica et leur fils Damien, ainsi que Luigi, Isabella et leurs enfants.

Cela ferait bientôt cinq ans que Valentina n'était pas rentrée à Bergame chez ses parents. Comment réagiraient les deux familles, quand tout le monde les verrait arriver avec leurs trois garçons ? Seules Ana, Fiona et sa cousine Paola étaient au courant.

Alessandro demanderait le divorce à Sofia. Il en avait parlé avec Valentina. Il désirait qu'elle accepte sans difficulté : surtout que ce mariage n'était pas consommé. Il souhaitait que Sofia les laisse vivre leur amour au grand jour.

Dès qu'il serait à nouveau chez ses parents, Alessandro téléphonerait à Nadir. Il ne s'était jamais excusé auprès de son grand copain. Il devait le laisser s'investir dans une relation avec Fiona. Et lui faire confiance.

La veille du grand départ, Monica avait eu son diplôme. Elle invita toute la famille dans son duplex pour fêter son succès. Luigi, Isabella et les enfants arrivèrent les premiers. Ricardo les invita à venir s'installer au salon. Alessandro, Valentina et leurs trois garçons survinrent à leur tour.

Regina et Loukas avaient décliné l'invitation. La sœur de Ricardo rentrerait en Italie le mois prochain, une fois avoir passé quelques jours en Grèce dans la famille de son futur fiancé.

Après un apéritif et un repas chaleureux, tout le monde partit se coucher. Le lendemain matin le jet privé de Ricardo Tassini le père de Ric venait les chercher pour quitter définitivement les États-Unis.

Bergame

Après une escale à Paris pour rendre visite à Violetta et Raffaello, Alessandro et Valentina était installé au refuge, en haut de la colline.

Alessandro avait retapé cette maisonnette avec l'aide de Ricardo avant que ce dernier ne parte vivre avec Monica à New York. Lui-même, quand il faisait ses rares allers-retours entre Bergame et New York, il allait jusqu'au refuge où petit à petit il avait rénové du sol au plafond ; la cuisine, la salle à manger, les trois chambres et la petite salle de bain. Aujourd'hui, il y avait tout le confort pour une famille.

Le couple resta une semaine tranquille avant de rendre visite à la famille. Tous les soirs, dès que leurs trois fils dormaient, Valentina prenait sa douche et s'installait nue sur le canapé. Elle aimait se détendre en entendant qu'Alessandro sorte de sa douche. Elle avait de nouveau un corps splendide.

« Tu es magnifique ma chérie ».

Une serviette éponge attachée autour de sa taille, Alessandro admira et câlina les sublimes fesses de Valentina. Ils adoraient ce moment de liberté qu'ils avaient pour eux.

Valentina s'asseyait sur le canapé. Elle tira sur la serviette qui tomba sur le sol. Elle fit glisser sa main sur sa belle érection. Elle le caressa en lui donnant des baisers sur son sexe. Elle passa sa langue sur son membre, puis bien plus bas, sur ses testicules. Médusé, Alessandro n'avait jamais rien éprouvé d'aussi agréable. C'était la première fois qu'elle badinait avec sa langue et ses lèvres sur son sexe. Son corps trembla, une forte sensation puis un bonheur de sentir cette bouche chaude qui le goûtait. Il ne voulait pas qu'elle arrête. Il lui maintenait la tête et s'arqua davantage vers elle pour qu'elle le prenne plus profondément dans sa bouche.

« Tina *angelo mio* c'est tellement bon ! ».

Valentina continuait son exploration avec ses lèvres et ses mains.

Alessandro lui demanda comment lui était survenue cette décision : de le prendre dans sa bouche audacieuse.

« J'ai aperçu Luigi et Isabella à leur cuisine, quand je vivais encore avec eux. Je trouvais ce geste magnifique. Je nous voyais tous les deux. C'est ainsi, que j'ai vu le pubis entièrement épilé d'Isabella. J'ai réalisé que Luigi glorifiait cela. Quand je me suis rasé la première fois, je te voulais en adoration devant moi : me caressant avec tes lèvres et ta langue ».

« Je t'aime Tina ».

« Oh ! Alessandro si tu savais combien j'ai rêvé de ces moments. Tous les soirs dans ma chambre je me caressais. Je pensais à toi. À toi seul et non dans les bras de Sofia. Je ne voulais pas voir cette image ».

Alessandro la prit dans ses bras. Lui aussi il rêvait tous les soirs de partager des affectueuses caresses avec elle.

« Moi aussi je pensais très fort à toi *angelo mio*. Je n'ai jamais touché ta sœur. Hôte toi cette image. Nous faisions chambre à part, mais ça tu le sais déjà. Le soir après le repas, je montais dans ma chambre. Je ne voulais pas t'en parler, mais je découpais dans les journaux des photos de toi. Tout en me caressant j'envoyais ma semence sur ton visage, avec la sensation que tu adorais cela ».

« Je vais réaliser ton rêve *tesoro* »

« Hum ! *Angelo mio* ».

Valentina passa sa langue le long de sa verge, cajola de ses lèvres son gland. Elle continua de le prendre plus en profondeur dans sa bouche.

Le corps d'Alessandro tremblait.

« Attends Tina ! Laisse-moi m'asseoir. Je ne tiens plus sur mes jambes. Si tu continus, je vais mourir de plaisir ».

Valentina le câlinait avec sa bouche puis sa langue. Elle sentait Alessandro se liquéfiait.

« Je vais jouir ma chérie ».

Alessandro poussa un cri rauque et envoya, son sperme. Valentina sentit un liquide chaud dans sa bouche. Heureux de cette découverte, ils s'enlacèrent dans les bras et s'embrassèrent fougueusement.

« C'était divin mon amour ».

Les jours passèrent, à la fin du mois de juillet, Valentina fêta son anniversaire en même temps que celui de Fiona. Les deux jeunes femmes déjeunèrent au restaurant. Elles étaient ravies, de se retrouver.

« C'est bien dommage que Paola et Monica ne soient pas avec nous »

« Monica doit rester tranquille dans un mois son deuxième petit garçon va naitre ».

« Tante Alessandra nous a téléphoné, elle est très contente de revoir Ricardo et Monica. Elle est la grand-mère la plus heureuse ».

« Quand est-ce que Regina rentre à Rome ? ».

« Dans quelques jours. J'espère qu'elle va se montrer conciliante avec Monica ! ».

« Je l'espère aussi. C'est une vraie harpie cette fille. Demain, Alessandro descend voir son père et le mien ».

« Tu devrais aller avec Alessandro rendre visite à tes parents. Sofia est en Espagne avec Maribel ».

« Tu as fait connaissance avec sa fille ? ».

« Non, je ne connais pas encore cette petite fille ».

« Où en es-tu avec Nadir ? ».

« Au mois de mars, nous avons passé une semaine à Genève ».

Fiona se mit à pleurer.

« Fiona, ma chérie dis-moi ce qui se passe ? A-t-il eu le culot de te laisser tomber encore ? ».

« Non, Nadir a été adorable. Heureusement, qu'il était près de moi ».

Fiona parlait entre deux sanglots. Valentina ne comprenait pas son chagrin.

« Alors ma chérie ! Pourquoi ce chagrin ? ».

« Je ne voulais pas t'en parler au téléphone. Tu venais d'avoir tes garçons. Fabiola a eu une crise cardiaque. Elle est morte ».

Valentina poussa un cri de stupeur. Fiona n'arrivait plus à stopper ses larmes. Ses cris de douleur étaient plus forts, ce qui fit tourner les têtes des clients vers elles.

« Oh ! Ma chérie tu aurais dû me téléphoner. Il ne fallait pas que tu gardes cette douleur pour toi. Et Nadir, pourquoi a-t-il été adorable ? ».

« Parce qu'il a été d'un grand secours. Nous étions toutes les quatre dans une boîte de nuit à Genève. La soirée ne s'est pas passée comme je souhaitais. J'ai bu plus que de raison et je me suis ridiculisé devant Nadir et ses amis ».

« Oh mince ! Et ensuite ! ».

« Nadir m'a amené dans un salon privé où je me suis endormie. C'est le lendemain matin que Fabiola a fait une crise d'overdose. Nadir a tout géré. Il a appelé une ambulance. Ensuite, nous nous sommes tous retrouvés à l'hôpital. Malgré cela Fabiola a succombé à un arrêt cardiaque ».

« Ma pauvre Fiona, je suis tellement désolé, de ce qui est arrivé ».

« Nadir a rapatrié le corps de Fabiola jusqu'à Milan. Il est resté auprès de moi à l'enterrement, ensuite il est rentré chez lui à Salimar ».

« As-tu des nouvelles depuis ? ».

« Il me téléphone très souvent. Nous devions nous revoir, mais nos études nous accaparent ».

« Pourquoi ne pas l'inviter à passer quelques jours à Milan avec toi ? ».

« C'est une bonne idée, je vais lui téléphoner et lui demander de passer à Milan ».

Le lendemain Alessandro discutait avec sa mère. Son père très en colère ne lui adressait pas la parole. Paolo n'essayait pas de comprendre sa relation avec Valentina.

« Nous avons le mariage d'Enrique dans trois semaines ».

« Oui, *mamma*, mais si *padre* n'accepte pas Valentina ou même mon divorce avec Sofia, je ne viendrai pas à leur noce. Je serais très déçu de ne pas participer à ce mariage. Seulement, Valentina passe avant tout le monde ».

« Tu as un visage radieux mon chéri. Cette paternité te va à merveille. Je suis impatiente de faire connaissance avec mes trois petits-fils ».

« Nous allons descendre tous les cinq demain matin. Nous allons fêter le mois prochain les quatre ans de Sandro ».

« Je souhaite que vous le fêtiez ici avec toute la famille ».

« C'est ce que je désire *mamma*. La *famiglia* me manque ».

« Toi aussi tu nous manques *tesoro*. Quand *padre* rencontrera ses petits-fils, il changera de position envers Valentina ».

Fiona entra au salon, elle fit demi-tour en apercevant Alessandro. Ce dernier l'interpella.

« Fiona, je voudrais m'excuser. Je n'aurais pas dû me mêler de ta vie. Pardon, ma puce, je ne m'occuperai plus de ta relation avec Nadir. Je vais l'appeler à lui aussi pour m'excuser des paroles blessantes ».

« Justement je voudrais lui téléphoner, mais je n'ai pas de numéro où le joindre ».

« Tiens son numéro privé, ça tombe dans ses appartements au palais ».

« Merci Alessandro ».

Ana et Alessandro laissèrent Fiona seule au salon. Tremblante, elle composa le numéro de téléphone.

Un homme répondit à la troisième sonnerie.

« Allo Nadir ! ».

« Non, c'est son frère Khalid. Nadir n'est pas à Salimar en ce moment, il est à Paris chez Nelly sa maitresse. Qui le demande ? ».

Fiona raccrocha le téléphone, sans même répondre à Khalid. Elle s'affala sur le fauteuil en pleure.

« Fiona ! Dis-moi ce qui ne va pas ! ».

« Rien Alessandro, laisse-moi ».

Fiona sortit du salon en claquant la porte. Une fois dehors elle appela ses trois chiens et se dirigea dans la forêt. Elle ne voulait plus voir personne. Elle marcha pendant deux heures et s'enfonça dans les bois. Elle s'installa contre un tronc d'arbre et pleura toutes les larmes de son corps.

Alessandro s'approcha de Fiona.

« Qui a-t-il ma puce ? ».

« Tu m'as suivi Alessandro ? ».

« Non. Mais je connais parfaitement ton coin intime quand tu as du chagrin. Tu ne veux rien me dire ? ».

« C'est Nadir. Tu avais raison, ce n'est pas un homme pour moi ».

« Je croyais que vous aviez recommencé une nouvelle relation ? ».

« Je le croyais aussi. Pourtant, Nadir est chez sa maitresse à Paris. Je vais faire mes bagages et partir pour Milan ».

« Je suis désolé ma puce. Viens rentrons. Il commence à faire nuit ».

Au mois de septembre, Ricardo téléphona à la ferme pour leur annoncer la naissance de son second garçon. Le bébé était aussi beau que son frère, il se prénommait Enzo, ce qui rendait fier l'arrière-grand-père. Ricardo désirait leur rendre visite avec Monica et les deux garçons à Noël. Mais avant, le couple baptiserait Enzo à Rome le mois prochain. Ils comptaient sur Valentina pour être la marraine.

Quelques jours plus tard, les noces d'Enrique et sa jolie épouse Carmen étaient une réussite. La journée ensoleillée ravivait la famille et les amis. Le buffet était servi à la ferme Falcollini. La mariée était une belle brune, très douce et intelligente. Le courant s'était bien passé entre Alessandro et Carmen.

Daniello Velanichi, le frère de Monica était le témoin d'Enrique. Il passait une belle journée en compagnie de Maribel.

« Tu es toujours aussi belle. Comment se fait-il que tu ne sois pas mariée Maribel ? ».

« Et toi ! Un homme aussi beau, comment se fait-il que tu sois célibataire Daniello ? ».

« Je préfère avoir plusieurs jolies femmes qui me tiennent compagnie dans mon lit ».

« Oh ! Juste te tenir compagnie ! ».

« Cela dépend, peut-être que tu pourrais me montrer, comment me rendre heureux toute la nuit ».

« Est-ce une invitation ? ».

« Pourquoi pas ! ».

Daniello savait très bien ce qui plaisait à la sublime demoiselle. Dans sa jeunesse, il était fou amoureux de sa jeune et jolie voisine. Cette dernière le repoussait, parce qu'elle préférait le beau et riche Ricardo Tassini son beau-frère.

Aujourd'hui, il gagnait très bien sa vie. Il habitait un très beau domaine à Florence où il cultivait son propre raisin. Il avait engagé une équipe de trente jardiniers et deux secrétaires. Il avait les plus beaux contrats des plus belles villas de Toscane. Il roulait en Porche le week-end et en voiture 4x4 la semaine.

Tôt le matin Maribel avait aperçu un très bel homme sortir de sa voiture de sport. Elle n'avait pas reconnu tout de suite son ancien voisin Daniello. Mais elle était agréablement surprise de savoir ce qu'il était devenu : un homme très riche. Il était très beau, grand et musclé de ses journées de besogne. Son teint plus foncé ses yeux et ses cheveux couleur de jais le rendait plus sauvage. Maribel était sûre que Daniello devait être fougueux au lit. Un homme puissant qui aimait les femmes et le sexe.

Au loin, Valentina profita de voir sa mère qui était en grande conservation en compagnie de Antonia, la mère d'Enrique, le marié.

« Bonjour *mamma* ».

« Tiens ! Une revenante. Je ne savais pas que tu étais revenu des États-Unis ! ».

Antonia gênée par les remontrances de Luisa les laissa seules mère et fille.

« Pouvons-nous discuter *mamma* ? ».

« Je n'ai pas de temps à te consacrer. Par ta faute, ta sœur est très malheureuse : tu lui as volé son mari ».

« Je n'ai absolument rien volé à Sofia ! C'est elle qui m'a séparé d'Alessandro. Avant que je ne parte pour Paris, nous étions très amoureux, j'attendais son enfant. Cependant, tu as préféré ne rien écouter pour que ta fille chérie épouse l'homme que j'aime ».

« Alessandro ne s'est pas fait implorer pour épouser Sofia. Il l'aimait, mais tu l'as détourné du droit chemin. N'oublie pas qu'ils sont une fille ensemble. *Per favore* Valentina repart d'où tu viens et laisse-les vivre leur vie. Toi tu as tes affaires à l'étranger. Tu n'es pas la bienvenue ici ».

Les larmes aux yeux, Valentina affronta sa mère.

« Sofia à peut-être une fille, mais moi j'ai trois garçons avec Alessandro et nous nous aimons *mamma*. C'est lui qui est venu me retrouver à

New York, parce qu'il m'aime et qu'il ne peut vivre sans moi ».

« Où sont tes enfants ? Je ne les vois pas ».

« J'ai engagé une nourrice pour les garder la journée. Maintenant si tu désires les rencontrer, ce serait avec grand plaisir pour moi de pouvoir te présenter à toi et à *padre* mes garçons ».

« Non, ce n'est pas la peine, *padre* est très en colère contre toi. Aujourd'hui nous avons une petite fille que nous adorons : cela nous suffit ».

« *Mamma per favore*, tu ne peux pas ignorer mes enfants : ceux sont les héritiers Falcollini ».

« Cela reste à prouver ma fille. Alexandra est une Falcollini, tandis que les tiens surtout l'aîné, il ne serait pas de ton mannequin ? ».

« Je n'ai jamais fréquenté de mannequin ! ».

« Pourtant, c'est ce que tu disais à ta sœur ».

« Mais, ce n'est qu'un tissu de mensonges ».

« Qu'est-ce que tu insinues que ta sœur serait une menteuse ? N'oublie pas Valentina, c'est toi qui es parti. Tu as isolé ta famille pour vivre la grande vie en France puis aux États-Unis. Alors maintenant ne cherche pas d'amour auprès de nous et ce n'est pas la peine de te présenter avec tes bâtards ».

Valentina porta une main sur le cœur. Sa mère s'exprimait effroyablement. Les larmes lui piquaient les yeux. Elle recula en fixant sa mère. Elle vit au loin Alessandro qui dialoguait avec Carmen la belle mariée. En se dirigeant vers son compagnon, elle heurta Paolo.

« Valentina ! ».

« Bonjour Paolo, je suis contente de te revoir, mais excuse-moi, il faut que je rentre ».

« Attends, je voudrais te parler ».

« Pas maintenant, Paolo ».

Alessandro vit Valentina arriver vers lui en pleure.

« Tina ! Que se passe-t-il ? ».

« Je viens de discuter avec ma mère. Je ne suis pas la bienvenue ici ».

« Tu es ici chez toi Valentina. Ce n'est pas ta mère qui va te gouverner. Elle n'a aucun droit sur toi ».

« Je ne veux pas rester cinq minutes de plus ici ».

« As-tu revu tes grands-parents ? ».

« Non. Mais ce n'est pas grave. Rentrons *per favore* ».

« Allons-y ma chérie ».

À la fin du mois de septembre, Alessandro et Valentina fêtèrent les quatre ans de Sandro avec Luigi, Isabella, leurs jumeaux Matteo et Laora de six ans. Alessandro offrit un poney à son fils. Il vit la joie dans les yeux de Sandro. Monica, la marraine de leur fils lui avait fait parvenir un vélo.

Les familles Falcollini et Soberini n'avaient toujours pas fait connaissance avec les trois petits garçons. Seule Ana les avait aperçus en venant les voir au refuge. Elle avait pleuré de joie quand Sandro l'avait appelée grand-mère.

Le lendemain Alessandro donna des leçons de cheval à Sandro. Les deux petits frères de six mois grandissaient à vue d'œil. Alessandro et Valentina étaient fiers de leurs trois magnifiques garçons. Ils vivaient pleinement leur bonheur.

La fatigue de Valentina alarma Alessandro. Il voulait qu'elle prenne rendez-vous au plus vite chez le médecin.

« Ne t'inquiète pas Alex, nous allons avoir un quatrième enfant. Je n'ai pas eu mes règles le mois dernier »

Alessandro souleva Valentina en la faisant tournoyer. Il s'exclama de joie.

« Un autre enfant ! Je suis fou de joie mon amour. J'espère que ce sera une petite fille ! ».

« Moi aussi je voudrais une petite fille. Mais peut-être que ce sera un garçon ! Serais-tu déçu si c'est le cas Alex ? ».

« Déçu ? Bien sûr que non, je ne serai pas déçu. Je ne me sentirai jamais offensé d'avoir que des fils ».

Le lendemain après la consultation chez le médecin Alessandro appela Luigi et Isabella ainsi que Ricardo et Monica pour annoncer la bonne nouvelle.

Dans deux semaines Alessandro, Valentina et leurs garçons partaient pour Rome pour le baptême d'Enzo le second fils de Ricardo et

Monica. Alessandra Tassini était impatiente de les revoir

Alessandro resta l'après-midi à s'occuper de ses trois fils. Valentina semblait fatiguée par sa nouvelle grossesse. En fin de journée il décida de partir chez ses parents.

« Tu ne peux pas attendre demain matin pour discuter de tout cela ».

« Non, Tina j'en ai assez que ta mère t'ignore ainsi que mon père. Je vais éclaircir certains points. Ce matin j'ai entendu dire que ta sœur revenait dans l'après-midi chez tes parents. Je suis décidé à lui parler des lettres ».

« Je suis très inquiète *tesoro*. J'ai un mauvais pressentiment ».

« De quoi as-tu peur ma chérie ? ».

« Je redoute de ne plus te revoir ».

« Tina ! Mon amour, pourquoi redoutes-tu cela ? Je rentre après cette discussion. Ma vie est ici avec toi et nos garçons. J'espère que tu ne crois pas que je vais être attendri par la fille de Sofia. Ne craint rien *tesoro*, je n'ai jamais couché avec ta sœur et cette petite n'est pas ma fille. Je peux te l'assurer ».

« Je te crois Alex ».

« À quelle heure Analysa doit-elle arriver ? ».

« Bientôt, elle ne doit pas être loin ».

« Un soir nous les inviterons avec Marco. Je trouve qu'ils forment un très joli petit couple ».

Analysa arriva au refuge. Comme si elles ne s'étaient pas aperçues depuis des années, les deux sœurs se prirent dans les bras en larmes. Alessandro sortait de la chambre, Sandro dans ses bras les regardait en souriant.

« Heureusement, que vous vous êtes vu il y a quelques semaines les filles ».

« Oui, mais pour le mariage nous n'avons pas eu l'occasion de rester ensemble ».

« Valentina a raison Alessandro ».

« Je te présente nos trois fils ma chérie. Voici Sandro quatre ans, Paolo et Leo nos jumeaux de sept mois ».

Sandro, dans les bras de son père, regardait Analysa en fronçant les sourcils.

« Comment tu t'appelles toi ? ».

« Analysa. Je suis ta tante. Et toi, tu es le petit Sandro ! ».

« Je ne suis pas petit, je viens de faire quatre ans. Mes frères sont petits, mais pas moi. Je suis le grand garçon à papa et maman ».

« Oh pardon ! Le grand garçon, c'est vrai. En plus, tu es très fort ».

« Oui, comme mon papa. Regarde, j'ai des muscles moi aussi ».

Alessandro riait d'entendre son fils.

« Je vais vous laisser les filles. Ta sœur Sofia est arrivée ? ».

« Oui, Alessandro dans l'après-midi. J'espère que ça va s'arranger pour vous deux ».

« Oh ! Pour nous il n'y a pas de soucis, c'est votre mère et mon père qui nous agacent ».

Alessandro déposa un baiser sur les lèvres de Valentina.

« Je t'aime à ce soir mon amour ».

« Je t'aime Alex à ce soir *tesoro* ».

Avant de quitter le refuge Alessandro regarda par-dessus son épaule Valentina une dernière fois. Il lui envoya un baiser puis ferma la porte.

Les deux sœurs s'installèrent sur le canapé. Valentina lui parlait des trois lettres qu'elle avait envoyées à Alessandro, de la photo qu'elle avait reçue de la part de Sofia prise dans le lac où on les voyait étroitement enlacés.

« Personne n'a vu mon courrier. Alessandro en a discuté avec sa mère et Fiona. Enzo, pense qu'une personne malintentionnée aurait pu les réquisitionner. Malgré cela nous ne connaissons pas l'individu ».

« Tu penses que Sofia est dans le coup ? C'est pour ça qu'elle aurait réussi à se faire épouser d'Alessandro ! ».

« Ricardo pense plutôt à Maribel. Tu étais encore jeune quand tout cela a commencé pour Ricardo et Monica. Néanmoins, c'est en partie à cause de la déloyauté de cette vermine, s'ils se sont séparés. N'oublions pas qu'elle est copine avec Sofia et Regina ».

« Tu penses que Sofia a connaissance de ces lettres et ce dont tu lui as écrit à Alessandro ? ».

« Des lettres oui. Mais du contenu, je ne crois pas. Alessandro doit discuter avec elle de tout cela. Nous serons ce soir si elle est au courant ».

« Je ne comprends pas pourquoi toute cette méchanceté ! C'est ta jumelle, vous devriez être complice au lieu de vous haïr ».

« Je ne suis pour rien Analysa, je n'ai jamais souhaité du mal à ma sœur bien au contraire. Je vous aime toutes les trois ».

« Je sais Valentina, que tu ne ferais aucun mal à ta famille. Je t'aime ma grande sœur ».

« *Grazie* ma chérie. Bon et toi, où en es-tu avec tes études ? ».

« Je suis très contente. Dans trois ans je serai kinésithérapeute ».

« Je suis heureuse pour toi Analysa. J'ai vu que tu filais le parfait amour avec Marco. Nous vous inviterons un soir avec Juliana aussi. Nous désirons vous demander d'être les marraines de Paolo et Leo ».

« Oh ! Valentina, c'est avec grand plaisir. Je prendrai très à cœur ce rôle de marraine. Je te remercie et puis maintenant je suis soulagée ».

« Pourquoi es-tu soulagé ? ».

« Je suis désolé Valentina, mais au début, je haïssais Alessandro. Paolo nous avait annoncé qu'il avait une maîtresse américaine. Je n'avais pas fait le rapprochement avec toi. Mais quand je t'ai vu au mariage d'Enrique j'ai tout de suite compris. Ensuite Marco m'a confirmé ce dont je me douté déjà. Cependant, je ne te cache pas que j'avais beaucoup de peine pour Sofia. Mais aujourd'hui, cette histoire est réglée ».

« Pas tout à fait. Au mariage d'Enrique, j'ai eu une grande discussion avec *mamma*. Elle m'a fait comprendre que je ne suis plus la bienvenue à Bergame. Désormais ma vie est ailleurs, donc je dois laisser Alessandro et Sofia vivre leur vie. Par ma faute, leur couple a volé en éclat : j'ai écarté Alessandro du droit chemin ».

« Mais ! Tu as expliqué à *mamma* que c'est Alessandro qui est venu te retrouver ? ».

« Bien sûr, je lui ai tout expliqué. Mais cela ne l'intéresse pas ».

« Mais elle est odieuse. Ce n'est pas possible, mais qu'est-ce qu'il se passe dans sa tête ? ».

« Aucune idée peut-être un secret : je ne suis peut-être pas sa fille ! ».

« Arrête tes bêtises Valentina ».

« *Mamma* se comporte comme si je n'étais pas sa fille ».

« Tu aurais dû accompagner Alessandro ».

« Cela ne sert à rien. Déjà qu'Alessandro va avoir beaucoup de mal à raisonner *mamma* et Paolo. Il ne faut surtout pas toucher à sa petite Sofia ».

« Tu sais qu'elle a eu une petite fille ! ».

« Oui. Mais elle n'est pas d'Alessandro. Il n'a jamais couché avec Sofia. Tu as eu le privilège de connaitre ta nièce ? ».

« Non, je ne sais même pas à quoi ressemble cette petite. Je trouve aberrant qu'elle soit partie accoucher à Madrid. Jusqu'à ce jour personne ne connaît Alexandra. Il n'y a que *mamma* qui connaît sa petite-fille ».

« Ouais. Quelle coïncidence ».

Alessandro apparut chez ses parents, Sofia ainsi que ses beaux-parents étaient là. Il entra et rejoignit tout le monde au salon.

Paolo s'approcha le premier d'Alessandro.

« *Figlio* comment vas-tu ? J'espère que tu as retrouvé tes esprits. Ta place est auprès de ton épouse Sofia ».

« *Buon sera* tout le monde. Je vais très bien *padre*. Je suis le plus heureux des hommes avec la mère de mes *bambinos* ».

« Ne dis pas de sottises Alessandro tu n'as rien vu venir avec Valentina. Franchement *figlio*, tu me déçois. Chez les Falcollini nous n'avons qu'une femme dans sa vie et c'est la seule qui tient les trois rôles « *épouse, mère de tes enfants et maîtresse* ». Quand je te parle d'enfants, ce sont tes enfants légitimes. Regarde Sofia comme elle est malheureuse. Tu te rends compte ce que tu lui fais subir et pour Leonardo et Luisa nos amis de toujours. Ce lien que tu vas briser pour une *puttana* ».

« Paolo ! Ne parle pas ainsi de mon autre fille. Je ne tolère pas qu'elle ait brisé leur couple. Mais Valentina est loin d'être une *puttana* ».

« Excuse-moi Leonardo. Mais Alessandro il faut qu'il revienne à la raison ».

« Ma vraie raison de vivre, est Valentina. Je l'ai toujours aimé ».

« Mais ses *bambinos* sont-ils les tiens ? ».

« Tu t'attends parler Luisa ! Qu'est-ce que tu insinues que ta fille est une trainée ? Il me semble qu'elle t'avait supplié de l'écouter avant que je ne me marie avec Sofia. Mais tu as préféré fermer les yeux et laisser ta fille chérie m'épouser. Et toi Sofia qu'as-tu fait des lettres dont Valentina m'avait envoyé ? Est-ce qu'elles sont dans un fond de tiroirs ? ».

Alessandro s'emporta. Il parlait en faisant des gestes. Ses bras partaient dans tous les sens. Il n'arrivait plus à se contrôler. Il foudroya Sofia de son regard noir.

« Il paraît que tu as une fille ? D'où sort-elle cette petite ? ».

« C'est notre fille légitime mon chéri. Elle s'appelle Alexandra ».

« C'est totalement absurde ma pauvre Sofia. Je n'ai pas de fille, je n'ai que des garçons et tu le sais très bien : puisque tu as vu le contenu de mes lettres ».

« Non, Alessandro je te promets que je n'ai jamais ouvert ton courrier ».

« Écoute *figlio*, maintenant que tu as fait la connaissance avec ta fille, je veux que Valentina reparte vivre aux États-Unis. Elle ne sera jamais la bienvenue ici ».

« Et toi Leonardo ! Tu ne veux pas défendre ta fille ? Mais qu'est-ce qu'elle est pour vous Valentina ? Est-elle une bâtarde ? ».

Ana seul dans son coin pleurait. Alessandro s'approcha de sa mère et la prit dans ses bras.

« *Mamma* je t'aime. Seulement, il ne faut pas me demander l'impossible. J'aime Valentina ».

« Je le sais mon chéri ».

Alessandro les considéra tous, les uns aux autres. Fatigué par ce conflit, il se dirigea vers la sortie en lançant un regard noir en leur criant par-dessus son épaule.

« J'aime Valentina et personne ne m'interdira ma relation avec elle ».

Sofia courait derrière Alessandro.

« Alessandro, mon chéri, je désire te rendre heureux. Reviens vivre avec moi. Je te pardonne *amore mio* ».

« Tu me pardonnes ! Mais tu me pardonnes de quoi ? Il me semble que je n'ai rien à me reprocher ! Quant à toi, ce n'est pas ton cas Sofia. Je suis désolé, mais je ne t'aime pas. Je ne t'ai jamais aimé. Ce mariage est une énorme erreur Sofia. Maintenant excuse-moi, mais, ma famille m'attend ».

Alessandro sortit de la pièce en claquant la porte de toutes ses forces. Il remonta sur son cheval et prit le chemin du retour à une allure folle. Il avait hâte de retrouver Valentina et ses trois fils. Qui était cette petite fille et pourquoi Sofia voulait-elle lui faire croire cette paternité ? Il se remémora l'altercation avec son père. Ils perdaient tous la tête.

L'étalon fit un écart et propulsa Alessandro trois mètres plus loin. Le jeune homme frappa la tête contre un tronc d'arbre et… le trou noir.

Le cheval d'Alessandro s'engagea comme un forcené dans les écuries. Marco, le jeune frère de Monica et Hector le chef d'équipe et père d'Enrique et Maribel, parlaient tranquillement. L'animal fonça sur eux. Marco recula en criant, sur Hector. Le jeune homme plaqua son ainé sur le sol humide pour le protéger du cheval. L'étalon se rua droit sur le chef d'équipe. Ils se relevèrent délicatement pour ne pas terrifier l'animal. Ils ne comprenaient pas ce que faisait ce cheval, seul dans la nuit.

Marco reconnut l'étalon d'Alessandro.

« C'est le cheval d'Alessandro ».

« Je ne comprends pas ce que ce cheval fait tout seul ? ».

« Il y a un quart d'heure, Alessandro est passé devant moi avec son cheval. Il semblait très en colère. Je vais seller les chevaux. Je connais le passage dont il a emprunté. Il a dû avoir un problème pour que son étalon rentre dans cet état. Ce n'est pas normal. Allons-y Hector, ne perdons pas de temps ».

« J'arrive Marco. Mais d'abord, explique-moi comment connais-tu ce chemin ? Tu ne penses pas que si nous prenions la voiture, ce serait plus simple ? Surtout si nous devons ramener Alessandro ».

« Non, nous n'y avons pas accès en voiture. Je connais très bien ce chemin, avec Alessandro nous faisions galoper les chevaux ».

Vingt minutes plus tard, Marco et Hector retrouvèrent leur patron, inconscient et mal-en-point. Le jeune palefrenier avait eu la riche idée d'atteler une charrette derrière son cheval. Les deux hommes hissèrent Alessandro dedans et dévalèrent le chemin qui les menait à la ferme Falcollini.

Cela faisait deux heures qu'Alessandro était parti. Valentina avait donné le sein à ses bébés et les avait recouchés. Elle se releva du canapé et se dirigea vers la porte de sortie.

« Peux-tu garder les enfants jusqu'à mon retour *per favore* ? Je vais retrouver Alessandro chez lui. Il doit avoir besoin de mon soutien ».

« Non, Valentina, il commence à faire nuit. Ne t'inquiète pas, Alessandro va revenir d'ici peu. Je vais attendre avec toi son retour. Nous allons donner à manger à Sandro ».

« Je suis tellement inquiète, Analysa. J'ai un mauvais présage. Peut-être qu'il est content de revoir Sofia. Il compte peut-être passer la nuit ensemble ».

« Arrête avec tes peut-être, tu sais très bien qu'Alessandro n'est pas épris de notre sœur. Sinon pourquoi aurait-il traversé l'atlantique pour te retrouver. N'oublie pas que vous êtes de nouveau ensemble avec trois enfants et un bébé en route ».

« Je suis tellement angoissé ».

Les deux sœurs restèrent une bonne partie de la soirée et de la nuit à discuter. Rattrapées par la fatigue, elles s'endormirent sur le canapé.

Le lendemain matin, à sept heures, Valentina entendit quelqu'un frapper à la porte. Elle se leva subitement pour ouvrir. Marco, devant elle, avait une mine défaite.

« Bonjour Valentina. J'ai une très mauvaise nouvelle. Alessandro a eu un grave accident hier soir sur le chemin du retour ».

Valentina regarda Marco avant de s'évanouir. Analysa près de sa sœur essaya de la retenir. Marco fut plus rapide pour rattraper la jeune femme, avant qu'elle ne s'écroule parterre. Il la déposa sur le canapé. Analysa épongea le front puis humidifia les lèvres de sa sœur avec un torchon humide.

Valentina reprit doucement ses esprits.

« Je désire aller voir Alex ! *Per favore* Marco, emmène-moi près de lui. Je veux lui dire un dernier adieu ».

 « Alessandro n'est pas mort. Hier soir il a été transmis à l'hôpital ».

« Je vais me préparer ».

« Alessandro n'a pas repris connaissance. Je ne crois pas que ce soit raisonnable d'aller lui rendre visite ».

Valentina se mit à crier contre Marco

« Marco ! Je ne vois pas pourquoi ce n'est pas raisonnable. Maintenant, si cela te gêne de me conduire, ce n'est pas un souci pour moi. Je vais aller toute seule à l'hôpital ».

« Ne te fâche pas Valentina, je t'accompagne. Ensuite, j'appellerai Ricardo ».

« Je te remercie, tu es un ange mon chéri ».

« *Per favore*, je ne suis plus un gamin, alors ne m'appelle pas comme ça : surtout pas devant ta sœur ».

« Tu sais très bien que tu es un peu mon petit frère ».

« Ouais. Allez va te changer avant que Paolo ne te voie à l'hôpital ».

« Paolo ne va quand même pas m'interdire de voir son fils : le père de mes garçons ».

Marco souriait d'entendre Valentina. Elle lui faisait penser à sa sœur Monica. Elles n'étaient pas de très grandes copines pour rien. Les deux jeunes femmes s'adoraient comme deux sœurs.

« Tu pourras leur donner le déjeuner à mes trois garçons Analysa ? Je vais te préparer les biberons pour Paolo et Leo ».

« Pas de problème *mia sorella* ».

« Je te remercie ma chérie ».

Une fois sa toilette finie, Valentina entendit Sandro entrer dans leur chambre.

« Bonjour maman. Pourquoi papa n'est pas là ? Je voulais lui faire un câlin ».

« Bonjour mon chéri. Papa est parti très tôt ce matin. Il reviendra dans quelques jours ».

Sandro, commençait à avoir les larmes aux yeux. Il aimait retrouver son papa et sa maman dans le lit : un petit moment avant de déjeuner, pour faire de gros câlins.

« Papa ne m'a pas embrassé avant de partir ».

« *Padre* est venu te voir, mais tu dormais mon chéri. Il va vite revenir ».

Valentina maintenait ses larmes pour ne pas effrayer Sandro. Elle se représenta Alessandro sur un lit d'hôpital, qui devait souffrir de ses blessures.

« Je vais faire un aller-retour jusqu'à la ferme rendre visite à nonna Ana. Tu resteras sage avec ta tante. *Tesoro* ».

« Tu fais de gros bisous à nonna de ma part *mamma* ».

« Oui, mon chéri ».

Valentina embrassa ses enfants et sa sœur. Elle suivit Marco à cheval jusqu'aux écuries de la ferme Falcollini. Ils prirent la voiture et partie à l'hôpital. Arrivé devant l'établissement, Marco déposa Valentina. Elle entra et se dirigea vers l'accueil.

« *Ciao signora.* Pouvez-vous me transmettre le numéro de la chambre de monsieur Alessandro Falcollini *Per favore* ».

« Vous êtes de la *famiglia* ? ».

« *Si,* je suis sa femme ».

« Chambre 208 au fond du couloir ».

« *Grazie* ».

Valentina marchait délicatement le long du couloir. Elle arriva face à la porte de la chambre d'Alessandro, celle-ci était grande ouverte. Elle s'avança délicatement vers lui en le regardant amoureusement. Sa tête était entourée d'un bandage. Il était appareillé pour le maintenir en vie. Elle s'approcha d'Alessandro en effleurant ses lèvres des siennes. Elle s'allongea près de son compagnon, puis posa sa tête sur son torse. Des pas avancèrent dans la pièce. Elle sursauta en entendant la voix brusque de la personne qui venait d'entrer.

« Que faites-vous ici mademoiselle ? Il est interdit de rentrer dans la chambre d'un patient dans le coma. Il n'y a que la *famiglia* qui a le droit de le visiter ».

« Je suis désolée *dottore*, je suis sa *donna*, la *madre* de ses *bambinos* ».

Le médecin n'était pas des plus chaleureux.

« Très bien. Je permets dix minutes, mais pas plus ».

« *Grazie dottore* ».

Valentina resta assise sur le lit en lui parlant tendrement.

« J'espère *amore mio* que tu m'entends ? Je vais devoir repartir, mais je reviendrai fréquemment te voir ».

En se dirigeant vers la porte de la chambre, Valentina le regardait une dernière fois avant de le quitter.

« *Ti amo* mon Alex ».

Valentina reprit le couloir et aperçut Paolo et Sofia qui parlaient avec le médecin. Elle entra dans une pièce sombre pour ne pas se faire voir. Elle les entendait discuter.

« Comment ça sa femme ! Mais c'est moi son épouse ».

« Je vous préviens *dottore*, je ne veux personne d'autre que ma belle-fille ici présente. Et je veux que cette chambre reste fermée. M'avez-vous bien compris ? ».

« *Si* monsieur Falcollini ».

« Très bien, *dottore* ».

Valentina, n'entendit plus personne dans le couloir. Elle sortit de la pièce puis de l'hôpital.

Le lendemain matin, quelqu'un tambourinait à la porte brutalement. Valentina partit ouvrir et se trouva nez à nez avec Paolo.

« Valentina ! Je ne veux plus que tu viennes perturber ta sœur et Alessandro. Tu n'as pas ta place ici ».

« Bonjour Paolo ! Comment vas-tu ? ».

« As-tu compris ce que je viens de te dire ? ».

« *Si* Paolo. Néanmoins ma place est auprès d'Alessandro. Nous avons trois fils ensemble que tu le veuilles ou non ».

« Ça reste à prouver ».

« Heureusement, qu'Ana est plus intelligente et chaleureuse que toi mon pauvre Paolo ».

Sandro sortit de sa chambre en courant vers sa mère. Il s'immobilisa en voyant ce monsieur à l'entrée.

« Maman ! Qui est ce vieux monsieur ? Il me fait peur ».

Paolo faillit se trouver mal en voyant le petit garçon.

« *Madre di Dio*. Qui c'est ce petit garçon ? ».

Valentina referma aussi vite qu'elle pouvait la porte du refuge en la claquant violemment.

Paolo tambourinait sur la porte.

« Valentina *per favore*, laisse-moi dire bonjour à mon petit-fils ».

« Non, Paolo ».

Valentina prit Sandro dans ses bras et partit avec lui dans la chambre des jumeaux pour les nourrir. Elle entendit le cheval de Paolo repartir au galop.

Dans la matinée Valentina accueilli sa sœur Analysa et Marco. Elle leur raconta l'entrevue inattendue de Paolo. Elle était contente d'avoir des nouvelles fraîches par Marco.

« Je suis impatiente de revoir Alessandro ».

À la ferme Falcollini, le téléphone n'arrêtait pas de sonner. Fiona qui était rentrée de Milan pour rendre visite à son cousin, prit le combiné. Son cœur fit un saut dans sa poitrine quand elle entendit la voix de son interlocuteur.

« Allo, bonjour. Est-ce que je pourrais parler à Alessandro s'il vous plait ? ».

« Bonjour Nadir, c'est Fiona. Je suis désolée, mais Alessandro a eu un accident de cheval. Il est hospitalisé ».

« Que lui est-il arrivé ? Je ne comprends pas, Alessandro est un très bon cavalier ! ».

« C'est après une dispute avec son père. Mais je suis désolée Nadir, je ne peux pas te parler pour le moment. Il y a beaucoup de personnes qui appellent pour avoir des nouvelles ».

« Fiona s'il te plait, dis-moi si je peux venir lui rendre visite ? ».

« Alessandro est dans le coma, son état est stationnaire. C'est tout ce que je peux te dire ».

« Pourrais-tu me téléphoner pour me donner d'autres nouvelles ? ».

« Je ne suis plus beaucoup à Bergame ».

« Fiona pourquoi tu ne me réponds plus au téléphone ? Je t'aime mon ange ».

« Est-ce que tu m'aimes vraiment ? Ou est-ce plutôt ta maitresse de Paris que tu aimes ? ».

« Je ne comprends pas ce que tu me racontes Fiona ! ».

« Adieu Nadir ».

« Fiona ».

Nadir entendit la tonalité du téléphone. Le cœur serré, il posa le combiné. Il n'avait pas compris ce dont Fiona lui parlait. En rendant visite à Alessandro, il allait avoir une bonne explication avec elle. Il désirait qu'elle devienne son épouse.

Plusieurs jours plus tard après son accident, Alessandro toujours à l'hôpital, sortit du coma. Il ne se souvenait plus de ce qu'il lui était arrivé, ni comment il se trouvait dans cette chambre. Il ne possédait plus aucune connaissance. La seule chose qu'il ressentait encore c'était la douceur des lèvres sur les siennes puis un corps tendre contre lui : comme dans un rêve merveilleux.

À quelques kilomètres de l'hôpital, au refuge, Valentina travaillait sur une nouvelle collection. Elle décida de rester quelques semaines de plus dans la maisonnette jusqu'à ce qu'Alessandro se rétablisse. Ensuite, ils débuteraient la recherche d'une maison, assez grande pour accueillir leur quatrième enfant.

Un matin, Valentina eut la visite d'Isabella et d'Analysa. Elles étaient heureuses de passer un moment ensemble. Elles s'installèrent toutes les deux sur le canapé du petit salon. Sa jeune sœur s'occupait des garçons.

« Comment te sens-tu ma chérie ? Est-ce que ta grossesse ne t'épuise pas trop ? ».

« Ma grossesse se passe bien. Je ne suis pas nauséeuse comme pour Sandro et les jumeaux. Nous espérons tous les deux avoir une fille. Maintenant qu'Alessandro est sorti du coma, je suis impatiente qu'il rentre à la maison avec nous ».

« Je te comprends Valentina. Demain, avec Luigi nous irons lui rendre visite. Alessandro semble fatigué, nous avons ordre de ne pas trop le déranger. Ce sont les propos de Paolo. Sauf bien sûr, la très chère Sofia ».

« Je compte rendre visite à Alessandro, cet après-midi. Que cela plaise ou pas à Paolo, de toute façon personne ne m'interdira de revoir le père de mes garçons ».

« Sois prudente quand même, surtout avec Paolo. Tu connais son caractère ! Vu que tu n'as pas voulu lui présenter ses petits-fils, il fera tout pour que tu ne t'approches pas d'Alessandro ».

« Je serai très prudente. Comme l'autre jour, Marco va me laisser devant l'entrée de l'hôpital. Il faut que je téléphone à Monica, je ne sais pas ce qu'ils ont décidé pour le baptême d'Enzo ».

« Luigi a eu sa sœur l'autre soir au téléphone. Dès qu'Alessandro sera rétabli, Monica et Ric baptiseront leur fils ».

Dans la journée, Marco conduisait Valentina à l'hôpital. Elle se fit déposer devant l'entrée. Elle reprit le même couloir pour filer jusqu'à la chambre d'Alessandro. La porte de celle-ci était fermée.

Valentina frappa timidement.

« *Entrata* ».

La jeune femme pénétra fébrilement dans la chambre ensoleillée. Elle se dirigea comme un automate vers Alessandro, qui la regardait droit dans les yeux. Elle posa sa main sur la sienne et la serra tendrement. Un grand frisson parcourut son corps.

« Bonjour *tesoro*. Comment est-ce que tu te sens aujourd'hui ? ».

Alessandro fronça les sourcils.

« Bonjour mademoiselle. Je suis désolé, mais qui êtes-vous ? ».

« Valentina, *amore mio*. Je suis Tina, Alex ».

Alessandro la dévisagea. Il lui retira sa main.

Les yeux larmoyants, Valentina le regardait droit dans les yeux. Elle lui reprit la main et la posa sur son petit ventre arrondi.

« Alex ! Tu as perdu la mémoire ? Alors ! Tu ne te rappelles plus de rien ? Oh ! Mais Alex je suis Tina, nous avons des enf… ».

Des pas raisonnèrent derrière elle. Une voix d'homme qu'elle reconnut s'éleva.

« Valentina ! Que fais-tu ici ? Sors de cette chambre tout de suite. Tu n'es pas la bienvenue ici. Laisse Alessandro se reposer. Je ne veux plus te voir tourner autour de mon fils ».

Alessandro les contemplait à tous les deux. Complètement embarrassé, il ne saisissait pas pourquoi son père hurlait après la jeune femme.

Valentina blême déposa un chaste baiser sur les belles lèvres d'Alessandro. Elle sortit de la chambre en courant. Les larmes lui brouiller la vue. Elle entra dans la voiture de Marco en suffoquant.

« Alessandro ne me reconnaît plus Marco. Tu savais qu'il avait perdu la mémoire ? Qu'il était amnésique ? ».

« Non, Valentina. Sinon je t'aurais évité cet échange. Je suis désolé parce qui vous arrive à tous les deux. Ce n'est pas possible, l'histoire se répète à nouveau. Je repense souvent au chagrin de Monica quand elle était séparée de Ricardo. Si cet enfoiré de père ne s'en était pas mêlé, ma petite-nièce Francesca serait auprès de nous ».

« La perte d'un enfant doit être terrible. Je sais tout ce que ta sœur a supporté. Nous nous sommes beaucoup soutenues toutes les deux ».

Valentina évita de parler d'Octavio ce père méprisant qui avait séquestré puis abandonné sa propre fille et son jeune fils. Monica et ses trois frères n'avaient plus aucune nouvelle de leur père et ne cherchaient pas en avoir.

À hôpital, Alessandro voulait des réponses à ses questions.

« *Padre* ! Pourquoi avoir parlé aussi ferme à cette jeune femme ! Qui est-elle ? ».

« Valentina Soberini, la sœur de Sofia, ton unique épouse Alessandro ».

« Dis-moi quand même si nous sommes très intimes elle et moi ? ».

« Pour le moment, il faut que tu te reposes. Ta mémoire reviendra *figlio* ».

Enzo, le père de Paolo qui avait assisté à la scène prit son fils à part.

« Dis-moi mon fils, est-ce que c'est parce que tes vieux souvenirs ressurgissent que tu réagis comme ça envers Valentina ? ».

« Quel souvenir ? De quoi parles-tu *Padre* ? ».

« Ne me prends surtout pas pour un idiot Paolo. Cette aventure que tu as eue avec cette jeune femme. Allyn. Cela t'a laissé des traces, ne l'oublie pas ».

« Justement je voudrais l'oublier. J'étais jeune et stupide. Il n'y a pas eu aucune conséquence puisque tout avait été réglé ».

« Jeune et stupide ! Ne me dis surtout pas que tu n'étais pas amoureux d'Allyn. Qu'il n'y a pas eu aucune conséquence. Tu peux dire merci à ton frère ».

« Où veux-tu en venir *padre* ? ».

« Tu n'as pas le droit de séparer ton fils à la femme qu'il chérisse. Ce n'est pas à Sofia d'être auprès d'Alessandro. Néanmoins, je désire, que tu réfléchisses à cette conversation ».

Au refuge, Valentina retrouva Isabella. Elle lui avait gardé les enfants la durée d'une visite à son compagnon Alessandro.

« Alors ma chérie, comment se sont passées les retrouvailles ? Tu as pu lui parler ? ».

« Oui marraine, mais il ne se souvient pas de moi. Il a perdu la mémoire ».

Valentina abattue s'effondra en pleurs sur le canapé. Elle raconta à Isabella tout en détail son conflit avec Paolo.

« Je suis désolé ma chérie, mais je ne voulais pas t'interdire d'aller le voir. Luigi n'était pas d'accord, c'est moi qui ai insisté. Je voulais tant que vous vous retrouviez tous les deux ».

« Ne sois pas désolée, tu as cru bien faire. Je te remercie pour tout ce que tu as fait. Tu es une mère pour moi. Ne l'oublie jamais, marraine ».

Les yeux humides, Isabella la serra dans ses bras.

Milan

Un mois plus tard après l'accident, Valentina vivait à Milan avec ses enfants tout en restant en contact avec Marco. Elle avait des nouvelles du père de ses enfants tous les jours. Elle savait qu'Alessandro reprenait des forces. Il refaisait connaissance avec toute sa famille.

La jeune femme avait acheté à Milan un très beau duplex de deux cent cinquante mètres carrés, avec une belle terrasse qui longeait l'habitation. Les chambres avec salles de bains et toilettes se trouvaient à l'étage. Au rez-de-chaussée il y avait une cuisine, un salon, une salle à manger spacieuse et un grand atelier. Luigi et Isabella habitaient définitivement en Italie. Leur duplex était voisin à celui de leur nièce.

Valentina recevait des appels téléphoniques régulièrement de sa copine Monica. Un jour les deux jeunes femmes parlèrent longtemps.

« Ric ne désire pas voir Alessandro dans cet état. C'est pour ça que nous sommes restés à

Rome. J'espère que tu ne m'en veux pas ma chérie ? ».

« Bien sûr, que non Monica. Je comprends très bien Ric. Alessandro n'aurait pas voulu voir son cousin dans le même état ».

« Nous pensons baptiser notre fils Enzo en début d'année. En espérant qu'Alessandro se rétablisse au plus vite. Je compte toujours sur toi pour être la marraine ».

« Je t'ai promis que je tiendrais ce rôle à cœur. Fiona, Paola et Juliana viennent diner avec moi ce soir. Je suis contente de les avoir auprès de moi à Milan. Tu me manques Monica, c'est très difficile de subir cela sans toi ».

« Tu me manques aussi. Tu embrasseras très fort les trois copines ainsi que tes trois petits garçons. J'espère que mon filleul n'est pas trop perturbé par l'absence de son père ».

« Justement ce n'est pas facile de lui mentir. Il ne comprend toujours pas pourquoi son père n'est plus dans notre chambre et pourquoi nous vivons à Milan ».

« Comment, va Fiona depuis la disparition de Fabiola ? ».

« Elle n'est pas très en forme. Elle avait juste besoin de réconfort auprès de Nadir. Eh bien monsieur est allé rejoindre sa belle à Paris ».

« Tu crois vraiment qu'il a une maitresse à Paris ? ».

« Fiona a téléphoné au palais, elle est tombée sur un de ses frères ».

« Oh mince ! Il faut vraiment qu'elle arrête avec ce gars, sinon elle risque d'endurer par son infidélité ».

« Je suis d'accord avec toi ».

« Et toi comment ça se passe avec Rosalia et Regina ? ».

« Ça va bien. Ric me soutient amplement. Il me donne de plus en plus de responsabilités à l'atelier. Je dessine la nouvelle collection avec mon beau-père. Je suis vraiment très heureuse Valentina ».

« Je suis très heureuse pour toi ma chérie. Tu mérites tout ce bonheur. J'espère que vous allez venir au vernissage de ma prochaine boutique ».

« Quand est-ce que tu comptes ouvrir cette boutique ? ».

« Je ne sais pas encore, les travaux ont pris du retard. Mais ce sera dans le courant de l'année prochaine ».

Valentina commençait à être connue dans le monde entier en ouvrant des boutiques dans les plus grandes capitales du globe. Dans quelques mois, sa boutique ouvrirait ses portes à Milan. Pour l'inauguration, elle donnerait une grande réception.

Bergame

Au début, du mois de décembre à la ferme Falcollini, Paolo attendait la visite d'Hassan al-Quatir avec un de ses fils.

Fin de matinée, les deux princes arrivèrent à la ferme. Paolo et Alessandro les accueillirent chaleureusement. Nadir fut peiné de voir son grand copain dans cet état. Les deux jeunes hommes ne s'étaient pas revus, ni appelé depuis le lendemain du réveillon à New York. Il avait quitté son copain en mauvais termes.

Les hommes passèrent une bonne partie de l'après-midi à faire courir les chevaux. Au loin Nadir aperçut Fiona qui sortait ses bagages du coffre de sa vieille voiture. Il était impatient de se retrouver près d'elle.

Le soir, tout le monde au salon prenait un apéritif avant le repas. Les hommes d'un côté, les femmes de l'autre. Fiona dans sa belle robe fendue sur le côté de soie bleue, assortie à ses yeux, était d'une beauté exceptionnelle. Nadir la regardait avec un désir immense. Il la trouvait toujours aussi sublime. Cette robe de cocktail lui allait à ravir. Ses seins épanouis étaient prêts à jaillir de son décolleté profond.

Une domestique s'approcha d'Ana pour lui annoncer que le dîner était prêt.

« Mes amis, nous pouvons nous installer à table ».

Fiona s'asseyait à côté de Nadir. Elle dévoila sa magnifique cuisse. Espiègle, elle le regarda en souriant. Même si elle très en colère contre lui, cette nuit, elle avait décidé de le séduire et de lui offrir sa virginité. Elle savait qu'après elle aurait le cœur brisé. Mais peu importe, elle avait envie de renouveler les caresses et les préliminaires qu'ils avaient partagés à Londres et à Genève.

Nadir fou de désir frôla sa cuisse à la sienne. Il posa sa main sur cette peau satinée en la caressant délicatement. Sa main se faufila entre ses jambes en effleurant son pubis. Il était agréablement surpris de toucher son sexe nu. Il passa un doigt sur sa fente humide.

Le dîner terminé, Hassan, Nadir, Alessandro et son père Paolo s'enfermèrent dans le bureau de ce dernier. Nadir n'arrêtait pas de penser à

Fiona. Quand il l'avait vu entrer dans le salon, son cœur avait battu la chamade.

Les grands-parents Enzo et Lucia partirent se coucher. Ana, la mère d'Alessandro fit de même. Sofia quant à elle retourna à la maison voisine de la ferme. Fiona partit subtilement dans une des chambres d'amis où dormait Nadir. Elle prit une douche puis s'allongea nue dans le lit. Des pas dans le couloir annonçaient que quelqu'un arrivait. Elle entendit des voix d'hommes parler en arabe.

Nadir entra dans la chambre sombre. Il partit directement à la salle de bain pour prendre une douche. En sortant de sa douche il comptait partir en direction de la chambre de Fiona pour lui faire l'amour. Il avait bien discerné qu'elle était dévouée à partager une belle nuit d'amour avec lui. Il attendrait que tout le monde soit endormi avant de filer dans la chambre de la jeune femme. Il s'allongea sur son lit et sentit une présence à côté de lui. Il alluma la veilleuse et fut surpris de voir Fiona nue sous les draps.

« Fiona ! Que fais-tu ma beauté dans mon lit ? ».

« Acceptes-tu une vierge dans ton lit ? ».

151

« Ma chérie, excuse-moi. Nous n'avons pas eu le temps de discuter. Comment vas-tu mon amour ? ».

« Ça va ».

« Mais encore ! ».

« Nadir ? ».

« Oui, ma beauté ».

« Fais-moi l'amour. Je pense à toi tous les jours. Au moment où tu me prends dans tes bras. De nos deux corps enlacés, où nous ne faisons plus qu'un. J'ai besoin de toi Nadir, de te sentir au fond de moi. Je suis décidé à t'offrir ma virginité ».

« Je serais très heureux de te déflorer mon ange. Pour moi aussi c'est une première : je ne souhaite pas te faire mal ».

« Je suis entièrement à toi Nadir. Je veux que nous jouissions pendant ces deux nuits à faire l'amour ».

« Moi aussi ma chérie, je suis entièrement à toi. Je t'aime Fiona ».

Nadir retira sa serviette qui entourait sa taille et dévoilait sa belle virilité. Il aspira entre ses lèvres un téton puis l'autre, en savourant ses magnifiques seins. Il descendit plus bas vers son ventre, son nombril percé d'un petit diamant qu'il lécha. Il aimait ce discret bijou, que Fiona avait sur son nombril. Il continua à la savourer en lui donnant de tendres baisers sur ce joli ventre bien plat. Il se plaça entre ses jambes, passa ses mains sous ses fesses en la soulevant. Il lui donna un baiser sur son pubis imberbe. Il adorait son adorable sexe, cette peau très douce qu'il glorifiait. Il se mit à lécher les petites lèvres puis son clitoris qu'il aspira. Il avait tant rêvé de se fondre en elle, qu'il en était tout bouleversé. C'était la première fois qu'il ressentait cela pour une seule femme. Son grand-père avait raison. « *Il fulmine vertigini* » était bien pour Fiona. Mais cela il y a très longtemps qu'il le savait. Déjà à Londres, il avait eu ce vertige d'amour.

En levant son regard, Nadir croisa les yeux bleus de Fiona. Un grand frisson parcourut son corps. Elle était magnifique. Ses petits cris de plaisir étaient adorables. Il resta à humer son odeur intime. Il donna, un baiser sonore sur son pubis, aspira ses petites lèvres. Il n'arrivait pas à se défaire de son goût exquis, de sa douceur, de

153

« *Fiona* » tout simplement. Il sentait les doigts fins de Fiona dans ses cheveux qui le caressaient tendrement. Il aimait tellement cette femme.

« Tu es si belle. Je te désire effroyablement ».

Nadir continuait à la lécher, il passa sa langue dans la fente et la pénétra doucement d'un doigt en occasionnant un tendre va-et-vient.

Fiona se déhancha en écartant davantage les jambes. Elle se cambra en gémissant de plaisir.

Nadir longea le corps de Fiona. Il l'embrassa follement. Fiona sentit l'odeur de son sexe. Elle cajola en même temps sa belle érection.

« Je veux te goûter, moi aussi ».

« Après ma chérie ».

Nadir, au-dessus de Fiona, câlina sa vulve de son gland. Elle se crispa en s'accrochant à ses bras puissants. Il entra délicatement en elle, à petits coups de reins. Il franchit l'hymen. Fiona poussa un cri, les larmes coulèrent sur ses joues.

Troublé par ce petit cri de douleur, Nadir ne savait plus s'il devait continuer.

« Est-ce que ça va ma beauté ? Si veux mon ange, je peux stopper ».

« Non, ça va Nadir ».

« Tu es sûre ? ».

Inquiet par la douleur de Fiona, Nadir resta figé sur place.

« Je ne veux surtout pas te faire mal ».

« Ne t'inquiète pas, je garderais un très beau souvenir de ma première fois. Surtout avec toi Nadir ».

« Oh ! Fiona, ma chérie. Si tu savais à quel point je t'aime ».

Nadir s'enfonça un peu plus. Il bougea en elle, en lui susurrant à l'oreille des mots tendres pour la rassurer. Au fur et à mesure, il la sentait se détendre, ce qui l'incita à aller plus profond. Son corps tremblait, sa tête lui tournait. Un vertige se fit sentir. C'était beaucoup trop fort et très intense. Il entendit Fiona gémir. Il voulut sortir pour envoyer sa semence sur le ventre de Fiona. Seulement Nadir ne se contrôlait plus. Le plaisir le transporta. Il jouit à son tour, en éjaculant en elle. Son sperme se répandit dans son vagin.

Dans le feu de l'action, Nadir avait oublié de mettre un préservatif. Son sexe nu avait glissé dans le vagin de Fiona. Pour lui, c'était vraiment une première.

« Es-tu heureuse pour ta première fois ? ».

« Je suis vraiment chanceuse Nadir. Tu m'as fait découvrir l'amour. C'était très beau et très bon. J'ai hâte d'être à demain soir. Si tu veux, nous pourrons faire l'amour dans ma chambre. Je serai contente de t'accueillir dans mon lit ».

« Fiona ! C'était extraordinaire. Moi aussi j'ai découvert l'amour avec toi mon ange ».

« C'est toi qui es extraordinaire Nadir, tu es très beau. Au fait, j'adore ton tatouage ».

Nadir avait un magnifique tatouage tribal qui couvrait toute l'épaule et l'avant-bras gauche.

« La dernière fois, quand nous nous sommes vus, tu n'avais pas ce tatouage ? ».

« Non, c'est toi qui m'as donné envie de me faire tatouer ».

« Dis-moi ce que représente ce couple ».

Nadir se sentit tout à coup gêné. Il s'était fait tatouer, cet automne en pensant à Fiona.

« C'est nous deux mon ange. L'amour que j'éprouve pour toi ».

Troublée par les révélations de Nadir, Fiona se retourna à plat ventre.

« C'est magnifique. Merci ».

Nadir admira ses magnifiques fesses. Il était fou de cette femme. Elle était belle, amusante et très intelligente. Elle avait tout pour plaire à un homme. Il comprenait pourquoi son frère Maher était tombé sous le charme de Fiona. Il s'amusa à embrasser une par une ses épaules, son dos et ses fesses. Son érection bien gonflée, il se plaça derrière elle et la pénétra en soupirant de plaisir. Il allait vite éjaculer tant il était excité.

Après un tendre va-et-vient, Fiona bascula, dans la jouissance. Nadir la suivit et envoya tout son sperme. C'était tellement intense, de jouir de cette façon, coup sur coup. Cela aussi était une première.

« Tu vas me manquer quand tu vas repartir ».

« Toi aussi ma beauté. Reste avec moi toute la nuit. Je veux te sentir, auprès de moi jusqu'à demain matin, sentir ton corps contre le mien. Je t'aime Fiona. Je t'aime comme un fou ».

« Je t'aime Nadir ».

« Épouse-moi Fiona ».

« Tu veux que je devienne ta femme ? ».

« Oui. Demain, je vais en parler à mon père et dès mon retour, je demanderais ta main à ton oncle Paolo, mon amour. Dis-moi que tu veux devenir mon épouse ».

« Oui Nadir. Je veux devenir ta femme ».

Troublé par sa réponse, les larmes aux yeux, Nadir serra Fiona contre lui.

« Nadir, je peux te poser une question ? ».

« Je t'écoute ma chérie ».

« As-tu une maitresse à Paris ? ».

« Non, je n'ai aucune maitresse à Paris : ni ailleurs Fiona ».

« Pourtant, au mois d'aout je t'ai appelé à tes appartements de Salimar, c'est Alessandro qui m'a donné ton numéro de téléphone personnel. Un de tes frères m'a répondu : tu étais à Paris chez ta maitresse Nelly ».

« Je me trouvais à Paris cet été, pour le club. Comme tu le sais, je suis le propriétaire et j'ai besoin de faire des allers-retours ».

« Où dors-tu quand tu te déplaces là-bas ? ».

« Chez mon ancienne maitresse ».

« Donc, ton frère avait raison tu étais chez elle ? ».

« Fiona, ma chérie, tu n'as rien à craindre. Il y a bien longtemps que cette histoire avec elle est terminée ».

« Ouais ».

« Mon ange, je t'aime ».

« Si nous continuons, à nous revoir, promets-moi de ne plus aller dormir chez elle ».

« Je te promets de réserver une suite dans un palace à Paris ».

Nadir était sûr de vouloir épouser Fiona. Demain, il parlerait de la jeune femme à son père. Il ne ferait pas la même idiotie que Maher : il ne prendrait pas Samia pour épouse.

À califourchon sur Nadir, Fiona s'avança au niveau de son visage et posa son pubis sur la bouche de Nadir. Elle avait de nouveau envie de sentir sa langue.

« Embrasse-moi mon chéri ».

« Oui mon amour ».

Nadir fit courir sa langue sur le sexe humide. Il caressa et la lécha avec gourmandise. Il aspira et suçota son clitoris. Fiona se pencha en arrière en gémissant. Il étendit délicatement ses mains sur ses beaux seins et pinça amoureusement les tétons. Fiona gémissait et criait de plaisir. Nadir souriait de l'entendre criait son nom.

« NADIR ! ».

Nadir était le plus heureux des hommes. Il n'allait pas s'ennuyer avec sa jolie rousse : elle aimait le sexe autant que lui. Sa vie auprès de Fiona serait un vrai bonheur, surtout si elle était prête à lui donner une belle petite princesse.

Salimar

Le jet privé princier des al-Quatir survolait la principauté. Nadir n'avait pas dit un mot depuis le départ. Il regardait par le hublot en pensant à Fiona, aux deux nuits qu'ils avaient passées ensemble à faire l'amour. Il ne s'était même pas protégé une seule fois. Il ne savait pas si Fiona prenait la pilule. En tant que futur gynécologue, elle en connaissait les conséquences.

Avec Nelly, son ancienne compagne, Nadir n'avait eu de sentiment aussi fusionnel et aussi bouleversant qu'avec Fiona : au point qu'elle envahissait toutes ses pensées. Il était si heureux d'avoir pu partager ces moments de tendresse et d'amour. Elle avait caressé son sexe avec ses jolies lèvres, l'avait prise dans sa bouche, léché et goûté. Il n'avait jamais voulu qu'une femme lui fasse une fellation. Il n'avait jamais autorisé Nelly à faire cet acte. Cependant, Fiona pouvait faire ce qu'elle voulait de son corps : il acceptait tout d'elle.

Toujours dans ses pensées Nadir ne savait pas comment affronter son père. Il connaissait ses sentiments pour sa sublime rousse et non la princesse Samia qu'il devait pour épouse.

« Que t'arrive-t-il mon fils ? Je te trouve très pensif ».

« Rien père, je me sens juste un peu perdu ».

« Cette adorable jeune femme t'a fait perdre la tête ! Je peux comprendre mon fils, elle est très belle ».

« Oui. Fiona est mémorable. Je l'aime père ».

« Tout comme tu aimais cette Nelly ! ».

« Je me rends compte avec lequel je me suis précipité pour Nelly. Je ne la connaissais pas si bien que ça. Quant à Fiona, cela est différent. Elle est intelligente, drôle et très belle. Je veux faire ma vie avec Fiona. Je lui ai demandé de m'épouser, père ».

« Tu agis contre le protocole, mon fils. Samia fera une très belle épouse à ton bras. Ta fiancée est une princesse. Depuis plusieurs générations, nos deux familles sont très amies. Il n'est pas question que tu recommences à humilier notre principauté avec ce genre de femme : comme ta chère Nelly ou ta chère Fiona. Je ne veux ni l'une, ni l'autre au palais. Tu suivras le chemin de Maher. Il a épousé la princesse Razzia et tu prendras pour épouse sa cousine Samia ».

« Est-ce que ton mariage avec maman était-il sans amour ? ».

« Non. Avec ta mère, nous nous sommes aimés dès le premier regard ».

« Alors pourquoi infliges-tu à tes enfants des mariages de convenance ? Je ne comprends pas cette ténacité. Est-ce que tu connais l'histoire de ton propre père ? ».

« Je ne désire rien savoir de ton grand-père. Il nous a souillés, ta grand-mère et moi ».

« Ton père s'est marié avec grand-mère, alors qu'il était amoureux de la fille d'un serviteur. Ton ignoble grand-père les a chassés du palais quand il a appris qu'Issam avait engendré cette pauvre jeune femme. Issam en était très peiné. Il n'a jamais pu savoir s'il avait eu une fille ou un garçon. Ensuite, il a connu Claudia, une belle Italienne avec qui il a eu une fille Ana. La mère d'Alessandro Falcollini ».

« Que racontes-tu comme stupidité ? ».

« Ce ne sont pas des stupidités, c'est la vérité. Il m'a fait promettre de ne rien dire. Cependant, j'en ai assez que l'on nous dicte comment gérer notre vie ».

« Je suis désolé mon garçon. Mais j'ai traité des affaires avec Akim al-Rafiq. Tu épouseras sa fille Samia cet été ».

« Pourquoi ne demandes-tu pas à un de mes frères ? Je ne suis pas disposé à épouser Samia ».

Hassan se mit très en colère contre son fils.

« Tu épouseras Samia que tu le veuilles ou non. Ensuite, tu arrêteras d'écouter les âneries de ton grand-père Issam. Ce vieux fou va ruiner ta vie si tu pars trop souvent au cœur du désert. Bientôt tu n'auras plus le temps de lui rendre visite, car très vite Samia te donnera un héritier.

« J'épouserai Samia. Toutefois je crains d'être pire que mon grand-père. J'aurai des maîtresses partout où j'irai. Si c'est cela que tu veux pour notre couple, eh bien demain, j'informerai mes fiançailles avec Samia à la presse ensuite l'année prochaine tu auras ton petit-fils. Comment se fait-il que Maher ne t'ait toujours pas donné de petit-fils encore ? ».

« Razzia est enceinte. Elle attend un garçon pour le mois de juin ».

« C'est très bien, donc, je ne suis pas obligé de féconder Samia tout de suite ! ».

« Je suis très déçu par ton comportement ».

« Ne sois pas déçu par mon comportement père. Où j'épouse Fiona et je lui serais fidèle toute ma vie, où j'épouse Samia et nous serons un couple écorché ».

« Tu t'habitueras à Samia. Elle te fera de très beaux enfants ».

Nadir et son père Hassan arrivèrent au palais. Il s'enferma dans ses appartements et ne voulait voir personne. Il était las de tout ce protocole. En s'allongeant sur son lit, les yeux fermés, il vit le beau visage de Fiona. Il souhaitait qu'elle ne soit pas enceinte, car elle souffrirait, en lisant le communiqué en début d'année dans tous les magazines.

Les gros titres allaient bondir. Le deuxième prince al-Quatir épouserait une princesse d'un pays voisin. Rien que de méditer à cela, Nadir avait la nausée.

Le lendemain matin, Nadir se dirigea vers le bureau de son père et appela la famille de Samia. Il ne tarda pas à téléphoner à un journaliste puis à un photographe.

Quelques jours plus tard, Samia arriva avec son père au palais al-Quatir. Nadir les attendait. Un photographe conduisit le couple devant une belle fontaine, pour les photographier. Nadir, un bras autour de la taille de Samia, lui souriait. Un déjeuner était servi pour les fiançailles. Nadir enfila le diamant au doigt de Samia et lui donna un léger baiser sur le front. Il rêvassa infiniment à Fiona. Il aurait tant aimé qu'elle soit à la place de Samia.

Milan

Valentina fêta le réveillon de Noël avec Luigi, Isabella et les cinq enfants. Elle faisait bonne figure pour ses enfants, surtout pour Sandro qui n'arrêtait pas de réclamer son père. Elle pensait beaucoup à Alessandro : au Noël qu'ils auraient dû passer ensemble avec leurs trois garçons. Ils avaient acheté ensemble les jouets des enfants à New York ; un train électrique pour Sandro ; des belles peluches et des jeux d'éveils pour Leo et son jumeau Paolo. Elle était extrêmement accablée. Elle se demanda si un jour, ils allaient pouvoir vivre leur amour au grand jour.

Les jumeaux étaient au lit, Matteo, Laora et Sandro étaient fiers de manger avec les adultes.

« Maman ! Pourquoi papa ne dine pas avec nous ? ».

Isabella, Luigi et Valentina restèrent sans voix en entendant Sandro poser cette question. Son fils était très intelligent pour son âge. Il posait toujours des questions : curieux de tout ce qui l'entourait. Elle regretta qu'Alessandro ne soit pas avec eux pour profiter de ses fils.

Après le diner, Valentina accompagna Sandro au lit. Elle lui lisait un conte de Noël. Au bout de dix minutes, le petit garçon s'endormit.

« Il dort ? ».

« Oui, marraine, Sandro vient de s'endormir. As-tu des nouvelles d'Alessandro ? ».

Valentina avait entendu que Sandro parte au lit avant de citer le nom de son père.

« Oui ma chérie. Nous sommes allés le voir dans la semaine. Demain midi nous partons déjeuner avec la famille ».

« Monica m'a promis de passer me rendre visite avec Ric et les garçons avant de repartir pour Rome ».

La jeune femme avait les larmes aux yeux.

« Ne pleure pas ma chérie. Tout va s'arranger pour vous deux. Bon Noël. Je t'aime ».

« Bon Noël à vous deux. Je vous aime ».

Valentina pleurait tous les soirs. L'histoire se répétait à nouveau. Elle avait hâte de revivre des moments merveilleux avec son grand amour. « Alessandro ».

Bergame

À la ferme Falcollini, Tout le monde offrit des jouets à Alexandra, la fille de Sofia, à Matteo et Laora les enfants de Luigi et Isabella. Fiona admira la petite fille : elle aussi avait envie d'être mère, d'avoir un enfant de Nadir. Il ne s'était pas protégé pendant leurs deux nuits d'amour. Elle non plus ne prenait aucune contraception. Ses yeux menèrent vers son cousin Alessandro, elle remarqua son visage triste, comme si une personne lui manquait : comme si Valentina lui manquait.

Monica fit signe à Fiona de s'éclipser. Les deux jeunes femmes montèrent les escaliers et entrèrent dans la chambre de Fiona.

« Alors ! Raconte-moi ma chérie, il paraît que Nadir est venu avec son père ! ».

« Oui Monica. Nadir et moi avons enfin fait l'amour. C'était incroyable. Il m'a demandé de l'épouser, mais, depuis qu'il est parti je n'ai pas de nouvelles ».

« Tu devrais être habitué ma chérie. Cela dit, je suis contente pour toi. J'espère qu'il tiendra parole. Il y a longtemps que nous n'avons fait la fête entre filles ».

Sofia entra dans la chambre sans même se faire inviter.

« Tu as couché avec ce mec ? ».

« En quoi cela te regarde Sofia ! Je n'ai pas de compte à te rendre ».

« Peut-être, néanmoins, j'espère pour toi que tu prends la pilule ou même qu'il s'est protégé. Cet homme, couche avec n'importe qui ».

« Merci Sofia, pour le « n'importe qui » En ce qui me concerne, je connais les conséquences. Je suis une future gynécologue. Par contre toi, tu as pris la pilule avec le père de ta fille ? ».

Monica souriait, d'entendre sa copine Fiona se défendre à merveille.

« De quoi parles-tu Fiona ? Tu sais très bien que le père d'Alexandra est mon mari ».

« Ton mari ! Tu parles. Je ne sais pas ce que vous manigancez avec Maribel ! Néanmoins, si jamais un jour Alessandro comprend qu'il a été manipulé, tu pourras dire adieu à ton mari ».

« Arrête Fiona tu sais très bien qu'Alessandro m'aime ».

Monica alla à la rescousse de Fiona. Elle ne supportait plus les mensonges de Sofia

« C'est toi qui vas cesser tous ces mensonges, espèce d'idiote. Alessandro s'est marié avec toi, parce qu'une personne malveillante a détourné des lettres qui lui étaient destinées ».

Monica s'énerva de plus belle.

« Alors, tu vas nous dire maintenant. Où sont ces lettres ? »

« Laissez-moi tranquille. Mon époux est de nouveau près moi ».

« Non, Alessandro est avec toi parce qu'il a perdu la mémoire. Et ta chère mère ne veut rien savoir de ta sœur. C'est dégueulasse de séparer deux êtres qui s'aiment. Alors, tu vas retrouver Alessandro et tu vas tout lui raconter ».

« Je ne peux pas, j'aime Alessandro ».

Fiona aussi se mit en colère contre Sofia.

« Je ne peux pas le croire Sofia, ta fille prouve bien que tu n'es pas amoureuse d'Alessandro. Je ne connais pas le père d'Alexandra, mais je trouve qu'elle est un peu claire pour être une fille Falcollini. Dis-nous la vérité Sofia ».

« Arrête Fiona. Je ne désire pas perdre mon mari ».

« Tu es pathétique Sofia ».

« C'est Maribel qui a tout organisé. Au début, je n'étais pas d'accord avec elle. Puis après, elle m'a convaincu de continuer à jouer le mauvais rôle ».

« Ça ne m'étonne pas de cette fille. Vous êtes vraiment deux belles garces. Maintenant laisse-nous tranquilles, nous n'avons pas besoin d'un parasite ».

Les yeux brillants, Sofia sortit de la chambre sans un regard pour Fiona et Monica.

Les deux copines quittèrent la chambre pour appeler Valentina.

CHAPITRE II

Milan

Mille neuf cent quatre-vingt-cinq

Fiona était de permanence pendant plusieurs jours d'affilée. Un matin, elle entra dans la salle des médecins pour regarder son planning. Deux jeunes infirmières buvaient un café en lisant un magazine.

Une des deux infirmières parcourait l'article du magazine à voix haute. Paola, la copine de Fiona entra à ce moment-là.

« Le prince Nadir al-Quatir de la principauté de Salimar vient de se fiancer avec la sublime Princesse Samia al-Rafiq. Un communiqué a été demandé par le prince, pour annonce son prochain mariage au mois de mai. Le prince formule aussi un futur héritier pour les mois à venir. Nous souhaitons au

couple princier, du bonheur, puis
de beaux enfants »

« Oh ! Les filles admirez ce beau prince. Il est encore plus beau que son frère, le prince Maher. Hum ! C'est bien dommage qu'il ne soit plus célibataire. J'aurais bien aimé qu'il me prenne dans ses bras. Vous avez vu cette musculature ? Ce gars me fait rêver ! ».

« Oui. Eh bien ne rêve pas. Ce n'est pas un homme pour toi Daniela, ni même pour nous. As-tu vu sa fiancée ? Quelle beauté ! ».

Les yeux brillant, Fiona fixa la photo. La princesse Samia était d'une beauté à couper le souffle. Elle était grande mince, très brune, au teint hâlé avec d'extraordinaires yeux ambrés. Elle se sentit mal en s'imaginant Nadir faire l'amour à sa princesse. Elle sortit de la salle, un vertige la fit chavirer.

Paola attrapa son bras et la fit asseoir sur un fauteuil.

« Fiona ! Tu m'as fait peur. Viens t'allonger dans la salle de repos ».

« Ça ira Paola ne t'inquiète pas ».

« C'est la photo qui te met dans cet état ? ».

« C'est bon. Laisse tomber ».

174

« Attends Fiona, ne me dit pas que le gars sur le magazine est ton Nadir ! ».

« Hélas oui Paola ».

« Raconte-moi, ce qui s'est passé. Pourquoi ce revirement ? Tu savais qu'il devait se fiancer et se marier ? ».

« Non, je ne le savais pas. Je ne connaissais même pas cette princesse Samia ».

« Mais quel goujat ! Alors, il couche avec toi. Il a eu ce qu'il voulait et maintenant il se fiance avec cette fille. Mais où a-t-il été élevé ce gars ? Ce n'est pas digne d'un prince charmant ! ».

Sur ces sentences, Fiona eut une nausée. Elle courut jusqu'aux toilettes et expulsa son repas dans la cuvette. Paola était derrière elle.

« Fiona ! Tu es enceinte ? ».

« Je vais faire un test de grossesse. Je pense que oui. J'ai un retard de quinze jours ».

« Que vas-tu faire ? ».

« Rien Paola. Nadir s'est engagé avec cette femme. De toute façon, tu as bien vu comme moi, cette beauté ! Je suis insignifiante à côté ».

« Fiona ne dit pas de sottises. Ne te dénigre pas. Tu es une merveilleuse femme ».

« Je vais prendre rendez-vous avec Valerio pour demain ».

« N'oublie pas que je suis là Fiona ».

« Je sais que je peux compter sur toi ».

« Tu comptes le garder ? ».

« Bien sûr, Paola ! Pourquoi cette question ? Depuis le temps que je rêve d'un enfant en plus, c'est celui de Nadir ».

« Tu comptes lui en parler ? ».

« Je ne pense pas. Il m'a trahi. Quand nous avons fait l'amour, il devait savoir qu'il allait se marier ».

« En moins qu'il l'ait mise enceinte et qu'il soit obligé de suivre le protocole ».

« À plus forte raison. Je ne suis pas de celle qui partage. Je ne serai jamais sa maitresse ».

« Valentina nous invite à diner ce soir ».

« Je suis contente d'avoir Valentina à Milan. Elle aussi la pauvre, elle passe par de terribles épreuves. Alessandro n'a toujours pas retrouvé la mémoire et Sofia en profite bien ».

Au mois de février, Valentina avait rendez-vous chez le gynécologue pour la visite de son sixième mois de grossesse. Elle attendait pour la seconde fois des jumeaux.

La porte s'ouvrit, Fiona entra dans la salle d'attente. Elle vint s'asseoir à côté de sa copine.

« *Saluto* Valentina il y a longtemps que tu es là ! ».

« *Saluto* Fiona ne t'inquiète pas ma chérie, ça fait deux heures que je t'attends ».

« Hein ! Tu plaisantes, j'espère ! ».

« Mais oui je plaisante. Ne panique pas, ce n'est pas bon pour le bébé. Tu verras quand tu seras à ta troisième grossesse comme moi, tu te sentiras plus à l'aise pendant les consultations ».

« Tu parles. Je vais rester qu'avec un enfant. Depuis la trahison de Nadir, je ne suis pas prête à faire confiance à un homme ».

« Alessandro avait raison à son sujet ».

La secrétaire appela Valentina.

« À toute de suite ».

Après la consultation les deux jeunes femmes s'installèrent au café devant une tasse de tisane.

« Tu comptes vivre définitivement à Milan ».

« Je suis bien à l'hôpital. J'ai beaucoup d'amis ici. Il me reste deux ans avant d'obtenir mon diplôme de gynécologue ensuite je vais acheter un appartement avec Paola ».

« Tu ne comptes rien dire à Nadir ? ».

« Non, Valentina. Sa vie est auprès des siens, à la principauté de Salimar et la mienne est ici. Il a choisi cette sublime princesse. Quant à moi je vais être seule avec mon bébé ».

Fiona se mit à pleurer.

« Je l'aime tellement Valentina. Je croyais que lui aussi m'aimait ».

« Nous sommes deux âmes en peine. Viens rentrons chez moi, je n'ai pas envie de faire la une des journaux ».

Valentina et Fiona entrèrent dans ce très bel appartement. Sandro content de revoir sa mère et sa tante, arriva en sautillant. Les jumeaux Leo et Paolo s'amusaient à quatre pattes avec leur nourrice à attraper des cubes en bois.

Le petit garçon s'accrocha aux bras de Fiona

« Fais, attention Sandro, *zia* Fiona attend un bébé ».

« Pourquoi tu n'as pas un gros ventre comme *mamma* ? ».

« Parce qu'il est tout petit encore, mais après je vais avoir le même ventre que ta *mamma* ».

Fiona pensait à Nadir. Comment réagirait-il devant cette grossesse ? Elle ne savait pas s'il fallait le mettre au courant. Elle aurait tant aimé partager cet événement avec Nadir. Néanmoins serait-il content d'être père de son enfant ?

Valentina, la sortie de ses pensées.

« Tu penses à Nadir ? ».

« Je me pose, la question. Est-ce que cela est nécessaire de le mettre au courant ? ».

« Appelle-le et tu connaitras sa réaction ».

« La dernière fois que je l'ai appelé Nadir était à Paris ».

« C'est quand tu as disparu pendant plusieurs heures dans les bois ? ».

« Oui, un de ses frères Khalid me disait qu'il était chez sa maitresse. Il était en déplacement. Nadir est propriétaire d'un club à Paris et d'une boîte de nuit à Genève. Je suis vraiment naïve. Quand il est venu avec son père, je me suis jeté à ses bras en lui offrant ma virginité. Tu te rends compte que je suis médecin et que je n'ai aucun contraceptif ».

« Attends Fiona, il est aussi fautif que toi, les préservatifs, ça existe. Il ne faut pas que tu culpabilises. Regarde, moi aussi la première fois avec Alessandro je me suis retrouvé enceinte, c'est comme ça ma chérie on il n'y peut rien. Quand je pense que Sofia vie avec Alessandro en ce moment et qu'il élève une fille qui n'est même pas la sienne : enfin j'espère ».

« Je peux t'assurer que la petite, n'est pas sa fille. Alexandra est blondinette ».

« Ma mère aussi est blonde ».

« Ouais bien sûr Valentina. Tout comme moi si j'accouche d'un bébé asiatique ».

Valentina partit d'un éclat de rire.

Salimar

Nadir songeait à Fiona. Elle ne devait pas être enceinte vue qu'il n'avait aucune nouvelle. Peut-être qu'elle s'était fait avorter, elle aussi ! Pour ne pas avoir un enfant de couleur. Fiona avait une peau tellement blanche qu'un bébé métis ne serait pas le bienvenu en Italie. Il entra aux écuries et vit Fatima sortir son étalon du box.

La jeune palefrenière essayait de le séduire en effleurant son bras.

« Es-tu contrarié Nadir ? Je peux te consoler si tu veux ! ».

« Tu ne peux rien faire pour moi Fatima ».

« Je vais t'accompagner. J'ai besoin de faire galoper la jument de Djamila ».

Nadir et Fatima partirent galoper pendant une heure. Il s'arrêta et admira au loin le désert. Pour sa nuit de noces, il amènerait Samia pour la déflorer et engendrer son héritier.

Fatima s'avança vers lui avec un large sourire. Nadir la trouvait belle. Pour sortir Fiona de ses pensées, il devait recoucher avec son ancienne maitresse.

Le couple sauta de leur monture. Nadir prit Fatima dans ses bras et l'embrassa. La jeune femme se trémoussa dans ses bras musclés avec insistance. Il sentit ses mains défaire sa tunique.

Nadir la relâcha et remonta sur son étalon.

« Nadir, pourquoi me repousses-tu ? ».

« Parce que j'aime une autre femme. Tu peux rentrer. Je vais rendre visite à mon grand-père ».

« Je peux t'accompagner ? ».

« Non. La seule femme que je présenterai à Issam sera mon épouse ».

« Parce que tu crois que Samia va te suivre pendant deux heures pour aller voir le prince Issam. Tu te fais vraiment des illusions mon pauvre Nadir. Alors que moi je suis tout disposé à te satisfaire ».

« Ce n'est pas Samia dont je vais épouser ».

« Tout le monde parle au palais. Les anciens serviteurs de ton père disent que tu retraces la même histoire que ton grand-père : tu serais fou amoureux d'une belle Italienne toi aussi. C'est une Occidentale, elle ne supportera jamais ton quotidien. Tandis que moi je peux te rendre heureux. Nous étions bien ensemble Nadir ».

« J'ai pris du plaisir avec toi. Mais ce n'était pas de l'amour. Il faut m'oublier Fatima ».

« Est-ce que cette Italienne, sait qu'elle va te partager avec toutes tes maitresses ? ».

« Ne t'occupe pas de ma vie. Je t'ordonne de rentrer maintenant ».

Nadir remonta sur son étalon et repartit au galop jusqu'au camp de son grand-père. Une heure plus tard il se trouva assis près de lui et parlait de son futur mariage avec Samia.

« Qu'as-tu décidé mon garçon ? ».

« Cet été je vais te présenter Fiona. Il n'y aura pas de mariage avec Samia al-Rafiq. Père pourra me déshériter s'il veut. J'ai assez d'argent pour fonder une famille ».

« Hassan ne peut pas déshériter ses enfants sans mon accord. Même si je ne demeure plus au palais, c'est moi qui détiens la richesse al-Quatir. Toute la principauté m'appartient ».

« Je pensais que c'était père qui avait fait de cette principauté une richesse ».

« Oui en partit et je ne le remercierai jamais assez de sa volonté. C'est un homme d'affaires redoutable. Il a été bien entouré pour fructifier la principauté. Mais au départ avant que je ne rencontre Claudia, j'ai fait construire les deux premiers hôtels. Je suis très fier qu'il vous est donné envie de travailler avec acharnement, à vous mes huit petits-enfants ».

« Je voudrais te dire grand-père, j'ai eu une altercation avec père au retour d'Italie. Je lui ai parlé d'Alessandro et je lui ai dit qu'il était ton petit-fils. Je suis désolé. Toutefois, j'en ai assez qu'il nous contraigne à faire des mariages de convenance. Alors, cela m'a mis en colère et j'ai mentionné Ana ainsi que ton histoire d'amour avec la fille du serviteur de ton père ».

« Ton père ne connaît pas tout de ma vie ».

« C'est vrai qu'il a été surpris par ta première histoire d'amour ».

« Ce n'est pas important mon garçon, ton père s'en remettra. Je voulais te demander, le jeune homme que tu m'avais présenté, un italien aussi ».

« Ricardo Tassini ! ».

« À chaque fois j'oublie de t'en parler. Oui Ricardo. Est-il marié ? ».

« Non. Mais il vit avec Monica son premier amour. Ils ont deux beaux garçons, Damien et Enzo. Pourquoi cette question ? ».

« Il m'avait montré une photo d'une très jolie jeune femme ».

« Oui, je me souviens, c'était Monica. Qu'as-tu à m'annoncer ? ».

« Tu vas me prendre pour un vieux fou ».

« Mais non grand-père, tu sais très bien que je suis en adoration de tes histoires. Sinon je ne viendrais jamais te rendre visite ».

« La jeune femme sur la photo ressemblait à mon premier amour ».

« Monica est italienne. En moins que tu aies connu une autre Italienne ? ».

« Non, la seule Italienne est Claudia ».

« Sérieusement, je crois que nous sommes de vieux fous. Tu as raison à chaque fois que je rencontre Monica, il me semble voir Djamila ».

« Pourrais-tu te renseigner sur ses ancêtres mon garçon ? ».

« Je peux engager un enquêteur. Cependant, cela risque d'être très embarrassant. Ils n'ont plus de nouvelle de leur père. Octavio était un

185

homme violent. Il avait séquestré sa propre fille quand elle était enceinte. Leur mère Francesca n'est plus de ce monde ».

« Alors, ne t'embarrasse pas de cette histoire Nadir. Par contre, je souhaite que tu me parles d'Ana. Comment est-elle ma fille ? ».

« C'est une très belle femme, très brune aux yeux noirs. Elle est d'une extrême gentillesse et très douce ».

« Claudia n'était pas brune. Elle était une très belle rousse, d'une gentillesse et très douce. Elle était adorable ».

« Claudia était rousse ! ».

« Oui, mon garçon, j'ai gardé une photo de Claudia. Tous les soirs, je l'embrasse ».

Nadir était très ému. Il n'avait jamais pensé à avoir une photo de Fiona. Dès qu'il la reverrait, il prendrait une photo avec l'amour de sa vie.

Rome

L'hiver céda, la place au printemps. En fin de matinée à la boutique Tassini, Monica préparait avec une des employées la vitrine centrale. Une cliente fit son entrée. Elle admira les bagues serties de diamant.

La jeune femme s'approcha de Monica.

« Bonjour mademoiselle puis-je voir Ricardo Tassini ? ».

Monica reconnut Laurence.

« Bonjour mademoiselle de la Grillère, je ne sais pas si Ricardo a le temps de discuter avec vous ».

« Je vous signale mademoiselle Velanichi que Ricardo est toujours mon fiancé ».

L'employée confuse regarda du coin de l'œil Monica. Cette dernière fit un signe gentiment d'aller chercher Ricardo.

« Alors, vous êtes revenue vous installer en Italie ? Par votre faute, Ricardo s'est séparé de moi. Je ne comprends toujours pas comment peut-il être attiré par vous ? Vous êtes vulgaire insignifiante, arrogante. Vous êtes vêtu comme une vrai trainée ».

« Je vous prierais de me parler autrement ».

Rosalia et Regina arrivèrent par la porte de derrière qui donnait à l'atelier et les bureaux. La vieille femme prit Laurence dans ses bras en l'embrassant chaleureusement.

Regina fit de même.

« Laurence, ma chérie tu es resplendissante. C'est gentil à toi de venir nous rendre visite ».

« Je suis à Rome pour voir Ricardo ».

« Il arrive ma chérie ».

Ricardo se présenta à la boutique.

« Bonjour Laurence ».

« Bonjour Ricardo. Est-ce que nous pouvons déjeuner ensemble à midi ? ».

« Je n'ai pas beaucoup de temps à t'accorder. Que viens-tu faire ici ? ».

« Je voudrais te rendre ceci ».

Ricardo regarda l'objet que Laurence tenait au creux de sa main. Il fut surpris et heureux de voir la bague de fiançailles.

« Je viens rompre nos fiançailles ».

« Je n'arrivais jamais à te joindre. C'est bien que tu sois venu me rendre cette bague ».

« Oui, Monica pourra la porter ».

« Tu ne penses pas que je vais lui offrir tes restes ! Monica mérite beaucoup mieux que cela. Ma femme m'a offert deux magnifiques garçons et rien ne sera trop beau pour la femme que j'aime ».

« Eh bien, je te souhaite d'être très heureux ».

« Tu es bien charitable tout d'un coup. As-tu rencontré l'homme de ta vie ? ».

« Oui, un dieu grec ».

Ricardo fronça les sourcils, il se demandait si Laurence n'était pas amoureuse de Loukas, le futur fiancé de sa sœur Regina.

« Ric ! As-tu cinq minutes pour moi ? ».

« Oui, mon bébé même plus de cinq minutes. Allons à l'atelier, ma chérie ».

Monica suivit Ricardo jusqu'à l'atelier, elle passa ses bras autour de son cou en déposant un baiser sur ses lèvres.

« Merci mon chéri de ne pas me remettre sa bague à mon doigt ».

« J'espère que tu ne pensais pas que j'allais te faire cet affront. Monica je t'aime, tu as toujours été celle avec qui je rêvais de faire ma vie ».

« Dis-moi Ric, tu penses que je suis très mal habillé ? ».

« Certainement pas. J'adore quand tes seins sont prêts à apparaitre de ton décolleté, ta robe courte qui met en valeur tes sublimes jambes ».

« Je veux que tu me fasses l'amour Ric ».

« Hum ! C'est une invitation ? Allons dans mon bureau. Je ne veux pas que les employés nous surprennent ».

« Crois-tu que ton cher père n'ait jamais fait l'amour à ta mère à l'atelier ? ».

« Je vous trouve très effrontée mademoiselle Velanichi ».

Ricardo plaqua Monica contre une table.

« Enfin, je suis libre. Libre de t'épouser ma chérie ».

Ricardo lui releva sa robe jusqu'à sa taille. En s'agenouillant, il aperçut une jolie culotte noire transparente. Il écarta le tissu, et passa sa langue sur le joli sexe imberbe.

« J'adore ton magnifique pubis mon bébé. Je t'aime Monica ».

« Moi aussi je t'aime Ric. C'est délicieux mon chéri ».

Monica écarta ses jambes et se cambra pour offrir son sexe à cette bouche qui la dévorait. Ricardo continuait ses caresses buccales. Il lui procurait de belles sensations. Elle se calla contre la table en s'accrochant au bois, pour éviter un vertige naissant.

Ricardo se releva. Il défit son pantalon en le laissant tomber au sol. Il libéra son érection. Il lui souleva une jambe et entra en elle.

« C'est divin ma chérie ».

Les mains sur les fesses de Monica, Ricardo commença un tendre va-et-vient. La tête nichée dans son cou, il lui mordilla sa peau douce et parfumée.

Le couple se figea en entendant du bruit et une personne qui hurlait dans la boutique. Ils entendirent une vitrine se fracasser.

Ricardo se sépara de Monica.

« Reste là Monica, je vais aller voir ce qui se passe ».

« Je viens avec toi ».

Ricardo regagna la boutique. Sa grand-mère était assise sur une chaise en pleure.

« Ta sœur Ricardo ».

« Quoi ma sœur grand-mère ? ».

« Elle est partie s'enfermer dans son bureau. Je n'arrive pas à la calmer ».

« Bon sang. Mais que s'est-il passé ici ?».

« Laurence…Laurence lui a avoué avoir une relation avec Loukas ».

« Putain j'en étais sûr ».

« Ne sois pas grossier et puis comment tu en étais sûr ? ». ».

« Excuse-moi grand-mère. Seulement, je ne pouvais rien divulguer à Regina tant que cela n'était pas fondé ».

Monica s'approcha de Rosalia.

« Vous voulez un verre d'eau ? ».

« Je veux bien mon enfant ».

Monica croisa Regina. Cette dernière flanqua une violente gifle à Monica. La jeune femme tituba et tomba sur ses fesses.

« Si tu les avais laissés ensemble Laurence et Ricardo, elle ne se serait pas aventurée aux bras de Loukas ».

« Tu es folle Regina. Tu me détestes, mais ne t'inquiètes pas, c'est partagé. Je suis heureuse de ce qui t'arrive ».

« Salle garce. Tu n'es qu'une trainée qui court après l'argent de mon frère. Il y a huit ans de cela ton père aurait dû te tuer ».

Regina essayait à nouveau de gifler Monica. Ricardo prit brutalement le bras de sa sœur et la fit reculer contre le mur.

« Arrête Regina. Tu vas te calmer et rentrer chez toi ».

« Je ne me calmerai pas tant que cette trainée ne partira pas d'ici. Il faut que tu te sépares de cette vermine Ricardo. Par sa faute tu t'es séparé de Laurence et moi de Loukas. Nous aurions pu vivre heureux tous les quatre ».

« Je veux que tu t'excuses auprès de Monica. Je ne tolèrerai pas que tu lèves la main sur ma femme ».

« Sur ta femme ! Mais quelle femme ? Celle-là n'a rien à faire chez nous. Les Tassini ont un rang à respecter et cette garce doit foutre le camp. Tu as compris *puttana* ».

Ricardo ne contrôla plus sa colère. Il secoua sa sœur violemment. Monica choquée par cette scène, pleura toutes les larmes de son corps.

Regina suppliait son frère.

« Ricardo, tu me fais mal. Arrête *per favore* ».

« Non, je n'arrêterai pas. Je vais t'infliger ce que tu fais subir à Monica. J'en ai assez de toi. C'est toi qui vas foutre le camp d'ici ».

« Dès que nos parents rentreront je vais tout leur raconter ».

« Eh bien, appelle nos parents tout de suite. Ils vont aimer être dérangés par les caprices de leur petite fille chérie ».

« Ton frère a raison Regina ».

Rosalia, se mit entre ses deux petits-enfants.

« Grand-mère ! ».

« Ça suffit Regina. Rentre chez toi te reposer et toi Ricardo appelle le médecin pour Monica. Vous allez vous calmer, je ne veux pas que nous fassions la une des journaux ».

Milan

En entendant la naissance de ses enfants et l'ouverture de sa nouvelle boutique, Valentina continuait à dessiner ses créations. Fiona en septième année d'internat lui rendait souvent visite avec ses copines Carlotta et Paola. Fiona attendait son bébé avec impatience. Elle était enceinte de quatre mois. Elle ne s'était toujours pas décidée à avertir Nadir, le papa.

Un matin Valentina eut l'agréable surprise de voir apparaitre Monica devant la porte d'entrée de son appartement.

« Oh ! Ma chérie, je suis vraiment contente de te revoir. Que fais-tu à Milan ? ».

« Je suis venu te dire bonjour, j'avais envie de passer un moment avec toi ».

« Que t'arrive-t-il sur la joue ? Elle est toute bleue. Ne me dis pas que Ric te bat ? ».

Sans faire trop d'effort, Monica souriait : sa joue était encore très douloureuse.

« Non, ma chérie, ce n'est pas grave, j'ai eu une altercation avec Regina ».

« Ce n'est pas grave ! Mais, tu as vu dans quel état est ta joue ! Elle t'a cogné cette folle ? ».

« Laurence est venue à la boutique rendre la bague de fiançailles à Ric. Par la même occasion elle a annoncé qu'elle était avec quelqu'un. Eh bien, il s'avère que Loukas Luonidas est l'amant de Laurence ».

« Oh ! ».

« Elle a eu un coup de folie et bien sûr, elle s'en est prise à moi. Elle m'a giflé et m'a traité de *puttana*. Ric n'a pas supporté, il est rentré dans une colère noire ».

« Eh bien, il y a une belle ambiance chez les Tassini ! Tu es venue avec Ricardo ? ».

« Oui, il est à la boutique avec nos fils. Je lui ai dit que je venais te rendre visite. J'avais envie de discuter avec toi. Tu me manques tellement Valentina ».

« Tu me manques aussi Monica ».

« Comment, va ta grossesse ? ».

« Tout se passe bien les bébés sont en bonne santé. C'est un garçon et une fille. Je voudrais tant qu'Alessandro soit avec moi en ce moment. Il me manque terriblement lui aussi. Je ne comprends pas pourquoi personne veut lui dire que sa place est auprès de moi et non avec Sofia ».

« Moi je sais que sa place est auprès de toi. À chaque coup de téléphone, dès que Ric pose le combiné, il est accablé. Alessandro n'a aucun souvenir. C'est terrible ».

« Ton frère me téléphone pour me donner des nouvelles. Alessandro doit passer d'autres examens. Ce soir j'aimerai que tu viennes diner avec Ricardo. Les garçons seront contents de voir leurs cousins. Fiona et Paola, seront là aussi avec Luigi, Isabella et les jumeaux ».

« Super. Je pars avertir Ric. À tout à l'heure ma chérie ».

Valentina admira cette merveilleuse femme. Monica était magnifique avec ses longs cheveux couleur de jais, son teint hâlé et ses yeux noirs. Elle était grande et mince avec une opulente poitrine. Toujours très à la mode : avec Ricardo ils formaient un couple magnifique.

Le soir dans l'appartement de Valentina, tout le monde autour de la table était content de se revoir. Les enfants s'amusaient ensemble. Luigi et son neveu Ricardo discutaient en buvant un whisky.

Monica admira Fiona. La grossesse lui allait à merveille.

« Tu es radieuse Fiona. As-tu des nouvelles de Nadir ? ».

« Non, malheureusement. À l'heure qu'il est Nadir doit être marié avec l'admirable princesse Samia ».

« Tu aurais dû le mettre au courant ».

« Pourquoi ? Peut-être qu'il n'en a rien à faire que je sois enceinte ! ».

Valentina avait mis au courant Monica des retrouvailles de Fiona et Nadir. Des fiançailles ainsi que du prochain mariage de ce dernier.

« Je suis certaine que non Fiona ».

« Merci Valentina de me rassurer. Je sais très bien que je vais rester seule au monde avec mon enfant ».

« Tu ne resteras pas seule ma chérie, nous sommes là nous aussi. Les quatre copines ».

Valentina, Monica, Paola et Fiona se levèrent de table pour se prendre dans les bras. Ricardo, Luigi et Isabella admirèrent les quatre copines.

Ces quatre jeunes femmes dévoilaient une relation fusionnelle.

Salimar

Nadir rentra plus tôt que prévu chez lui. Ce soir, sa fiancée venait diner avec son père et ses frères. Il souhaitait ne pas froisser sa famille, car il avait décidé de ne pas prendre pour épouse Samia. Il monta les escaliers qui menaient aux appartements. Il passa devant celui de son jeune frère Bahir. La porte entrouverte, il entendit gémir un couple. Il s'approcha doucement et se figea en reconnaissant son jeune frère avec sa fiancée Samia.

« Excusez-moi ».

Nadir entra dans ses appartements. Soulagé il sifflotait en se déshabillant pour prendre sa douche. C'était décidé dans quelque temps, il partirait pour l'Italie demander la main de Fiona à Paolo Falcollini.

Son jeune frère Bahir vint s'excuser.

« Nadir ! Je suis désolé. Mais depuis toujours, je suis épris de Samia. Nous attendons un bébé. Ne m'en veut surtout pas Nadir. Je t'en supplie, ne l'épouse pas ».

« Ne t'inquiète pas Bahir, je comptais lui dire ce soir que j'annulais le mariage. Il n'aura pas lieu. Nous allons en discuter tranquillement ce soir avec notre famille et celle de Samia. À tout à l'heure petit frère et félicitation pour ce bébé ! Je vais aller voir Sami ».

« Merci mon frère ».

« Pourquoi ne pas me l'avoir dit plus tôt ? ».

« Peut-être la peur d'un scandale ».

« La prochaine fois ferme cette porte à clé. Tu sais que notre père ne tolère aucune femme dans nos appartements ».

Une fois pris sa douche, Nadir rendit visite à son frère Sami. Depuis deux ans le jeune frère avait un cancer d'un testicule.

« Comment vas-tu aujourd'hui ? ».

« Je viens d'un rendez-vous chez le médecin : je ne pourrai jamais être père ».

« Ne baisse pas les bras. Je vais m'occuper de toi personnellement. Et tu vas t'accrocher petit frère ».

« Tu n'auras pas le temps de t'occuper de moi. Dans une semaine tu seras un homme marié ».

« Non, ce soir je vais annoncer l'annulation de mon mariage. Notre frère Bahir et Samia attendent un heureux événement ».

« Et toi Nadir ! ».

« Tu as un frère amoureux devant toi : d'une splendide femme ».

« S'il te plait Nadir ! Ne me dit pas que tu es de nouveau avec Nelly ? ».

« Non. Avec Nelly, c'est fini. J'ai rencontré une merveilleuse femme. Elle s'appelle Fiona. C'est la cousine d'Alessandro Falcollini ».

« Ton ami italien ? ».

« Oui. Dans deux mois, je pars pour l'Italie lui demander sa main ».

« Je suis ravi pour toi. Mais pourquoi dans deux mois ? Pourquoi pas maintenant ? ».

« Non, j'ai besoin de valider mon année et mon diplôme. Si Fiona veut de moi, je reviens avec elle cet été pour vous la présenter ».

« Il paraît que les Italiennes sont très belles et qu'elles ont de très beaux seins. Je t'envie Nadir. J'ai toujours rêvé de me noyer dans une très belle poitrine. Elles sont de vraies *mammas*, et font beaucoup d'enfants. J'adore les gosses et je suis condamné à ne pas en avoir ».

« Arrête, je vais t'aider à guérir Sami. Fais-moi confiance. Tu auras des enfants ».

« Je veux bien te faire confiance. Seulement, tu es le seul médecin qui soit optimiste ».

« Ne t'inquiète pas. Bon raconte-moi, et cette gazelle blonde, celle avec qui tu sortais, tu ne la revois plus ? ».

« Clarisse ! Non, nous sommes de très bons amis, c'est tout. Mais ! Comment sais-tu que je sortais avec elle ? ».

« L'été dernier je suis allé à Paris. Un soir j'ai mangé avec Jamil. Il m'a raconté pour ton grand copain Fabio : tu lui as pris sa copine ».

« Je venais d'apprendre pour mon cancer, il y a un moment que Clarisse me plaisait et un jour, elle est venue dans mon appartement : il s'est passé ce qui s'est passé. Le lendemain Fabio a aperçu sa copine Clarisse en petite tenue dans ma cuisine ».

« Elle est vraiment belle cette fille ? ».

« Oh ! Si tu voyais Clarisse, c'est une beauté. Tu en tomberais fou amoureux ».

« Non, pour moi les belles gazelles blondes, c'est terminé ».

« Comment est-elle ta belle Italienne ? ».

« Une beauté rousse. Petit bout de femme, mais avec des beaux seins, à faire saliver tous les hommes ».

« Petite rousse ! Tu as changé de catégorie de femme ? ».

« Disons qu'auparavant j'aimais les grandes blondes et à partir du moment où j'ai posé les yeux sur Fiona, j'adore les petites rousses ».

« Eh bien, c'est vraiment une nouveauté. Je suis très content pour toi ».

« Merci Sami. Repose-toi maintenant. À ce soir mon frère ».

Le soir, à la fin du repas, Nadir se leva et prit Samia par la main. Il expliqua aux deux familles que les fiançailles étaient rompues. Il annonça qu'il était amoureux d'une autre femme : une Occidentale.

Le père de Samia, Akim al-Rafiq, furieux, se leva brusquement en faisant tomber sa chaise.

« C'est une honte Hassan, ton fils nous trahit. Il est en train de briser le cœur de ma pauvre fille pour une occidentale, alors que Samia est amoureuse de son fiancé. Hassan ! Si ce mariage n'a pas lieu, je ne traiterai aucune affaire avec toi ».

« Akim ! Je romps les fiançailles parce que je suis très épris de cette personne et que ta fille aussi est très amoureuse de quelqu'un d'autre que moi ».

« De qui es-tu amoureuse ma fille ? ».

Samia prit son courage et fixa son père.

« De Bahir père. Je l'aime depuis toujours, et nous attendons notre premier enfant ».

« Es-tu au courant de ce carnaval Hassan ? ».

« Non, je suis aussi étourdi que toi. Mais si nos enfants s'aiment, eh bien qu'ils se marient Akim. Quelle différence d'avoir Bahir comme gendre au lieu de son frère Nadir ? ».

« Rien. Bahir me plait beaucoup aussi. Si ma fille l'aime, alors je suis très heureux ».

Nadir félicita son jeune frère et Samia. Les hostilités étaient prêtes pour son mariage. Mais dans une semaine c'était son jeune frère Bahir qui prendrait sa place. Il était enfin soulagé et libre de partir pour l'Italie, demander la main de Fiona.

Milan

Au mois d'avril, le terme de sa grossesse approchait. Valentina préparait ses sacs, pour se tenir prête à entrer à l'hôpital. Il était convenu que Fiona et Isabella gardent les trois garçons.

Dans la nuit, Valentina perdit les eaux. Elle avait des contractions à répétition. Fiona qui dormait chez Valentina les derniers temps pour ne pas laisser seule sa copine appela Luigi. Il se prépara à conduire sa nièce à l'hôpital.

À l'accueil de l'hôpital, une jeune infirmière vint la chercher pour la préparer. Le médecin de garde était le remplaçant de Valerio Maloni le gynécologue et ami de Fiona. Il arriva dans la salle d'accouchement et parla avec Luigi.

« Êtes-vous le papa monsieur ? ».

« Non, je suis l'oncle du papa ».

« Donc, vous devez rester dans le couloir ».

Luigi fronça les sourcils, il n'aimait pas du tout la façon dont le médecin l'avait houspillé.

Le gynécologue n'était pas sympathique : un homme exécrable qui n'avait rien avoir avec la délicatesse de Valerio Maloni son gynécologue. Cependant, Valentina supplia le médecin.

« Le papa n'est pas au courant. Mais, je désire que mon compagnon assiste à l'accouchement. Je ne souhaite pas être seule, pour accueillir mes bébés. *Per favore dottore* ».

« Bon. Vous pouvez assister à la venue de ces enfants *signore* ».

« *Grazie dottore* ».

Luigi se plaça près de Valentina, il lui tenait la main. Elle poussa deux fois et le premier bébé sortit, une belle petite fille toute brune, qu'elle prénomma Valeria. Elle était magnifique et ressemblait beaucoup à ses frères.

Le médecin lui défendit de pousser pour le second enfant. Ça devenait compliqué. Le bébé s'étranglait avec le cordon ombilical.

Le gynécologue hurla après Valentina.

« Ne poussez plus ».

Luigi commençait à s'inquiéter.

« Qui a-t-il *dottore* ? ».

Le médecin ne répondait pas. Il donna des ordres au personnel. Il essayait de passer ses doigts au niveau du cou du bébé. Le cordon ombilical étranglait le nourrisson.

Valentina voulait pousser. Le médecin criait de nouveau après elle.

« Je vous dis t'attendre. Ne poussez plus ».

Luigi n'appréciait pas du tout la façon dont le médecin parlait à Valentina. Cet homme avait l'air de perdre son sang-froid. Il ne semblait pas très professionnel.

Valentina expulsa son bébé. Le petit garçon ne respirait plus. L'équipe médicale essayait de le réanimer, mais sans succès. Après plusieurs essais, le cœur ne battait plus. Le médecin le déclara mort-né.

Valentina hurlait de douleur.

 « *Dottore per favore* ! Il faut réessayer encore *per favore dottore*, *per favore* ».

« Je suis désolé madame ».

Luigi foudroyait le médecin. Il prenait sur lui la colère qui montait. Ce n'était pas le moment d'aller lui mettre son poing sur la figure. Il entendait Valentina hurlait de plus en plus fort. Elle pleurait toutes les larmes de son corps. Elle essayait de se lever, mais, Luigi tentait de la calmer. Seulement, il était impuissant, face à cette douleur. Il parcourut le couloir pour aller à la rencontre d'Isabella.

Un grand sourire aux lèvres, Isabella arriva vers Luigi. Elle se figea quand elle vit le visage de son compagnon.

« Comment vont les bébés ? Luigi ! Que se passe-t-il ? ».

« *Amore mio*. Le petit garçon n'a pas survécu. Valentina va très mal. Elle aura besoin de ton soutien *tesoro*. Je vais aller boire un café et prendre la route pour discuter avec mon frère. Il faut arrêter toute cette douleur ».

« Et l'autre bébé ? ».

« La petite fille va bien : elle est magnifique ».

« Sois prudent sur la route *amore mio*. Je vais téléphoner à Fiona tout de suite et aller voir Valentina ».

Luigi prit Isabella dans ses bras en la serrant très fort. Il embrassa sa compagne.

« *Ti amo* Isabella ».

« *Ti amo* Luigi. À ce soir ».

Bergame

Très éprouvé, Luigi, arriva à la ferme pour rencontrer son frère Paolo. Il allait lui annoncer l'horrible nouvelle. Il gara sa Mercedes devant la scierie et se dirigea directement vers le bureau de Paolo.

« *Saluto* Paolo, je viens pour t'annoncer une mauvaise nouvelle. Il y a deux heures, Valentina a mis au monde ses bébés. Mais elle a perdu un des jumeaux. Il faut à tout prix que tu mettes au courant Alessandro. Et dès qu'elle sera rétablie, que tu le veuilles ou non, elle viendra à nouveau s'installer au refuge avec les enfants ».

« Luigi ! *Dio* ! Que s'est-il passé ? ».

« Il se passe qu'à partir d'aujourd'hui, il faut arrêter d'être stupide, tu savais très bien pour Valentina et Alessandro. Dis-moi ce qu'elle a cette petite pour ne pas l'accepter comme belle-fille ? ».

« Absolument rien Luigi. Mais je pensais que Valentina n'était pas raisonnable pour être une épouse à Alessandro. Quand ils étaient petits, ils se maudissaient tellement. Elle était un vrai garçon manqué, tandis que Sofia était la petite fille modèle. Je suis vraiment désolé pour mes enfants. Je n'ai pas de nouvelles de Fiona non plus. J'ai tout gâché avec mon arrogance et à vouloir tout réglementer. Je vais lui parler de Valentina. Mais, pour le moment laissons la petite se remettre de cette douleur. Je ne sais pas comment va réagir Alessandro ».

« Très mal certainement. En ce qui concerne Fiona ne t'inquiète pas, elle va bien

« Pourquoi n'ai-je pas de nouvelle ? ».

« Parce qu'elle est anxieuse de t'annoncer sa grossesse ».

« Je n'ai pas voulu faire de mal à mes enfants. Avec mon orgueil, je fais même souffrir Ana. *Padre* aussi, avait compris pour Valentina ».

Alessandro passait juste à cet instant devant le bureau de son père. Il entendit deux hommes parler. Il colla son oreille contre la porte pour écouter la conversation et repartit avant que son oncle ne sorte du bureau. Vraisemblablement Valentina était la maîtresse de son père. Si elle était venue lui rendre visite à l'hôpital, c'était certainement pour rendre jaloux son père. Peut-être même qu'elle le faisait chanter : qu'elle en voulait à sa fortune. Dès qu'il la verrait, il lui dirait le fond de sa pensée. Il adorait sa mère, il ne souhaitait pas qu'elle soit chagrinée par cette liaison. Il ne permettrait pas à son père d'avouer à sa pauvre mère, qu'il avait une maîtresse.

Une fois Luigi parti, Paolo chercha son fils Alessandro. Depuis son accident, il n'arrivait plus à dialoguer avec lui. Son fils était devenu exécrable après tout le monde. Même Sofia ne le supportait plus. Elle avait quitté le domicile conjugal avec sa fille et vivait chez un ami en France.

Quelques jours après l'accouchement, Luigi et Isabella quittèrent Milan avec Valentina et les enfants. Luigi les conduisit à la ferme Falcollini à Bergame. Marco attendait avec les chevaux et ils s'orientèrent tous au refuge. Analysa avait préparé la maisonnette avec Ana et nonna Lucia. Quant à Fiona elle était restée à Milan avec Sandro, l'aîné des enfants de Valentina. Elle avait téléphoné à Rome pour les avertir du drame. Monica avait pleuré toute la durée de la conversation.

Valentina et toute la famille assistèrent à la mise en terre du petit garçon. La jeune femme l'avait prénommé Dante, le deuxième prénom d'Alessandro. Paolo et Ana avaient insisté pour que le bébé soit enterré dans le caveau familial des Falcollini dans un petit cimetière derrière la ferme où se trouvait la petite Francesca la fille de Monica et Ricardo.

Leonardo Soberini le père de Valentina lui avait demandé pardon de ne pas lui avoir fait plus confiance. Luisa essayait de se rapprocher de sa fille. Toutefois, Valentina ne pardonnerait pas toutes ses méchancetés qu'elle lui avait dites le jour du mariage d'Enrique et Carmen.

Valentina pensait à Alessandro. Où était-il en ce moment ? Savait-il pour son fils ?

Au loin Alessandro une bouteille d'alcool à la main, observait les funérailles. Il se demandait ce que faisaient tous ces gens dans ce cimetière.

Avant de repartir pour Rome, Monica prit une tisane avec Valentina au salon de la ferme Falcollini.

« Valentina, si tu veux je peux rester avec toi quelques jours ? ».

« Non. C'est très gentil à toi Monica. Je vais être bien entouré et puis Alessandro va bien se montrer un jour ! ».

« Si tu as besoin de moi, n'hésite pas à me téléphoner. J'arriverai au plus vite ».

« Ne t'inquiète pas pour moi ma chérie. Et toi, comment ça se passe avec Regina ? ».

« Regina me parle brutalement. D'après elle je suis coupable de sa séparation avec Loukas.

Mais, ce qui me fait le plus mal, c'est qu'elle n'a aucune affection pour mes fils ».

« Ne me dis pas que Regina ne s'intéresse pas à ses deux neveux ! ».

« Regina les ignore complètement. Déjà elle nous en veut de ne pas l'avoir mise marraine pour Damien. Cela dit, quand elle va savoir que je t'ai désigné comme marraine pour Enzo, elle va me haïr ».

« Il faudrait que tu en parles avec Alessandra. Il faut que cela cesse une fois pour tout, cette haine qu'elle a envers toi ».

« Excuse-moi Valentina, j'expose mes soucis, alors que tu viens de perdre un enfant ».

« Il me semble bien ma chérie que tu es passé par la même douleur. Nous nous connaissons depuis toutes petites : il faut croire que nous connaissons la même tourmente ».

« Tu es plus courageuse que moi ma chérie ».

« Disons que par toutes les expériences que je passe, elles me font murir ».

Depuis l'enterrement de son petit-fils, Paolo rendait visite à Valentina tous les jours. Il lui avait demandé pardon en pleurant pour tous ces accès de colère qu'il avait eue envers elle.

« Je n'aurais jamais dû m'occuper de votre relation ».

« C'est un peu tard pour avoir des remords. Quand Alessandro est descendu à la ferme pour une explication avec toi, tu aurais dû l'écouter. Il y a longtemps que nous nous aimons avec Alessandro. Seulement, ma chère sœur a profité de mes études à Paris pour me prendre ma place auprès de l'homme que j'aime. J'ai envoyé des lettres à ton fils et personne, ne sait où elles se trouvent. Est-ce que c'est toi qui as détourné mon courrier ? ».

« Non ! Jamais je ne ferais une chose pareille. Personne ne savait que tu étais enceinte sinon j'aurais fait annuler ce mariage ».

« Eh bien, ma mère était au courant ».

« Luisa ! Mais pourquoi n'a-t-elle rien dit ? ».

« Pourquoi ? Tout simplement, parce qu'elle désirait qu'Alessandro s'intéresse à Sofia et non à moi ».

« Moi aussi je croyais Alessandro amoureux de ta sœur. Quand il lui a demandé en mariage, tout semblait sincère. Je ne comprends toujours pas pourquoi il l'a épousé ? ».

« Sofia a inventé une relation qui n'existait pas entre un mannequin et moi. Alessandro est tombé dans le piège. Il ne m'a pas assez fait confiance. Voilà pourquoi il a épousé Sofia. Ce mariage n'a jamais été consommé. Alexandra n'est pas ta petite fille ».

« Je suis tellement désolé Valentina. Quand j'ai vu Sandro pour la première fois au refuge, je n'en croyais pas mes yeux. La ressemblance avec son père est surprenante. Ensuite, j'ai été très vexé que tu ne veuilles pas me présenter mes petits-fils. C'est pour cela que je me suis montré odieux envers toi. Pardon Valentina ».

Cela faisait une semaine qu'Alessandro avait disparu. Paolo et Ana s'inquiétaient atrocement. Avec Luigi, Enzo et Valentino le grand-père de Valentina, ils explorèrent la forêt et les collines avant d'avertir la police. Ricardo et Alessandra téléphonaient deux fois par jour.

Un matin, une personne tambourina contre la porte du refuge. Valentina, en petite nuisette courte et échancrée se leva à toute vitesse : elle n'avait pas eu le temps de mettre un déshabillé. Elle ouvrit la porte et se trouva nez à nez avec Alessandro complètement ivre. Il l'attira contre lui et l'entraîna dans la chambre en la jetant sur le lit. Il se mit à califourchon sur Valentina.

« Alors c'est toi la maîtresse de mon père ? Dis-moi, il a très bon goût le vieux ? Tu as un corps magnifique. C'est très dangereux de vivre ici toute seule, de sortir seule en petite nuisette affriolante ».

Alessandro la caressa et tira sa nuisette pour la déchirer. Elle se retrouva nue devant lui. Il enserra ses poignets solidement et la brutalisa.

« Alex ! S'il te plait, tu me fais mal, arrête ! Je t'en supplie, arrête Alex ».

« Je ne suis pas Alex, je m'appelle Alessandro Falcollini. Tu as couché avec mon père, mais à présent, c'est avec moi que tu vas coucher ma jolie. Voyons un peu ce corps splendide ».

Valentina essayait de s'échapper. Néanmoins elle n'avait aucune chance. Alessandro était un homme robuste avec une force incroyable.

« Ou comptes-tu aller comme ça ? Tu ne pourras pas m'échapper. Nous allons d'abord coucher ensemble. Ensuite je vais te donner de l'argent et tu foutras le camp d'ici. Je ne veux pas que tu brises le mariage de mes parents. Est-ce que tu m'as entendu espèce de trainée ? ».

« Oui. Laisse-moi partir *per favore* ».

Alessandro continuait à la violenter. Il tirait avec ses dents un téton, en écrasant de sa main son sein. Il sentit Valentina se débattre. Mais il était beaucoup plus fort qu'elle. Il sortit du lit, fit tomber son pantalon et son caleçon s'affala de nouveau sur elle. Il la pénétra d'un coup de rein brusque, sans tendresse, sans amour.

Valentina pleurait et criait, en le suppliant.

« Alessandro arrête s'il te plait ».

« Non, je ne vais pas arrêter. Je suis bien dans ta chaleur. Regarde-moi dans les yeux, ce n'est pas d'un homme âgé qu'il te faut, c'est un jeune comme moi. J'ai suffisamment d'argent, je suis riche. Ma femme m'a quitté, si tu veux, tu peux prendre sa place ».

« Tu es complètement fou. Tu es ivre, tu sens l'alcool et tu me fais mal. Arrête Alessandro ».

Valentina hurlait et griffait Alessandro sur la joue, en se débattant de plus en plus fort. Elle avait indubitablement mal : néanmoins c'était son cœur qui saignait.

« Hum ! Une vraie tigresse, comme je les aime, tu me rends fou de désir ».

Alessandro la pénétrait plus en profondeur.

Paolo et Luigi entrèrent dans la chambre.

« Alessandro arrête. Lâche Valentina ».

Allongé sur Valentina, Alessandro n'écoutait pas. Il continuait à s'introduire de plus en plus en profondeur dans la chaleur de cette femme. Il désirait lui faire mal. Pourtant le plaisir arriva. Ses lèvres succombèrent à la tendresse. Il lui donna de tendres baisers sur le cou. Des baisers plus savoureux. Il reconnut l'odeur de sa peau ce parfum qu'il aimait tant. La vision d'une femme, petite brune avec de magnifiques seins apparaissait. Il aimait cette femme : la femme qu'il avait dans les bras. Alessandro se mit à pleurer.

Valentina apprécia la chaleur de sa bouche contre son cou, la tendresse de ses mains, ses larmes chaudes qui coulaient sur sa peau. Elle caressa son visage et ses cheveux. Alessandro releva la tête et fixa Valentina sans rien dire. Ils restèrent un long moment sans bouger. Plus rien n'existait autour d'eux.

Paolo s'approcha d'eux et posa une main sur l'épaule d'Alessandro.

« Alessandro ! Ne fais pas de mal à Valentina. Ce n'est pas ma maîtresse. C'est la mère de tes enfants ».

« Je sais, *padre*. Je ne me sens pas bien ».

Alessandro se leva. Un vertige lui brouilla la vue. Il s'écroula parterre, en criant.

« TINA ».

Paolo aida Valentina à se remettre debout. Il lui déposa sa veste sur ses épaules. Aidés de son frère, ils allongèrent Alessandro sur le lit.

Alessandro resta évanoui un moment. Luigi, assis sur le fauteuil en face du lit, attendait qu'il reprenne connaissance. Son neveu bougeait et parlait dans son sommeil.

« Tina ! Ne me quitte pas *angelo mio*. Tina ! Où es-tu *amore mio* ? ».

Le jeune homme clignait des paupières. La vue trouble, Alessandro vit son parrain assis en face de lui sur le fauteuil. Il fronça, les sourcils en se demandant ce que faisait Luigi à ses côtés.

« Où suis-je ? ».

« Chez toi au refuge ».

« Que s'est-il passé ? Pourquoi es-tu ici ? Où est Valentina ? ».

Luigi était rassuré d'entendre son neveu, lui posait tant de questions.

« Tout d'abord comment te sens-tu ? ».

« Désorienté, je me souviens d'avoir eu une confrontation avec *padre*, ensuite le trou noir. D'ailleurs, il faut que je reparte, j'en ai assez qu'il juge mal Valentina ».

Alessandro se leva du lit. La tête se remit à tourner. Luigi l'aida à se rallonger.

« Calme-toi Alessandro, essaye de dormir ».

« S'il te plait Luigi, laisse-moi avoir une autre discussion avec Paolo ».

« Non, il faut que tu te reposes ».

Alessandro n'avait plus la force de se battre. Il s'allongea en fermant les yeux et s'endormit.

Luigi sortit de la chambre et croisa son frère Paolo.

« Comment va-t-il ? ».

« Il a repris ses esprits. Il se souvient de votre dispute. Je lui ai dit de dormir ».

« Bon sang ! Mais quel gâchis ! Pourquoi je me suis opposé à leur amour ? ».

« Après une bonne discussion avec ton fils, je suis sûr que ça va aller ».

« J'espère qu'il ne m'en voudra pas pour la mort de son petit garçon ».

« Non, Paolo, il ne faut pas culpabiliser. C'est à l'accouchement que tout s'est mal passé ».

« Quel accouchement ? ».

Les deux frères se retournèrent, Alessandro était assis sur son lit en train de les fixer. Paolo resta sans voix.

« *Padre* ! Dis-moi quel accouchement ? ».

« *Figlio* tu dois encore te reposer ».

« Non. J'ai assez dormi. Nous allons avoir une discussion puisque hier tu n'as rien voulu savoir. Valentina vit avec moi et nous allons avoir un quatrième enfant. La fille de Sofia n'est pas la mienne *padre* : je n'ai pas du tout couché avec ma femme ».

« Je le sais *figlio* ».

« Comment le sais-tu ? Puisque hier soir je suis parti en claquant la porte de la ferme. Enfin nonno a quand même réussi à te persuader que j'étais amoureux de Valentina ».

« Nous avons besoin de parler ».

« Qui a-t-il ? Pourquoi cet air grave sur ton visage ? Où est Valentina ? ».

« Valentina est à côté. Mais laisse-moi parler d'abord ».

« Très bien, je t'écoute ».

« Nous avons eu une grave altercation tous les deux. Tu es reparti pour rejoindre ta famille. Sur le chemin du retour, tu es passé par-dessus ton cheval et ta tête a heurté un tronc d'arbre. C'est Marco qui t'a retrouvé et emmené à la ferme. Il a fallu te transférer à l'hôpital ».

« Je me souviens très bien d'être parti de la ferme. Mais après plus rien ».

« Pendant une semaine, tu es resté dans le coma. Nous avons eu très peur de te perdre *figlio*. Ensuite, le plus difficile était à venir, tu ne savais plus qui tu étais. Nous devions nous adapter à ton amnésie ».

« Valentina a-t-elle vécu avec moi ? ».

« Non, Alessandro, je n'avais pas saisi que vous vous aimiez. Il a suffi d'un malheur, pour que je me rende compte de la gravité de ma stupidité. Heureusement, que Luigi et Isabella étaient là pour soutenir Valentina ».

« Quel malheur *padre* ? ».

« Le mois dernier, Valentina a mis au monde des jumeaux. Mais cela s'est mal passé ».

Les larmes aux yeux, Alessandro regarda son père.

« Nous avons perdu nos enfants ? ».

Paolo inspira profondément

« Un fils ».

Le corps tremblant, Alessandro se leva en titubant. Il s'écroula à nouveau parterre. Paolo se sentit mal lui aussi et appela Luigi.

Luigi arriva dans la chambre et aida son frère à allonger Alessandro sur lit.

« Je lui ai tout dit Luigi, ainsi que la perte de son fils ».

« Tu as bien fait Paolo. Sortons, il a besoin de dormir ».

Valentina attendait au salon. Le temps que Paolo et Luigi parlaient avec Alessandro, elle s'était pris une douche et s'était habillée d'un pantalon jean et d'un pull en laine. Néanmoins, elle avait peur d'affronter son compagnon. Il avait été très violent avec elle. Jamais elle ne l'avait connu dans cette folie. Elle sentit une larme couler sur sa joue.

La porte de la chambre s'ouvrit.

« Comment va-t-il ? ».

« Il s'est rendormi. Nous avons discuté ».

« A-t-il retrouvé la mémoire ? ».

« Il se souvient le moment où nous avons eu une altercation, le soir de son accident. Après il n'a plus aucun souvenir ».

« Se souvient-il de moi et de nos enfants ? ».

« Oui Valentina. Il m'a parlé de votre futur enfant. Dès que possible, je désire que mon fils vienne embrasser sa *mamma*. Mais d'abord je souhaite que vous vous retrouviez. Valentina ! Pardon pour tout ce mal ».

« *Grazie* Paolo ».

Luigi prit Valentina dans ses bras en l'enlaça et l'embrassant affectueusement sur la joue.

« À tout à l'heure *tesoro*. Nous allons revenir pour midi avec Isabella ».

« À tout à l'heure Luigi. Paolo je désire vous inviter, Ana et toi pour manger avec nous ».

« Avec plaisir Valentina ».

Valentina regagna la chambre des enfants. Elle les habilla et leur donna le petit déjeuner. Vite après, elle donna le sein à Valeria.

Deux heures plus tard, Valentina entendit le jet d'eau de la douche couler. Elle appréhendait qu'Alessandro ne se souvienne plus d'elle et de revivre de nouveau les sept mois d'enfer.

La porte de la cuisine s'ouvrit. Torse nu, une serviette de toilette nouée autour de sa taille, les cheveux mouillés et quelques gouttes d'eau sur sa peau bronzée, Alessandro était d'une beauté époustouflante.

Valentina le regarda par-dessus son épaule et lui sourit.

Alessandro s'approcha par-derrière et passa ses bras autour de sa taille en l'embrassant dans le cou.

« Bonjour mon amour. Tu prépares le repas pour combien de personnes *Amore mio* ? Et mon grand garçon Sandro, où est-il ? ».

« Bonjour Alex, comment te sens-tu ? ».

« J'ai les oreilles qui bourdonnent. Mais, je vais beaucoup mieux. Est-ce que mon père est vraiment venu tout à l'heure ? ».

« Oui, ton père est venu tout à l'heure avec Luigi. Te souviens-tu de votre discussion ? ».

« Oui, ma chérie, je me souviens très bien. Mais je voulais que tu me confirmes. Je croyais rêver en voyant mon père et Luigi dans notre chambre ».

Les mains d'Alessandro se faufilèrent sous le pull de Valentina. Il longea jusqu'à ses seins et les caressa amoureusement.

Valentina fit une grimace et poussa un petit cri de douleur.

« Tina ! Tu as mal aux seins ? ».

« Ce n'est rien Alex ».

Alessandro fit pivoter sa compagne face à lui.

« Je sais que tu as mal aux seins. Montre-moi ma chérie ».

Valentina souleva son pull jusqu'au-dessus de ses seins. Alessandro s'immobilisa en voyant le téton tout boursouflé.

« Qu'est-ce qui s'est passé ? ».

« Ne t'inquiète pas, ça va passer ».

« Tina ! Qui a osé te faire cette blessure ? ».

« C'est toi ».

« Moi ! Mais comment ? ».

« Ce matin, tu es venu chez nous, totalement ivre. Ensuite, tu m'as brutalisé et mordu le sein en voulant me violer ».

Alessandro se passa la main tremblante dans les cheveux.

« Ce n'est pas possible. Mais qu'est-ce qu'il m'a pris ? ».

Les larmes commençaient à couler

« Alex ».

« Et tu me dis que j'ai voulu te violer ! Mais pourquoi ? ».

« Parce que tu pensais que j'étais la maitresse de ton père ».

« Il faut qu'un médecin t'examine. Ça doit être très douloureux ! ».

« C'est très douloureux Alex. Dès que Fiona arrive je lui montrerai mon téton ».

« Je suis vraiment désolé *amore mio*. Pardon Tina. Pardon ».

Valentina lui caressa la joue et lui posa un baiser sur les lèvres.

« Ou sont nos fils ? Je n'ai pas vu Sandro ».

« Sandro est avec Fiona et Paola à Milan ».

« Que fait mon fils là-bas ? ».

« Fiona garde Sandro. Je ne voulais pas qu'il assiste à toute cette peine ».

« Tu as très bien fait. Fiona, comment va-t-elle ? ».

« Ta cousine attend un bébé pour le mois de septembre ».

« Ah bon ! Je ne savais pas qu'elle avait un homme dans sa vie ! Visiblement, j'ai beaucoup de choses à redécouvrir ! ».

« Nadir est passé chez toi avec son père cet hiver. Paolo s'est offert des étalons arabes. Te souviens-tu de ce passage ? ».

« Je me souviens. Pauvre Nadir, je ne devais pas être très agréable ».

« Tu l'as tellement vexé, que Nadir est parti se réfugier dans les bras de Fiona ».

« Oui, vu que Fiona est enceinte, je suppose que c'est plus que dans ses bras. Néanmoins, si je le vois, il va m'entendre ».

« Ah non Alex, ne t'en mêle plus. Laisse là faire sa vie, ne réagit pas comme ton père, *per favore*. Fiona est assez malheureuse comme ça. Nadir à l'heure actuelle doit être marié. Je suis certaine qu'il n'est même pas au courant qu'il va être papa ».

« J'ai été idiot de les séparer. Mais pourquoi il doit être marié ? Je ne comprends pas ! ».

« Nadir a envoyé un communiqué à la presse pour officialiser ses fiançailles avec sa promise Samia. Fiona est malheureuse surtout qu'avant de reparti à Salimar, il lui a demandé sa main ».

« C'est étonnant. Nadir n'a certainement pas dû avoir le choix avec le protocole ».

« Il y a autre chose, qu'il faut que tu saches ».

« Dis-moi ce qui ne va pas ».

« J'ai mis nos jumeaux au monde…Mais ».

Valentina s'effondra en pleure. Alessandro la prit dans ses bras et la consola.

« Je suis au courant pour notre garçon ».

Avant que tout le monde n'arrive, le couple s'essaya sur le canapé du salon. Valeria dans les bras de sa maman s'amusait avec le doigt de son papa. Valentina déposa délicatement son petit cœur dans les bras de son compagnon.

Les yeux larmoyants, Alessandro contempla sa fille tendrement. Les deux petits garçons de quinze mois tirèrent sur le pantalon de leur père pour essayer de se mettre debout. Valentina les attrapa un par un, pour les asseoir auprès de leur père. Elle parla de la confrontation avec Paolo, de l'accident, jusqu'à la naissance des bébés au mois d'avril. La souffrance qu'elle avait subie au décès de leur petit Dante.

Valentina pleurait tout en lui racontant son histoire.

« J'ai beaucoup pleuré quand je venais te voir à l'hôpital, tu ne me reconnaissais pas. Un jour j'ai pris ta main pour la poser sur mon ventre : tu n'as eu aucune réaction. Tu as même sorti ta main de peur de te brûler. Ensuite, Paolo est arrivé et m'a mis dehors de la chambre comme une misérable ».

« Je suis désolé *angelo mio*, tu as dû beaucoup souffrir. Tina, ma chérie, je voudrais que nous allions dans l'après-midi, nous recueillir sur la tombe de notre petit garçon. Pardonne-moi ma Tina pour ce supplice, pour ce viol. J'ai honte de t'avoir fait souffrir ».

Alessandro se pencha sur Valentina, la tête, sur son épaule. Il se mit à pleurer, en la serrant tendrement contre lui.

« Mon amour, je t'aime. Pardon. Pardonne-moi Tina. Je ne souhaitais pas te faire de mal. Comment ai-je pu m'imaginer que tu étais la maîtresse de mon père ? ».

« Je veux oublier ce moment pénible ».

« Moi aussi *tesoro*. Essayons d'oublier un petit moment. As-tu des nouvelles de mon cousin et Monica ? ».

« Monica me téléphone fréquemment. Quant à Ricardo, il n'est pas venu te voir : il était très mal de te savoir amnésique ».

Plus tard, au déjeuner, tout le monde était enchanté de retrouver Alessandro en meilleur santé. Ana était heureuse d'être à nouveau avec son fils qu'elle aimait tant.

Dans l'après-midi, Alessandro et Valentina se recueillirent devant la tombe où reposait leur bébé.

À leur retour Ana les attendait.

« *Per favore* mes enfants, je désirerais de tout mon cœur que vous restiez vivre chez nous, le temps de construire votre demeure ».

Alessandro regardait Valentina dans les yeux. Il attendait une réponse positive de sa part.

« Oui, je le souhaite aussi. Demain, Luigi ira chercher Fiona et Sandro à Milan. Je vais aller embrasser mes grands-parents. Nonna Juliana m'a beaucoup manqué ».

« Et moi ma grande chérie ! ».

Valentina se retourna et vit son grand-père Valentino.

« Nonno ! Je suis tellement heureuse de te revoir. Enfin, je vais pouvoir vivre auprès des miens ».

« Je sais ce que ta mère t'a raconté au mariage d'Enrique. Mais tu es ici chez toi *mia bella*. Tu es la bienvenue *tesoro* ».

« *Grazie* nonno. Je t'aime ».

« Nous aussi nous t'aimons et nous sommes très fiers de ta carrière Valentina »

Valentina fondit en larmes dans les bras de cet homme robuste qui était son grand-père. Il avait toujours honoré et accepté avec tendresse les fonctions de ses enfants. C'était un homme d'une très grande bonté.

Au mois de juillet, la petite famille logeait depuis un mois à la ferme Falcollini. Sandro était fou de bonheur avec son père. Il le suivait partout de peur de le perdre à nouveau. Enzo, son arrière-grand-père le promenait dans les écuries puis dans les vergers avec son autre arrière-grand-père Valentino. Ils allaient au bar du village prendre une bière et une limonade pour leur arrière-petit-fils.

Le soir Sandro avait beaucoup d'histoires à raconter à ses parents. Fiona, sa tante de retour depuis une semaine, lui lisait des contes pour enfants avant qu'il ne s'endorme.

Alessandro et Paolo attendaient Nadir dans la journée.

« Tu as acheté d'autres étalons *padre* ? ».

« Non. Nadir m'a téléphoné hier midi et m'a demandé de tes nouvelles. Il était très chagriné quand il est venu, nous rendre visite avec son père ».

« Je suis très content de le revoir, son amitié me manque terriblement ».

En fin de journée, Nadir arriva à la ferme, heureux de retrouver Alessandro en meilleure forme. Les deux jeunes hommes se prirent dans les bras, enchantés de se revoir.

« C'est très gentil à toi, de venir me rendre visite ».

« Je suis ravi de te revoir Alessandro, surtout en meilleure santé. Mais c'est ton père dont je viens voir ».

Nadir s'adressa à Paolo

« Bonjour, Paolo. Je suis arrivé à Bergame pour Fiona. Je viens vous demander sa main ».

Alessandro et son père restèrent sans voix. Fiona leur avait dit que Nadir était le père de son futur bébé. Qu'il avait été conçu début décembre au moment de leur visite.

« J'avais cru comprendre, qu'un mariage était annoncé en votre faveur pour le mois de mai ! J'espère que vous n'épousez pas ma nièce parce qu'elle attend un bébé de vous ? ».

« Un bébé ! Fiona est enceinte ? Je n'étais pas au courant. Je veux prendre Fiona pour épouse parce que je suis amoureux de votre nièce ».

« Mais ! Votre père Nadir, que pense-t-il de tout cela ? Et votre épouse ! Enfin cela ne me regarde pas. Néanmoins, je ne souhaite pas de drame avec votre famille et je n'ordonnerai pas que Fiona soit une deuxième épouse ».

« Soyez sans crainte, Samia, mon ancienne promise s'est fiancée et mariée au mois de mai avec Bahir, un de mes frères. Ils s'aiment depuis leur tendre enfance. Et ne vous inquiétez pas à Salimar nous n'avons qu'une seule épouse ».

« Bon cela me rassure que vous n'ayez qu'une seule épouse dans votre principauté. Je vais aller chercher Fiona. Voulez-vous rester dîner avec nous ce soir ? ».

« Ce sera avec plaisir, si Fiona désire devenir ma femme ».

Alessandro lui tendit la main.

« Je ne suis jamais parvenu à te joindre pour m'excuser de m'être comporté comme un idiot. Je n'imaginais pas non plus que tu sois aussi amoureux de ma cousine, au point d'annuler un mariage d'affaires. Je suis très heureux de te compter parmi nous dans la famille Falcollini. Aujourd'hui, je désire pouvoir te faire confiance Nadir. Parce que j'ai souvenir de notre jeunesse, quand tu me parlais de Nelly : quoi qu'il arrive, tu la garderais comme maitresse. Je ne tolèrerai pas que tu fasses souffrir Fiona ».

« Ne t'inquiète pas Alessandro. J'aime Fiona. Je ferai de mon épouse : une femme heureuse ».

« Tu es conscient que Fiona est une sublime rousse, ce qui veut dire que nous avons gagné notre pari : Ricardo, Paul et moi, tu nous dois un étalon à chacun ».

« Je suis tout à fait conscient. Les trois beaux étalons seront prêts dans quelques jours pour l'Italie. Néanmoins, je suis immensément ravi d'avoir perdu mon pari et de pouvoir épouser ma sublime rousse ».

« Attends un petit peu, Fiona n'a pas encore accepté ta main ».

Fiona arriva avec Paolo. Elle resta réticente à l'idée de s'élancer dans les bras de son prince. Alessandro et Paolo les laissèrent se retrouver.

Nadir prit tendrement Fiona dans ses bras. Ils s'embrassèrent avec passion.

« Mon amour, je suis tellement heureux de te revoir. Ma beauté ».

« Je suis heureuse moi aussi de te revoir ».

« Pourquoi tu ne m'as rien dit pour le bébé, Fiona ? ».

« Et toi Nadir, pourquoi m'avoir caché que tu allais te fiancer. Tu t'es moqué de moi. J'ai beaucoup souffert quand j'ai vu l'article et la photo dans le journal. Mais je peux comprends, elle est très belle ».

« Pas aussi belle que toi mon amour. Je suis désolé que tu aies souffert, ce n'était pas dans mon intention. Quand je suis parti d'ici, j'étais heureux de te laisser pour un lapse de temps, parce que je savais que je revenais au plus vite pour organiser notre mariage. J'en ai fait part à mon père et tout cela a été autrement. Il m'a imploré de prendre pour épouse Samia ».

« L'as-tu épousé ? ».

« Non, mon ange Samia est l'épouse de mon plus jeune frère. Bahir. Ils attendent un heureux événement pour le mois prochain ».

« Comment le prends-tu ? N'es-tu pas jaloux de ton frère ? ».

« Jaloux ! Pourquoi mon ange, serai-je jaloux de mon jeune frère ? ».

« Tu avais une sublime princesse à ton bras. Elle t'aurait donné une magnifique petite fille ».

« Non, je ne suis pas jaloux ma beauté. Je vais épouser une sublime rousse qui va me donner une jolie petite princesse ».

« J'ai bien peur que tu ne sois déçu Nadir : j'attends un petit garçon ».

« Je suis content d'avoir mon premier enfant avec toi ma chérie, que ce soit une fille ou un garçon peu importe. Ce sera le premier d'une grande lignée. Cependant, je désire que tu sois lucide : notre enfant sera de couleur. Tu as une peau si blanche et je ne veux surtout pas que tu méprises mon enfant ».

« Mépriser ton enfant ! Pourquoi penses-tu cela ? Nadir, tu ne me fais pas confiance ? ».

« Excuse-moi Fiona ».

« Que ce bébé soit brun ou rouquin, mon fils a été conçu avec l'homme que j'aime. : c'est-à-dire toi Nadir. C'est un enfant de l'amour ».

« Je t'aime Fiona. Tes paroles sont très belles, et me vont droit au cœur. Je suis très fier que tu sois la maman de mon fils. Tu as raison, c'est un enfant de l'amour, ma beauté ».

« Je sais que tu as souffert avec ton ancienne fiancée ».

« Qui t'a raconté ces histoires ? ».

« Alessandro, le lendemain de ton départ. Il m'a parlé d'un mannequin dont tu es toujours très amoureux ».

« C'est de l'histoire ancienne. Je ne suis plus amoureux de Nelly ».

« Est-ce que s'est-elle qui habite à Paris ? ».

« Oui. Nelly était mon ancienne fiancée ».

Fiona se sentait peinée.

« Dis-moi ce qui te chagrine ! ».

« Pourquoi m'as-tu menti ? ».

« Je t'ai menti ! ».

« Oui, tu m'avais dit qu'elle n'était qu'une ancienne maitresse, tu lui rendais simplement visite pour affaires. Je veux savoir la vérité avant de te donner une réponse ».

« Fiona, ma chérie, je vais être très honnête avec toi, c'est vrai que je me suis rendu chez Nelly. Cependant, je te promets que c'était pour affaire. Elle est gérante de mon club privé ».

« As-tu couché avec elle, la dernière fois que tu l'as vu ? ».

« Non ».

« As-tu éprouvé une envie de recoucher avec elle ? ».

« Depuis ma séparation avec elle, je l'ai revu et c'est vrai, nous avons recouché ensemble une seule fois ».

« Depuis que tu me connais ? ».

« Oui. Cela fait plus de deux ans, que je n'ai plus couché avec Nelly. Je t'aime Fiona et je ne souhaite pas te perdre. Ma vie est avec toi mon amour et notre fils ».

« Es-tu sûr qui n'a rien d'autre entre vous ! ».

« Je te promets mon ange. Je ne veux aucun secret et mensonges entre nous deux. Me fais-tu confiance ? ».

« Je voudrais bien Nadir ».

« S'il te plait mon ange. Fais-moi confiance ».

« Une fois marié, tu comptes faire des allers-retours pour Paris ? ».

« Rien qu'avec toi mon amour. Fiona, veux-tu m'épouser ? ».

« Oui Nadir. Mais promets-moi de ne jamais me tromper ».

« Je te promets Je t'aime mon ange ».

« Je t'aime mon chéri ».

« Demain, je dois passer mon avant-dernière échographie, j'aimerais que tu m'accompagnes. Cela dit, si tu dois repartir, je comprendrais ».

« Je dois partir Fiona, mais avec toi. Je désire te présenter à ma famille. Nous pourrons partir demain soir, si tu veux bien ».

« Je veux connaître ma future belle-famille ».

Nadir s'agenouilla. Il releva la robe ample de Fiona en lui donnant des baisers sur ce ventre magnifiquement arrondi.

« Bonjour mon garçon, je suis impatience de faire ta connaissance mon fils ».

« Allons dans ma chambre Nadir ».

Fiona, prit la main de Nadir pour l'emmener dans sa chambre. Elle se déshabilla devant le futur papa. Un peu gênée de se montrer dans cette situation, elle se cacha sous la couette.

Nadir, éclata de rire en s'allongeant à côté de Fiona. Il caressa son joli ventre et sentit un coup de pied du bébé. Ils étaient très émus de ce beau moment de tendresse. Tout excité, il continua son exploration avec ses mains, sa bouche et sa langue. Il se déshabilla à son tour.

Fiona saisit sa belle érection en le caressant. Nadir gémissait de plaisir.

« Tu m'as tellement manqué ma beauté, ton corps, tes seins, tes fesses et tes mains sur mon corps. *Hayati kelma lik...Nrbik ta3sah, el hobe li toul toul hayetna.* ».

« Que veut dire tout cela ! ».

« Ma Vie, un mot et elle est à toi...Je t'aime pour de vrai. L'amour qui durera toute notre vie ».

« Pourtant, je suis sûre qu'aujourd'hui tu es déçu de me voir aussi grosse ».

« Non, *Ya zine*, tu attends notre enfant. La maternité te va à merveille. Tu es magnifique. Tes seins sont splendides. Je suis amoureux de ton corps ».

« *Ya Zina* ! ».

« *Ya Zine* : ma beauté ».

« As-tu employé tous ces mots d'amour à ton ancienne fiancée ? ».

« Non, tu es la seule qui a le privilège de mes mots d'amour.

Nadir plaça Fiona sur lui à califourchon. Il entra en elle doucement. Heureux et ému de voir ce joli ventre bien rond au-dessus de son ventre musclé. Ils firent l'amour tendrement.

Le lendemain dans la soirée, Nadir et Fiona partirent au Moyen-Orient. Il avait été très ému d'assister à l'échographie, de voir ce petit être suçait son pouce. Il avait hâte de tenir son fils dans ses bras.

La discussion avec Enzo, avait été profitable. Il avait appris des choses très intéressantes sur son grand-père Issam et Claudia la mère d'Ana. Dès qu'il partirait dans le désert rendre visite à son grand-père, il lui parlerait des deux aïeuls Enzo Falcollini et Valentino Soberini.

242

Salimar

Le jet privé de Nadir atterrissait à l'aéroport de la principauté de Salimar. Une limousine les attendait sur le tarmac. Fiona éblouie par toute cette beauté posait beaucoup de questions à Nadir sur sa culture : le désert qu'elle aimerait tant connaître, la langue arabe qu'elle désirait apprendre.

Nadir souriait de voir Fiona enthousiaste par toutes ces belles plantations.

La voiture les conduisit jusqu'au palais al-Quatir. Le chauffeur ouvrit la portière arrière. Le couple sortit de la limousine.

« Nous allons nous reposer et demain nous irons en ville *habibi*. Je veux t'offrir de cadeaux et de merveilleux bijoux. Nous avons de belles boutiques de luxe ; de belle lingerie fine et des parfumeries ».

« Tu sais Nadir, à Milan aussi nous avons tout ce qu'il faut. Je ne suis pas venue avec toi pour que tu me gâtes. Je souhaite rencontrer ta famille et découvrir ton pays ».

« Laisse-moi te faire un petit cadeau pour de remercier de m'avoir offert un fils ».

« Le seul cadeau que j'accepterai, est de filer à cheval sur les dunes du désert ».

« Le prochain séjour à Salimar, nous irons galoper et nous rendrons visite à mon grand-père ».

« Je te remercie mon chéri ».

Le prince Hassan al-Quatir, le père de Nadir, les attendait au salon. ».

« Bonjour père

Hassan accueillit Fiona. Il fut agréablement surpris de voir son joli ventre bien rond. Nadir ne lui avait rien dit au sujet de ce futur enfant.

« Bonjour, mademoiselle, aviez-vous fait bon voyage ? ».

« Bonjour Votre Altesse. Oui merci ».

« Nous allons nous reposer une petite heure, Fiona est fatiguée. Comme tu peux le voir, tu vas être grand-père ».

Cela ne plaisait pas au prince Hassan qu'une occidentale porte un prince héritier : surtout une Italienne. D'une attitude rustre, il congédia Fiona

« Allez-vous détendre dans votre chambre mademoiselle Falcollini. Nadir va vous guider. Je vous attends pour le diner ».

« Merci beaucoup Votre Altesse ».

« Père ! Fiona dormira avec moi dans mes appartements. Je vais faire envoyer ses bagages dans ma chambre ».

« Nadir, le protocole veut que tu sois marié, avant qu'une femme ne franchisse la porte de tes appartements ».

« Ce n'est pas important Nadir, je vais dormir dans la chambre d'amis. Je comprends tout à fait le protocole Votre Altesse ».

Plus tard dans la journée, Fiona se leva. Elle s'approcha de la fenêtre de la chambre. Elle avait une vue incroyable sur les écuries. Elle vit Nadir descendre de son étalon. Une très belle jeune femme vint à sa rencontre et tira sur les rênes du pur-sang. La palefrenière encourageait Nadir. Fiona sentit son cœur se comprimer. Elle entra dans la cabine de douche, alluma le jet et resta un long moment sous l'eau. Elle pensait à cette femme, était-elle la maîtresse de Nadir ? Elle pleura doucement. Elle l'aimait, mais elle ne supporterait pas de le partager.

Nadir frappa à la porte de la chambre d'ami. Il entra doucement pour ne pas réveiller Fiona. La porte de la belle salle d'eau, était ouverte. Il entendit l'eau couler. Il s'appuya contre la porte pour admirer le corps splendide de sa future épouse. Il était très amoureux de Fiona et de leur futur bébé. Il s'allongea sur le lit et attendit que Fiona finisse. Il avait hâte de la serrer dans ses bras.

Fiona sortit de la salle d'eau et sursauta en voyant Nadir sur le lit torse nu et caleçon.

« Tu m'as fait peur Nadir, il y a longtemps que tu es là ? ».

« Je viens d'arriver. Je suis allé faire du cheval. As-tu réussi à dormir un peu ma beauté ? ».

« Oui ».

Nadir sentit Fiona embarrassée.

« Dis-moi ce qui ne va pas Fiona ? Tu as pleuré mon amour ? Je vais régler cet incident avec mon père. Dès ce soir, tu dormiras avec moi. Je ne veux pas que tu sois contrariée : ce n'est pas bon pour le bébé *habibi* ».

« Ce n'est pas la chambre qui me contrarie Nadir. J'ai une vue surprenante sur les écuries. Je t'ai vu revenir et cette jeune femme qui te faisait du charme. Dis-moi tout de suite, est-ce qu'elle est ta maîtresse Nadir ? ».

« Non Fiona. Fatima n'est plus ma maîtresse depuis longtemps. Je ne veux surtout pas que tu t'inquiètes, mon amour. Je t'aime et il n'y aura pas d'autres femmes autour de nous. Je te le promets ».

« Tu as eu tellement de femme dans ta vie ».

« Oui ma chérie, mais tu es la seule qui a su conquérir mon cœur ».

Nadir et Fiona se rendirent à la salle à manger où les attendaient ses frères, sœurs et son père Hassan. Fiona, heureuse de retrouver Maher, fit la connaissance de son épouse Razzia., de Sami, Djamila, Khalid, Bahir et de la petite dernière, Layla. Jamil, un des frères, était à Paris pour ses études. Il vivait avec une jeune actrice Vicky. Elle reconnut la jeune princesse Samia l'épouse de Bahir, l'ancienne promise de Nadir.

Fiona devinait une tension. L'accueil n'était pas très chaleureux envers elle. Razzia discutait avec Djamila. Aucune d'entre elles ne faisait attention à Fiona. Seule la jeune Layla discuta de son métier avec elle. Samia lui lançait des petits sourires timides.

Tout le monde s'installa à table. Fiona ne se sentait pas du tout à sa place. Djamila, Razzia et la grand-mère Layla lui posèrent des questions impertinentes. Lui faisant sentir qu'elle n'était pas la bienvenue. Elle regarda autour d'elle et vit Hassan et ses fils parlaient entre eux.

À la fin du repas, les hommes se retirèrent au salon, les femmes restèrent à table. Nadir, en se levant, embrassa Fiona.

Djamila la fusilla du regard.

« Savez-vous Fiona, que vous n'êtes pas la première femme que mon frère nous présente ? J'espère que vous êtes consciente qu'il est très beau, qu'il est riche et que beaucoup de femmes le courtisent ».

« Pourquoi êtes-vous aussi agressive envers moi princesse Djamila ? ».

« Je ne suis pas agressive Fiona, mais réaliste. Voyez-vous, Nadir était très amoureux de sa première fiancée. Quand il a rompu, mon frère a été très malheureux. Il est resté dans le désert pendant deux semaines. Personne n'avait de ses nouvelles. Je ne souhaite plus voir mon frère souffrir. Mais, je vois que vous êtes plus rusée que les autres, vous avez gardé son enfant ».

« Princesse Djamila, je ne cherche pas le titre ni la richesse de Nadir. Ma famille est l'une des plus riches d'Italie. Mon oncle possède une centaine d'hectares de forêts. La ferme et la scierie Falcollini sont très réputées en Italie. J'épouse Nadir, l'homme que j'aime, et le père de mon fils, et non son titre ».

« Cela reste à démontrer ma chère. Je vous trouve bien arrogante et ce n'est que votre oncle qui est richissime. Est-ce que vos parents ont des richesses, des terres ou autres ? ».

« Vous me parlez d'un point sensible et cela ne vous regarde pas Djamila, si je suis riche ou pas. Nous nous aimons, c'est ce qui compte. N'êtes-vous pas heureuse de percevoir Nadir épanoui ? ».

« Oh ! Surtout Fiona ne rêvassez pas. Nadir vous épousera parce qu'il n'aura pas le choix : si vraiment cet enfant est le sien bien sûr. Mais rien ne l'empêchera de garder Fatima comme sa maîtresse attitrée et certainement bien d'autres à chaque déplacement ».

Nadir entra à la salle à manger.

« Djamila ça suffit. Je veux que tu fasses des excuses à Fiona ».

« Ce n'est pas grave Nadir. Je suis fatiguée, je vais aller me coucher. Bonsoir ».

« Qu'est-ce qui te prend Djamila ? Pourquoi tant de méchanceté ? Fiona ne mérite pas d'être mal accueillie ».

« Je ne veux pas que tu souffres à cause d'une autre femme Nadir ».

Fiona monta les trois étages pour regagner sa chambre. Les yeux brouillés par les larmes, le souffle court, elle entra dans la pièce, ferma à clé et s'effondra sur le lit.

Nadir bougea la poignée pour ouvrir, la porte était fermée à clé. Il entendit Fiona pleurer.

« Fiona ouvre s'il te plait ».

« Laisse-moi tranquille Nadir. Je ne veux voir personne ».

« *Habibi* ».

Au bout d'un moment, Nadir n'entendit plus un seul bruit dans la chambre. Il supposa qu'elle s'était endormie. Il descendit les escaliers puis, retourna dans ses appartements.

Le lendemain matin Nadir aperçut une lettre sous sa porte. Il se baissa et la ramassa. Il s'assit sur le lit et lut le contenu. Son cœur se serra en découvrant que Fiona, lui avait écrit une lettre d'adieu.

« Nadir, quand tu liras cette lettre, je ne serai pas loin d'Italie. J'ai bien compris pour ta famille : elle ne m'accepte pas. Dès que notre fils naîtra, je t'enverrai une lettre ou Alessandro t'appellera. Ne te sacrifie pas pour moi Nadir. Je t'aime, néanmoins je ne veux pas que tu t'obliges à m'épouser parce que j'attends un enfant de toi. Ta sœur a raison, si tu as beaucoup aimé ta fiancée, tu ne peux pas retomber amoureux une seconde fois et nous serions très malheureux de vivre ensemble. Cela me coûte beaucoup de t'écrire tout ceci. Mais je comprends que tu ne puisses pas m'aimer. Tu seras un très beau souvenir pour moi. Je ne te priverai jamais de ton fils. Tu pourras venir chez moi et notre fils viendra chez toi autant de fois que tu voudras. Je souhaite que notre enfant te ressemble, je te verrai à travers notre petit garçon que j'aime déjà de tout mon cœur.

Je te souhaite d'être très heureux avec la femme que tu choisiras pour épouse, que tu aimeras et que tu chériras. Sois heureux mon amour.

Je t'aime. Fiona ».

Nadir ne comprenait pas ce qui se passait. Il grimpa les escaliers des trois étages en courant. Complètement désorienté, il entra dans la pièce et vit la chambre de Fiona totalement vide.

Djamila arriva à ses côtés.

« Pourquoi Fiona m'a-t-elle quitté ? ».

« Elle est partie cette nuit. Le jet la ramenait en Italie ».

« Comment le sais-tu Djamila ? ».

« Fiona est venue me voir dans la nuit. Je lui ai recommandé de partir. Fatima l'a ramenée à l'aéroport. J'ai demandé à Jack de préparer le jet pour l'Italie ».

Avec rage, Nadir prit sa sœur par les épaules et la secoua. Il se faisait violence pour ne pas la gifler. Layla sortit de sa chambre, appela au secours.

Khalid arriva en courant pour séparer Nadir de Djamila.

« Nadir calme-toi ! ».

« Me calmer, alors que notre sœur se permets de gâcher ma vie ! Fiona est toute ma vie, tu m'entends Djamila ! Trouve-toi un homme et laisse-nous faire notre vie ».

Milan

Le jet privé de la famille princière al-Quatir atterrissait à Milan. Alessandro attendait Fiona à l'aéroport. Il n'avait pas tout compris quand sa cousine l'avait appelé : elle pleurait tellement au téléphone. Il l'aperçut au loin, Fiona arriva vers lui et se jeta dans ses bras.

« Pourquoi ce gros chagrin ma puce ? Je n'ai pas cerné ce que tu m'as dit au téléphone. Où est Nadir ? ».

« C'est fini Alessandro. C'est fini entre Nadir et moi. Il ne m'aime pas. Je lui laisse sa liberté, de garder sa maîtresse, Fatima, la palefrenière des écuries al-Quatir. Je ne peux pas vivre avec un homme qui a plusieurs femmes ».

« Veux-tu rentrer chez nous à Bergame ? ».

« Non. Je préfère rester chez moi, jusqu'à l'accouchement ».

« Comme tu veux ma puce. Je passerai te voir demain matin avec Valentina ».

« C'est gentil à toi. Mais tu as tes occupations avec Valentina ».

« Chut, ma puce si c'est j'ai décidé de venir, je viendrai ».

« Oh ! Ça, je n'en doute pas ».

« Allez ma puce, tu vas te reposer et après tu me raconteras ce qui s'est vraiment passé. Vu ton état ce devait être très poignant. Je ne sais pas ce que tu as subi, mais cela n'est pas bon pour ton bébé ».

Deux jours plus tard, Nadir se gara devant l'appartement de Fiona. En descendant de sa berline il croisa Alessandro et Valentina qui s'apprêtaient à partir en voiture.

Alessandro le défia du regard.

« Que viens-tu faire ici al-Quatir ? Tu n'es pas le bienvenu ».

« Je viens rendre visite à Fiona. Tu ne vas pas m'interdire de voir la femme que j'aime ».

« La femme que tu aimes ! Tu te moques de nous ? De toute façon elle n'est pas ici ».

« Dis-moi où je peux la trouver ? ».

« Depuis hier, Fiona est à l'hôpital. Elle va très mal. Maintenant, tu nous excuseras, nous avons besoin de partir. Tu connais le chemin vers l'aéroport. Bon retour chez toi et laisse ma cousine tranquille. Tu as beaucoup de femmes qui réchauffent ton lit paraît-il ? Alors, laisse Fiona réaliser sa vie de femme et sa vie de mère ».

« Alessandro écoute-moi, ce n'est qu'un tissu de mensonges ce dont ma sœur lui a raconté ».

« Et ta maîtresse Fàtima, c'est un mensonge aussi ? ».

« Oui, c'est un mensonge. J'aime Fiona et je ne lui ferai jamais de mal. Je suis très bien avec elle. Je n'ai pas besoin d'avoir plusieurs femmes. Je n'en veux qu'une dans ma vie et c'est Fiona. S'il te plait, laisse-moi la voir. Ne m'en prive pas, Alessandro ».

« Alex *per favore tesoro*, n'interdit pas Nadir de voir Fiona ».

« Allez ! Monte dans la voiture, nous allons à l'hôpital. Je pense qu'elle sera heureuse de te revoir. Nous vous laisserons seuls ».

Alessandro et Valentina entrèrent dans la chambre de Fiona. Ils discutèrent un moment. Nadir attendait dans le couloir, il était impatient de revoir Fiona et de la prendre dans ses bras.

« Nous allons te laisser ma puce ».

« Déjà ! ».

« Il y a une personne qui souhaiterait te voir, nous allons revenir t'embrasser avant de partir. À tout à l'heure ».

Alessandro fit entrer Nadir. Valentina et lui s'éclipsèrent, pour leur laisser de l'intimité. Nadir entra dans la pièce et vit Fiona allongée sur le lit avec un livre dans les mains. Il s'assit sur le lit et prit ses mains.

Fiona lâcha son livre des mains. Elle était surprise de voir Nadir, dans la chambre près d'elle.

« Nadir ! Mais que fais-tu ici ? ».

« Je suis venu te dire que je t'aime Fiona. Tu es la seule femme dans ma vie. Ma sœur et Fatima t'ont raconté des mensonges. Je me suis mis en colère contre Djamila ».

« Je ne savais pas que tu avais déjà présenté Nelly à ta famille ».

« Oui, j'ai présenté Nelly à ma famille. Mais je ne l'ai jamais aimée autant que toi. Tu le sais mon amour que je t'aime plus que tout. Fiona je veux vraiment que tu deviennes mon épouse. J'ai le coup de foutre. « *Il fulmine vertigini* » pour toi ».

« Oui Nadir, je veux devenir ton épouse. Je t'aime. Mais dis-moi, tu te débrouilles très bien en italien ! ».

« Je suis désolé, je n'expérimente pas un mot d'italien mon ange. Je ferai un effort pour toi d'apprendre cette langue. En fait, c'est mon grand-père paternel qui m'a parlé de se *« il fulmine vertigini »*. Il était très amoureux d'une Italienne ».

Nadir lui raconta la légende de son grand-père, l'infidélité envers son épouse et le coup de foudre pour sa belle Italienne, Claudia. La mort de son amour et de sa fille.

« Cela dit, sa fille n'est pas décédée. Nous avons découvert il y a quelques années, qu'elle était toujours vivante ».

« Ah bon ! Tu l'as rencontré ? ».

« Oui. C'est Ana, la mère d'Alessandro. Elle est la fille de mon grand-père ».

« Alessandro est-il au courant ? ».

« Oui. Enzo, ton grand-père lui a confirmé cette histoire ».

« J'aimerais beaucoup découvrir qui est ma mère moi aussi ».

« Un jour, tu auras peut-être la chance de faire sa connaissance ».

« Je devrais en parler avec mon grand-père Enzo, je suis certaine qu'il connaît ma mère ».

Nadir la prit dans ses bras et l'embrassa. Il lui donna des baisers sur son ventre rond. Elle l'informa qu'elle devait rester au lit toute la semaine. Elle avait tellement pleuré de chagrin, que des contractions s'étaient manifestées.

« Je vais aller chercher mes affaires et rester dormir avec toi ce soir. Ta gynécologue doit-elle passer te voir dans la journée ? ».

« Mon gynécologue va passer demain matin. Le *dottore* Valerio Maloni a une très bonne réputation. Il me suit depuis le début de ma grossesse.

« Un homme ! ».

« Hum ! Jaloux mon chéri ? ».

« Non, *habibi*, c'est-à-dire, que je n'aime pas qu'un autre homme que moi te touche ».

« Tout comme toi les femmes qui ont eu le privilège de te toucher ».

« C'était avant mon ange. Plus aucune femme ne me touchera. Je te le certifie mon ange ».

Bergame

Alessandro travaillait sur son nouveau projet avec son père et Leonardo le père de Valentina. Paolo lui faisait confiance sur sa façon de gérer l'entreprise. Au début, il avait été réticent sur ces maisons en bois. Néanmoins, depuis qu'il avait vu toutes ses livraisons de ces logements dans le sud-ouest de la France, il ne faisait que l'encourager. Un architecte de Rome, Lorenzo, avait rejoint l'équipe.

Éprouvée par la mort de son petit garçon, Valentina faisait une petite dépression. Elle allait tous les jours au petit cimetière en pleurs. Elle n'arrivait plus à s'occuper de ses quatre autres enfants et délaissait son travail.

En sortant de la salle de bain, Alessandro admira Valentina. Elle était allongée sur le dos, vêtue d'une jolie nuisette bleue. Il s'allongea nu contre sa compagne et passa un bras autour de sa taille. Il n'aimait pas la voir aussi déprimée : ce n'était pas dans son caractère.

« *Tesoro* ! Il faut que tu te ressaisisses. Je sais que ce n'est pas facile, mais nos autres enfants ont besoin de toi, *amore mio*. Moi aussi je souffre. Seulement, nous devons avancer pour Sandro,

Leo, Paolo et Valeria. Tina *per favore*, fait le pour moi aussi. Depuis trois mois nous n'avons pas fait l'amour. Tu me manques, ton corps et tes caresses me manquent. J'ai besoin de toi ma chérie. Je ne te demande pas loin delà d'oublier notre petit garçon Dante, mais nous devons avancer ensemble main dans la main. Laisse-moi t'aimer *angelo mio* ».

« Oui, Alex. Tu me manques aussi ».

Alessandro embrassa Valentina. Il partit à la rencontre de sa langue, qu'il enroula dans une danse voluptueuse. Il lui donna des baisers dans le cou. Il descendit les bretelles de sa nuisette et la fit glisser jusqu'à sa taille. Il captura son sein droit, le lécha et mordilla délicatement le téton qui avait été blessé par la morsure, dont il lui avait infligé quelques mois auparavant. L'autre main était posée sur le sein gauche. Il gémissait de plaisir entre ses deux magnifiques globes.

« *Amore mio* ! Tes seins sont plus beaux de jour en jour. Tu es de plus en plus belle. *Ti amo*, *angelo mio* ».

En fermant les paupières, Valentina, savoura la tendresse des mains rugueuses d'Alessandro. Elle se détendait par les caresses expérimentées de son compagnon. Sa bouche cajolait ses seins.

Alessandro s'assit sur le lit face à Valentina. Il attrapa ses pieds, pour masser ses orteils un par un, avant de les porter à sa bouche et de les sucer langoureusement.

Valentina se redressa sur ses coudes. La tête penchée en arrière, elle gémissait de bonheur. De son pied libre, elle massa affectueusement son érection. Il ferma les yeux à son tour en gémissant. Il adorait le geste de son pied sur son sexe. Elle lui procurait un total enchantement.

« C'est divin ».

Alessandro s'installa à genoux. Il se pencha entre ses jambes et lécha son sexe humide. Il releva la tête et croisa le beau regard bleu de Valentina. Ils se sourirent. Sa langue tournait autour du clitoris, puis explora son sexe dans tous les coins. Il passa sa langue sur la fente entre les petites lèvres et savoura son goût et son odeur.

Valentina se cambra pour recevoir davantage de caresses. Elle le pria d'aller en profondeur. Elle sentit le souffle chaud, la douceur de sa langue ainsi que la chaleur de sa bouche. C'était paradisiaque.

« Hum Alex ! J'adore *amore mio* ».

Alessandro continua à la titiller tout en lui jetant un coup d'œil passionné. Il se redressa, caressa ses jambes, embrassa ses mollets et ses cuisses. Il plaça une jambe sur son épaule, en caressant son sexe de son gland. Il entra en elle délicatement. Et d'un mouvement tendre, il débuta un délicieux va-et-vient. Il se pencha, pour étreindre Valentina. Leurs souffles et leurs gémissements se confondirent. Il continua ce tendre va-et-vient en la faisant crier de plaisir.

Les lèvres entrouvertes, les yeux mi-clos, Valentina flottait sur un nuage. Tout en se caressant le clitoris et un sein, un orgasme foudroyant arriva. Elle passa sa langue sur ses lèvres, en le regardant audacieusement. Elle s'allongea voluptueusement sur les oreillers

Alessandro l'admira.

« Tu es si belle *amore mio* ».

Toujours dans cette chaleur qui le rendait fou de désir, Alessandro attrapa ses seins en coupe et aspira un téton puis l'autre. Des vagues de bien-être lui contractèrent les muscles de son ventre. Il se retira de son entrain, puis incita Valentina à se mettre à genoux devant lui.

En s'installant à genoux, Valentina profita d'entourer son pénis de ses doigts fins. Elle le caressa de sa main en longeant délicatement le

262

puissant membre jusqu'aux testicules. Ses lèvres s'approchèrent de son gland. Elle déposa un baiser dessus. Elle fit glisser ses lèvres le long de son membre, donna des baisers et lécha ses testicules. Elle le prit en bouche pour le goûter avec gourmandise.

Alessandro grognait de plaisir. Il fit glisser sa main sur le dos et les fesses de Valentina.

« *Amore mio* ! Il faut que tu arrêtes. Je n'en peux plus ».

Valentina se mit sur le ventre, les coudes sur le matelas, elle se cambra davantage, donnant accès à ses belles fesses. Elle sentit la langue d'Alessandro lui lécher son pubis. Son visage enfoui dans l'oreiller, elle l'implorait.

Alessandro s'excita en se caressant. Il arrêta son geste et entra dans son vagin. Il la pénétra d'un seul coup de reins. Il ressortit et entra de nouveau : il s'amusa avec Valentina pendant un petit moment.

« Alex ! *Per favore*, ne me fais pas languir. *Tesoro* ».

« *Si angelo mio* ! Je veux te faire patienter, nous avons toute la nuit pour nous. Rien que pour nous, *tesoro* ».

Plaqué à son dos, les mains sur ses seins, Alessandro pinça tendrement ses tétons, mordit son épaule. Il allait et venait dans sa chaleur. Faisant pivoter Valentina sur le dos, il se plaça sur elle. Les jambes de sa compagne sur ses épaules, il la pénétra de nouveau tendrement. Puis il accéléra la cadence. Des vagues de plaisir arrivèrent plus proches les unes après les autres. Un orgasme violent les fit chavirer tous les deux. Valentina bascula la première dans une jouissance prodigieuse, suivie par Alessandro, qui lâcha un cri rauque sorti de ses entrailles. Il se retira et envoya à coups de jet tout son sperme sur le ventre de Valentina.

Comblé, Alessandro s'affala sur Valentina. Ils étaient heureux de se retrouver.

Le lendemain matin, après une longue et belle nuit d'amour, Alessandro prit une douche. Valentina le suivit dans la salle de bain. La prenant dans ses bras musclés, il recommença à lui faire l'amour tendrement.

La semaine passa paisiblement. Alessandro se consacrait tous les soirs à Valentina. Ils firent l'amour toutes les nuits.

Milan

Après une violente dispute avec son père le prince Hassan al-Quatir, Nadir avait posé ses valises en Italie : pour faire sa vie définitivement dans ce pays latin avec Fiona. Il avait acheté un très bel appartement à Milan. Il venait de finir ses études de médecine, en tant que chirurgien cancérologue. Quant à Fiona, il lui restait deux années pour être gynécologue obstétricienne. Nadir souhaitait, ouvrir une clinique dans la même ville, et pouvoir travailler avec Fiona.

Quelques jours plus tard, dans leur nouvel appartement. Fiona et Nadir firent la grasse matinée. Elle était impatiente d'accoucher. Elle se sentait de plus en plus fatiguée.

Fiona se leva pour aller se doucher.

« Tu me rejoins ! ».

« J'arrive ma chérie ».

Nadir allongé sur le ventre, la tête enfouie dans le traversin rêvassait de sa vie. Il était le plus heureux des hommes. Il avait hâte de faire connaissance avec son petit garçon. « Son fils ». Il entendit l'eau de la douche couler puis un cri de douleur. Il se leva brusquement, entra dans la salle de bain et vit sa compagne parterre qui se tordait de mal. Il prit Fiona dans ses bras pour l'installer sur le lit. Il s'habilla rapidement et l'aida à se vêtir.

Dix minutes plus tard, Nadir se présenta à l'accueil. Une infirmière qui connaissait Fiona les installa dans une chambre.

« Le *dottore*, va venir vous examiner Fiona ».

« *Grazie* Daniela ».

Valerio Maloni le gynécologue ami de Fiona entra dans la chambre. Il lui examina le col de l'utérus.

« Ma chère Fiona, nous pouvons descendre en salle d'accouchement. Tu es prête à mettre au monde ton bébé ».

Installée sur la table d'accouchement, Fiona commença à pousser. Le gynécologue l'incita à pousser davantage.

Au bout de quinze minutes de travail, le bébé commençait à montrer le bout de son nez.

« Je vois une tête très brune. Pousse Fiona, le bébé arrive ».

Fiona poussa trois fois et expulsa son fils. Le petit garçon sortit et cria à pleins poumons. Le papa coupa le cordon ombilical et posa le petit Nael sur sa maman.

Très ému, Nadir embrassa Fiona.

« Merci ma chérie, notre fils est magnifique ».

« Oh, merci à toi Nadir, mon rêve le beau se réalise enfin ».

Fiona embrassa son fils, le caressa et lui parla tendrement. La sage-femme et la puéricultrice arrivèrent dans le box. Elles prirent le bébé pour lui faire passer des examens.

« Allez-vous l'allaiter Fiona ? ».

« Oui, je désire le nourrir au sein ».

Tout le personnel médical était aux petits soins pour le fils de Fiona.

Le lendemain après sa garde, Paola vint lui rendre visite.

« *Cia* Fiona. Je suis si heureuse pour toi ma chérie. Comment c'est passé la naissance de ton fils ! ».

« *Cia* Paola. Merveilleusement bien, Nadir était très ému. J'ai vu ses mains trembler quand il coupait le cordon ombilical. C'était un grand moment de joie. Si tu savais combien je suis heureuse de pouvoir vivre avec Nadir. Je l'aime tellement ».

« Oh ! Je le sais que tu l'aimes à ton prince. Il n'aurait pas un frère célibataire à tout hasard ! ».

« Oui, justement deux frères : Sami et Khalid sont célibataires. Pour mon mariage, je pourrais t'installer à leur table. Mais dis-moi, tu n'étais pas sortie avec son copain Aziz ? ».

« Ouais, mais monsieur n'envisageait pas une relation durable ».

« J'ai un autre copain aussi qui est célibataire, je peux te le présenter Paola ».

Fiona et Paola sursautèrent. Elles n'avaient pas aperçu Nadir qui entrait dans la chambre.

« Ah oui ! Mais quand ? Je veux le rencontrer aujourd'hui. J'en ai marre d'être toute seule surtout que vous êtes toutes casées maintenant les filles. Monica avec Ricardo, Valentina avec Alessandro, Carlotta qui est avec Domenico et maintenant vous deux ».

« Je te promets Paola que pendant le mariage j'organise une belle rencontre avec un de mes copains ».

« Promis marraine. Dans un an nous allons célébrer ton mariage ».

268

« Marraine ! ».

Paola avait les larmes aux yeux, elle ne savait pas si elle avait bien compris. Nadir lui prit la main gentiment.

« Ne pleure pas Paola, nous en avons discuté hier avec Fiona, tu es la marraine prétendue de notre fils. Vous êtes comme deux sœurs ».

« Cela me touche énormément. Pourtant, tu as quand même deux sœur Nadir. Fiona toi aussi tu as Valentina ou Monica ».

« Nadir à raison nous sommes, comme deux sœurs, Paola et je t'aime vraiment. Donc, tu n'as pas d'autre choix que t'accepter ».

« Merci Fiona, merci de tout mon cœur. C'est vrai, je t'aime vraiment comme une sœur ».

Les deux jeunes femmes se jetèrent dans les bras en pleurant. Nadir les admirait en souriant. Il avait choisi comme parrain son frère ainé Maher avec qui il s'entendait à merveille.

Un mois plus tard Valentina préparait son inauguration de la boutique Le couple et leurs quatre enfants arrivèrent dans leur duplex de Milan. La famille arriverait juste un jour avant la réception. Seuls les quatre grands-parents ne seraient pas de la fête : Lucia l'épouse d'Enzo Falcollini se sentait fatiguée.

Juliana et Analysa, les deux jeunes sœurs de Valentina allaient loger chez Isabella leur tante et son compagnon Luigi. Le couple et leurs enfants Matéo et Laora vivaient à Milan dans un duplex voisin à leur nièce et celui de Nadir et Fiona.

Le jour de l'inauguration arriva. La salle de réception était élégamment bien décorée, avec ses jolies tables rondes et leurs nappes blanches qui rendaient une ambiance intime. Un vase avec de belles fleurs était déposé au centre de chaque table, accompagné de deux chandeliers en cristal.

Valentina portait une robe de ses créations. Elle était longue en soie bleue, assortie à ses yeux. Très échancrée au niveau du décolleté : ce qui ne cachait rien à sa somptueuse poitrine. Ses cheveux couleur de jais étaient coupés très court et peignés en arrière. Elle était d'une prodigieuse beauté.

Les invités arrivèrent progressivement. La jeune femme aperçut des amis de Paris et des amis de New York. Elle partit à leur rencontre pour les saluer. Elle reconnut d'autres amis d'un peu partout dans le monde.

Malgré sa belle prestance, Valentina était très agitée. Alessandro à ses côtés, magnifique dans son smoking noir, lui passa un bras autour de la taille.

« Je te sens très agacé *amore mio*. Ne t'inquiète pas tout va bien se passer ».

« Je sais. Mais tu ne peux pas m'empêcher de me sentir inquiète ».

« Viens, nos parents vont arriver. Ricardo et Monica aussi sont bientôt là ».

Au fond de la salle, un groupe de musiciens, jouait de douces mélodies. Un apéritif dînatoire fut servi. Les invités grignotèrent et buvaient paisiblement tout en discutant les uns avec les autres.

Les derniers invités arrivèrent avec la famille. Leurs parents Paolo et Ana Falcollini, Leonardo et Luisa Soberini, la jeune sœur de Valentina, Analysa était accompagnée de Marco Velanichi le jeune frère de Monica. Ainsi que sa sœur Juliana et Carla Soberini leur cousine : tout le monde était arrivé.

Luigi Falcollini et Isabella Soberini arrivèrent avec leur nièce Fiona et son compagnon Nadir. La jeune femme portait une robe longue bleue très sexy au décolleté plongeant. Elle avait fait couper ses cheveux longs en une coupe au carré très souple. Fiona était sublime. Nadir admirait sa beauté : il était fou d'amour pour sa future épouse.

Carla admira Nadir qui faisait son entrée à la salle de réception.

« Dis-moi, je rêve ou j'aperçois Fiona au bras d'un homme sublime ! ».

« Non, tu ne rêves pas ma chérie. Seulement, Nadir nous est interdit. Observe-le, comme il dévore Fiona des yeux. D'après ce dont elle m'a dit Valentina, notre sublime Fiona a trouvé son prince du désert ».

« C'est vrai que Fiona est belle. Ils forment un beau couple. Il faudrait que l'on se renseigne pour savoir si Nadir à des frères ».

« Nadir a cinq frères. Mais je crois qu'ils sont déjà accompagnés ».

« Dommage. Regarde-moi ce gars qui rentre avec Monica ».

« Mais tu as fini Carla ! C'est Ricardo Tassini le cousin d'Alessandro ».

« Ricardo ! Mais il est encore plus beau que dans mes souvenirs. Tu sais que j'ai toujours été secrètement amoureuse de Ricardo ».

272

« Je pense que ça va aller plus vite, si tu me dis de quelle personne tu n'es pas amoureuse ».

« Oh ! Mais tu n'es vraiment pas gentille avec moi. Vilaine que tu es Juliana ».

« Regarde Monica comme elle est belle ».

« C'est vrai eux aussi forme un beau couple. Bon va-t-on trouver l'âme sœur un jour ? ».

« Mais oui ne t'inquiète pas ».

Ricardo et Monica, absolument beaux, firent leur entrée main dans la main, dans la salle de réception. La jeune femme était d'une beauté inouïe dans sa somptueuse robe longue noire au beau décolleté plongeant. Le couple venait de déposer leurs deux garçons chez Valentina.

Trois gouvernantes avaient été embauchées dans l'appartement de Valentina pour surveiller les neuf enfants. Il y avait les quatre enfants d'Alessandro et Valentina. Sandro cinq ans, Paolo et Leo de dix-neuf mois, Valeria cinq mois. Les jumeaux de Luigi et Isabella Matteo et Laora sept ans. Le fils de Nadir et Fiona Nael un mois et les deux garçons de Ricardo et Monica, Damien deux ans et Enzo un an.

Après avoir salué tous les invités, Valentina aperçut Luigi et Isabella qui dialoguaient avec

Alessandro et des amis. Elle s'avança à leur rencontre. Luigi avertissait son neveu de son arrivée. Alessandro pivota, sur lui-même en regardant amoureusement sa compagne. Il l'étreignit tendrement, en posant ses lèvres sur les siennes. Il l'entraîna au milieu de la pièce et fit signe de la main aux musiciens de jouer un morceau lent et langoureux. Il la prit dans ses bras et la serra fort contre lui.

« Tu es sublime dans cette robe mon amour. Je suis fou de désir ».

Tous les invités les rejoignirent et se mirent à danser. Nadir quant à lui discutait avec une belle blonde. Cette dernière, s'accrocha à son cou et approcha ses lèvres pour l'embrasser.

Fiona les regardait. Blessée elle quitta la salle et se réfugia sur la terrasse.

Nadir repoussa brusquement Nelly.

« Arrête Nelly ! Ne te donne pas en spectacle. À présent, je suis un père de famille qui va bientôt se marier ».

« C'est bon je reste sage. Seulement, Tu me manques mon chéri. Fais-moi l'amour ! ».

« Ça suffit ! ».

« S'il te plait, retrouve-moi sur la terrasse ».

274

Valentina qui dansait avec Alessandro, avait assisté à la scène.

« Qui était cette femme avec Nadir ? ».

« Nelly, son ancienne fiancée. Je n'aime pas du tout, comme elle le harcèle. Nadir ! où est Fiona ? ».

« Je ne sais pas Alessandro ! Je vais voir si elle est à la terrasse ».

« Que fait Nelly ici ? Est-ce que c'est toi qui l'as invité ? ».

« Ça ne va pas bien Alessandro ? Pour qui me prends-tu ? ».

Vexé par la réprimande d'Alessandro, Nadir sortit de la salle et aperçut Fiona sur la terrasse. Elle parlait avec une personne. Il se figea en reconnaissant l'autre jeune femme. Il s'avança doucement.

« Êtes-vous la compagne de Nadir ? ».

« Oui ».

« Je ne m'attendais pas à ce que Nadir tombe amoureux d'une simple rousse. Il m'avait révélé être amoureux d'une sublime italienne. Je suis très déçu ».

« Oh ! Vous êtes déçu ! Mais qui êtes-vous pour me juger ainsi ? ».

« Nelly Pilorié, l'ex fiancé de Nadir ».

« Très bien. Si vous voulez bien m'excuser, je ne suis pas d'humeur à discuter avec vous ».

« De quoi avez-vous peur Fiona ? Est-ce que vous avez peur de ma beauté, de mon élégance et que Nadir revienne vivre auprès de moi ? Eh bien, vous avez raison d'avoir peur, parce que je peux vous assurer que Nadir et moi ce n'est pas terminé. Savez-vous que nous possédons un beau duplex à Paris. Qu'à chaque voyage il partage mon lit ? Nous sommes propriétaire d'un club privé à Paris : plus exactement un club libertin ou échangiste si vous préférez ».

« Je ne veux rien savoir de votre vie ».

« Mais bien sûr, il faut que vous sachiez que Nadir m'aime toujours. Je suis et je resterai son premier amour. Nous nous sommes fiancés à la principauté et presque marié. Seulement, j'ai fait l'erreur d'interrompre ma grossesse. J'étais bien trop jeune et je commençais une carrière. On m'a obligé d'avorter ».

« C'est bien dommage à vous. Mais quand on aime un homme et que l'on porte son enfant, sa carrière passe après ».

« Que savez-vous de tout ça ? Vous êtes une Falcollini ! ».

« Oui, je suis une Falcollini. Néanmoins, cela ne m'empêche pas d'avoir du cœur ».

« Vous êtes une déplorable petite fille riche. Retenez bien cela Fiona, Nadir me reviendra dès cette nuit. Je ferais tout ce qui en mon pouvoir pour le reconquérir. Il ne vous aime pas. Laissez-le-moi. Je l'aime et il m'aime ».

Le visage de Fiona se décomposait à chaque parole de Nelly. Elle vit Nadir sur la terrasse. Elle prit peur en le voyant si sombre.

« Nelly ! Ma vie est avec Fiona. Je l'aime et tu le sais parfaitement ».

« Pourquoi es-tu venu me rendre visite chez nous à Paris ? ».

« Tu le sais très bien pourquoi je t'ai rendu visite à Paris chez toi et non chez nous. C'est ton appartement pas le nôtre, ne l'oublie pas ».

« Mon chéri, je t'aime, j'ai besoin de toi dans ma vie ».

« Ce n'est pas de moi dont tu as besoin, mais de ma fortune et de mon titre. Notre histoire est terminée depuis très longtemps Nelly ».

Nelly se mit à genoux devant Nadir. Elle le suppliait de rester sa maitresse.

Fiona était désorientée parce qu'elle voyait et entendait. Elle commença à vouloir partir.

« Excusez-moi, je ne veux pas entendre votre conversation, je vous laisse entre vous ».

« Tu restes avec moi Fiona. Toi Nelly tu nous laisse tranquille ».

Nelly se releva. Elle prit la main de Nadir en le suppliant.

« Continue à te rendre ridicule Nelly et je me retire des affaires en te laissant te démêler avec le club ».

« Excuse-moi Nadir. C'est bon je te laisse ».

Derrière la grande baie vitrée de la terrasse, à la réception, Alessandro et Valentina dansaient toujours. Il regarda autour de lui et ne vit plus Nadir, Nelly et Fiona. Il était anxieux pour sa cousine.

« Alex, je suis sûre que Nadir est très épris de Fiona ».

« Je sais Tina, mais il a tellement aimé Nelly, que cela m'effraie, s'il devait quitter Fiona ».

« Regarde, Fiona et Nadir sont sur la terrasse. Il est en train de l'enlacer. Ne doute pas de leur amour ».

« Tu as raison Tina. N'en parlons plus. Allons dans un endroit calme maintenant *tesoro*. Je suis très excité de te voir dans cette robe. Viens ma chérie ».

Alessandro souleva Valentina et la jeta sur son épaule, en lui donnant une petite tape sur la fesse. Ils partirent d'un éclat de rire devant les ovations et applaudissements des invités qui riaient à leur tour, de les voir si heureux. Ils sortirent de la salle, longèrent un couloir et se trouvèrent dans une petite pièce remplie de cartons. Il trébucha et entraina Valentina dans sa chute.

« Tu es magnifique. Si tu savais, *angelo mio*, comme je suis heureux ».

Toujours à la terrasse Nadir et Fiona étaient enlacés et continuaient à parler.

« Fiona, mon amour ! Elle n'est plus rien pour moi je te le promets mon ange ».

« Je ne sais plus quoi penser Nadir. On aurait dit un vieux couple qui se disputait. Ça m'a fait très mal tous ces propos. Je ne savais pas que vous alliez être parent avec Nelly ! Pourquoi ne m'as-tu rien dit ? ».

« Je suis désolé. C'est vrai que j'aurais dû t'en parler ma chérie. J'étais très amoureux de Nelly et je voulais avoir un enfant avec elle : une fille plus précisément. Quand elle m'a annoncé que nous allions devenir parents, j'étais fou de joie. C'était à l'époque, où Alessandro ne savait pas si Valentina était enceinte. Nous devions être père ensemble en septembre *mille neuf cent quatre-vingts* ».

« Seul Sandro est né en septembre *mille neuf cent quatre-vingts.* ».

« Oui. Ma chérie. J'avais de la haine pour Nelly. Elle m'avait privé de ce bébé. Mais cinq ans plus tard j'ai eu un fils magnifique dont tu m'as offert Fiona : c'est le plus beau cadeau que je n'ai jamais reçu ».

« Malheureusement, c'est un garçon. Je n'ai pas su t'offrir une fille ».

« Mon amour, peu m'importe que ce soit un garçon. J'aime mon fils et j'aime la maman de mon bébé. Ce qui compte c'est de nous aimer. Je suis un papa comblé et le plus heureux des hommes Fiona. Ne doute jamais de mon amour pour toi ma beauté ».

« Tu me promets Nadir, de n'avoir aucune autre femme autour de notre couple ? Je préfère le savoir maintenant avant de nous marier, que d'apprendre plus tard que tu as une maîtresse. Je ne le supporterais pas. Je ne compte pas non plus être ta favorite dans ton harem ».

Fiona sanglota. Nadir la serra dans ses bras en souriant. Il la cajola, l'embrassa, lui disant des mots d'amour.

« Chut Fiona ! Je te promets de ne pas avoir d'autres femmes autour de notre couple. Mais une favorite dans mon harem, je ne dirai pas non. Ce n'est pas une mauvaise idée. Pourquoi ne pas y réfléchir ? ».

Fiona se retourna en lui donnant une tape sur l'épaule. Nadir partit d'un éclat de rire. Enlacer, ils retournèrent dans la salle rejoindre la famille.

« Je vais te faire danser langoureusement ».

La réception se passa merveilleusement bien. Valentina fit le tour des invités installés à leur table. Tous la remerciaient. Elle était vraiment heureuse de cette soirée. Elle rejoignit la table de sa famille, où Alessandro l'attendait.

« Valentina ma fille, je suis vraiment très fier de ce que tu as fondé. Étant jeune, tu étais déjà ma fierté. Pourtant, là ça dépasse tout ce que je pouvais imaginer ma chérie ».

« Je suis d'accord avec toi Leonardo. Ta fille est vraiment une grande femme d'affaires. Tu peux en être très digne. C'est aussi une femme splendide et très épanouie. Alessandro doit être très fier. Nous sommes tous très fiers de toi Valentina. Nous sommes très heureux de nos merveilleux petits-enfants ».

Alessandro installa Valentina sur ses genoux, remerciant son père pour sa délicatesse de ne pas nommer le petit Dante. Il savait que c'était très douloureux pour Valentina.

« *Grazie padre*. Nous sommes très heureux Valentina et moi avec nos enfants ».

Le couple s'admirait longuement. Elle tendit la main pour lui caresser la joue. Alessandro approcha ses lèvres des siennes. Il l'embrassa d'un doux baiser, puis mordilla ses lèvres avant de capturer de nouveau sa bouche pour un baiser fougueux. Il enroula sa langue à la sienne dans une danse sensuelle.

Paolo et Leonardo embarrassé se raclèrent la gorge. Alessandro et Valentina sourirent à la tablée en s'excusant pour leur petit moment d'affection.

Luisa Soberini, la mère de Valentina regardait le couple avec attention.

« Comptez-vous faire un beau mariage les enfants ? ».

« Il faut d'abord que je divorce. Je dois partir dans la semaine en France rendre visite à Sofia, pour lui faire signer les papiers : puisqu'elle ne peut pas se déplacer ».

Valentina se leva en s'excusant auprès de sa famille. Elle partit discuter avec des amis.

Alessandro la poursuivit.

« Tina ! Qu'est-ce qui ne va pas ? Pourquoi es-tu partie subitement ? ».

« Tu aurais pu me dire que tu partais cette semaine en France. Me caches-tu quelque chose Falcollini ? ».

« Mais non Tina. Je souhaiterais même que tu m'accompagnes. Ça me ferait très plaisir que tu sois près de moi *tesoro*. Nous serons tous les deux à parler avec ta sœur. Je ne lui pardonne pas toutes ces années perdues par sa faute. Je désire qu'elle nous demande pardon à tous les deux *amore mio* ».

« Je suis d'accord, pour venir avec toi Alex ».

« Nous allons partir en fin de semaine ».

La nuit bien entamée, les invités vidaient les lieux.

Les nurses quittèrent l'appartement quand toute la famille Soberini arriva, dans le duplex d'Alessandro et Valentina pour la nuit. Paolo et Ana dormaient chez leurs fils. Luisa, Leonardo, Analysa, Marco, Juliana et Carla logeaient chez Luigi et Isabella.

Fiona et Nadir rejoignirent leur appartement avec leur petit Nael tout endormi.

Trois jours plus tard, en début d'après-midi, Alessandro mit les bagages de toute la famille dans le coffre de la voiture. Ils avaient un peu plus d'une heure de route de Milan jusqu'à la ferme Falcollini à Bergame.

Leurs parents étaient repartis le lendemain de la réception.

Nadir, Fiona et leur fils s'envolèrent vers le Moyen-Orient, pour présenter leur fils à la famille princière al-Quatir.

Cannes

Cinq heures après des pleurs et chagrins auprès des enfants, Alessandro et Valentina arrivèrent à Cannes au sud-est de la France. Ils dormaient à l'hôtel le Carlton. Alessandro avait réservé une suite pour deux nuits.

En arrivant à l'hôtel, Alessandro donna la clé de voiture au bagagiste. Avant de garé la voiture le jeune employé sortit les valises du coffre de la Mercedes. Arrivé à la réception, l'hôtesse donna le pass de leur suite au liftier, en souriant à Alessandro : ce qui agaça Valentina.

« Je vous remercie mademoiselle ».

Alessandro aimait jouer de ses charmes pour rendre jalouse Valentina. Il la trouvait splendide quand elle faisait la moue.

« Tina, tu sais très bien que j'adore te rendre jalouse. Tu es la plus belle ma chérie. Je t'aime ».

Le couple pénétra dans leur suite pour se rafraîchir et se reposer un moment. Alessandro, avait demandé à ne pas être dérangé. Allongé sur leur lit, le couple s'endormit tendrement.

Le soir au restaurant. Alessandro prit la main de Valentina.

« Ma chérie, je désirerais que tu deviennes mon épouse ».

« Nous verrons à notre retour Alex ».

« Tu m'en veux toujours ? ».

« Oui ».

« À notre retour je referai ma demande ».

« *Grazie tesoro* ».

Après le diner le couple était monté dans leur suite. Alessandro avait fait l'amour à Valentina toute la nuit.

Pendant ces deux jours, le couple avait visité la ville de Cannes. Valentina était partie voir un local pour ouvrir prochainement une nouvelle boutique. Elle comptait en ouvrir une autre à l'endroit principal de Monte-Carlo.

Ricardo Tassini, l'oncle d'Alessandro avait le privilège d'avoir une bijouterie à leur nom.

Après leur séjour à Canne, Alessandro et Valentina prirent la route direction la ville de Bordeaux dans le sud-ouest de la France.

Bordeaux

Après une journée de route, Alessandro et Valentina s'installèrent dans un luxueux hôtel du centre-ville de Bordeaux à vingt kilomètres du domicile de Paul. Ce dernier les avait invités chez lui au château de Dolran. Mais Alessandro avait décliné l'invitation.

Le lendemain le couple prit la voiture pour se rendre au domaine dans lequel Paul les accueillit à bras ouverts.

« Bonjour Falcollini ».

« Bonjour Paul. Je te présente Valentina, ma compagne ».

Paul prit la main de Valentina afin de lui faire un baisemain. Elle lui sourit timidement.

« Enchanté Valentina. Vous êtes magnifique. Tu as toujours su t'entourer de belles créatures, Falcollini. C'est peut-être ton côté latin. Je ne comprends pas ce que trouvent les femmes aux Italiens ? Par contre elles sont mémorables ces sublimes Italiennes ».

« Ne te plaint pas Paul, tu as eu de très jolies femmes toi aussi ».

« Il me semble que nous sommes ici pour parler avec Sofia et non pour remémorer vos plus belles maitresses, ainsi que comparer vos exploits sexuels ».

« Eh bien ! Je pensais que Sofia avait un sacré caractère. Mais je vois que sa sœur jumelle a de la personnalité aussi ».

« Cessons les plaisanteries, il faut que nous discutions tous les quatre ».

« Rentrons, Sofia nous attend au salon ».

Main dans la main, Alessandro et Valentina suivirent Paul jusqu'à une pièce très spacieuse. Sofia, en les voyant arriver, se leva du canapé. Son petit ventre légèrement arrondi, elle prit Valentina dans ses bras.

Surprise Valentina recula lentement sans la brusquer.

« Bonjour Valentina ».

« Bonjour Sofia ».

Les deux sœurs se fixèrent longuement. Les deux hommes en retrait les regardaient. Ils ne savaient pas comment les deux sœurs jumelles réagiraient en se retrouvant.

Sofia se rapprocha de nouveau de Valentina et prit ses mains en pleurant.

« Valentina, *per favore*. Pardon. Pardon pour toutes ses années perdues par ma faute. Quand Paul m'a avertie que vous deviez venir, je me suis sentie très mal. Je ne dors plus. Excuse-moi Valentina ».

Sofia implorait son pardon. Paul vint vers elle afin de la tenir dans ses bras. Alessandro l'empêcha de s'avancer, lui faisant signe avec la tête de partir.

Valentina caressa la joue de sa sœur.

« Sofia, j'ai retrouvé Alessandro, mais à quel prix ? Sandro, mon fils aîné a vécu pendant trois ans loin de son papa. L'accident d'Alessandro nous a séparés et le décès de notre enfant Dante nous a anéantis. Ce n'est pas facile à vivre cette tragédie. Je ne sais pas si je peux te pardonner. Tu savais que j'aimais Alex. Pourquoi Sofia ? Pourquoi as-tu détourné mes lettres ? Tu m'as fait tant de mal Sofia ! ».

« Ce n'est pas moi qui ai détourné les lettres. Ce n'était pas mon idée. Maribel voulait faire en sorte qu'Alessandro t'oublie. Je lui ai supplié d'arrêter. Malgré cela elle a préféré continuer parce qu'elle était déterminée à gagner le cœur de Ricardo ».

« Connaissais-tu le contenu de mes lettres ? ».

« Non Valentina, je te promets que je n'en savais rien. Elle n'a jamais voulu me dire ce qui était écrit. Si j'avais su qu'un petit garçon était né de votre relation, jamais je n'aurais épousé Alessandro ».

« Explique-moi pourquoi tu es resté auprès d'Alessandro après son accident ? Pourquoi tu as fait croire à tout le monde qu'Alexandra était sa fille ? ».

« Parce que j'avais très peur Valentina. J'avais peur d'être mal jugé par nos parents ».

« Mais tu as choisi de me faire souffrir ! ».

Valentina recula et partit en courant vers la sortie en pleurant. La vue brouillée par les larmes, elle tomba dans les escaliers de l'entrée. Elle entendit Alessandro crier derrière elle.

« Tina ! *Angelo mio* ! ».

Alessandro arriva trop tard. Valentina était parterre. Une douleur lancinante la fit grimacer. Paul et Sofia arrivèrent, près d'eux. Alessandro prit sa compagne dans ses bras et la transporta au salon. Il l'installa sur le canapé. Sofia prit la décision, d'appeler le médecin.

« Paul, prépare une poche de glaçons, s'il te plait ».

Valentina criait de douleur. Alessandro lui enleva sa chaussure et passa doucement la main sur sa cheville qui enflait à vue d'œil. Paul revint avec la poche de glace et la donna à Alessandro. Il la déposa délicatement sur sa cheville.

Une heure plus tard, le médecin avait bandé la cheville de Valentina en confirmant une belle entorse. Sofia assise à côté de sa jumelle, la consola.

Les deux hommes souhaitaient que les deux sœurs se retrouvent.

« Il faut que nous parlions, Paul. Je voudrais savoir depuis combien de temps tu es l'amant de Sofia ? J'avais remarqué que tu avais des vues sur elle à nos fiançailles. Mais de là à lui faire un enfant derrière mon dos ! Je ne pensais pas que tu aurais eu l'audace de profiter de mon absence pour charmer Sofia ! ».

« Je suis content que l'on puisse parler. Tu as quand même la mémoire courte Alessandro. Quand nous étions étudiants, tu n'as jamais nommé Sofia, mais Valentina. À l'époque tu étais très amoureux d'elle. Je vois que cela n'a pas changé et tant mieux. J'ai bien vu pour tes fiançailles comme pour ton mariage que tu n'étais pas heureux. Je ne voulais pas t'en parler, mais j'ai surpris la conversation avec Luigi à ton mariage. Je savais que cela terminerait par vous détruire : votre mariage était voué à l'échec ».

« Tu as raison Paul, je n'ai pas le droit de te juger. C'est vrai, je n'aurais jamais dû demander Sofia en mariage, rien de tout ça ne serait arrivé. Si seulement j'avais eu confiance à Valentina. Je me suis laissé bercer par les mensonges de Sofia et Maribel. Je vais lui demander des explications tout de suite d'ailleurs. Je veux en finir avec ce mariage Paul ».

« Laisse-les seules un moment. Elles doivent avoir pas mal de choses, à se raconter ! ».

« Petites, elles avaient une grande complicité. Mais en grandissant, elles avaient chacune leur copine et leur côté fusionnel s'est effacé au fil du temps. Je ne me suis jamais rendu compte que Sofia pouvait être amoureuse de moi. Je savais pour Valentina. Un matin alors que nous nagions dans le lac, elle m'avait manifesté ses sentiments. Je suis tombé amoureux petit à petit de Valentina et quand nous avons fait l'amour pour la première fois, le jour où elle m'a offert sa virginité : ce fut une révélation. Aujourd'hui, je n'envisage pas ma vie sans elle et nos enfants. Vous aussi vous avez l'air très amoureux l'un de l'autre ! J'espère pour vous que ce sera aussi fort que pour Valentina et moi ».

« Oui, nous sommes très amoureux. Je ne me vois pas faire ma vie sans Sofia, Alexandra et le bébé à venir. Quand je suis venu chez toi, pour tes fiançailles, au premier regard, je suis tombé sous le charme de Sofia. Le jour où tu m'as annoncé votre mariage, j'étais très jaloux de toi. Après je me suis fait à cette idée. J'ai rencontré une femme avec qui je suis resté deux ans, elle m'a quitté parce que je n'arrivais pas à lui faire un enfant. Elle est partie et je ne l'ai jamais revue, j'ai pensé que, peut-être j'étais stérile. J'avais envie d'en parler avec toi mon meilleur ami. Je suis donc venu te voir, Sofia m'a ouvert la porte. Quand je l'ai revu, je l'ai trouvé encore plus belle que dans mes souvenirs. Je suis désolé Alessandro, mais je n'ai pas pu résister, nous avons fait l'amour pendant trois jours : j'étais vraiment le plus heureux des hommes ».

Paul continua, à lui raconter comment Sofia l'avait retrouvé en lui apprenant qu'elle quittait son mari pour le rejoindre et lui présenter sa jolie petite fille.

« J'ai pleuré de joie devant cette merveille. Je suis heureux d'être père et mes parents sont aux anges. C'est leur première petite-fille ».

Dans le salon, Sofia et Valentina, étaient en grande conversation.

« Dis-moi ce que je t'ai fait, pour mériter tout ça ? ».

« À l'adolescence, je suis tombée amoureuse d'Alessandro. Je voyais votre amitié grandir de jour en jour. Je voulais t'en parler à l'époque. Mais j'étais tellement jalouse de votre entente, que je préférais garder pour moi ce jardin secret. Un jour, avant que tu partes pour Paris, je vous ai vue revenir avec Alessandro, vous étiez si rayonnants tous les deux, que j'ai compris tout de suite, que quelque chose s'était passé entre vous. J'ai passé la journée à pleurer. Ensuite c'était une coïncidence que tu partes un long moment en France C'est idiot cet enfantillage. Toutefois, je n'aurai jamais pensé que cela se détériorerait. Je convoitais, que ma vengeance prenne forme : mais pas au point de vouloir te faire si mal ».

« Et pour Paul ! As-tu de vrais sentiments ? ».

« Au début, je trouvais Paul très séduisant. Ensuite quand il est venu rendre visite à Alessandro, je suis vraiment tombé sous son charme. Quand j'ai appris que j'étais enceinte, j'ai paniqué. Maribel m'a été d'un grand secours. C'est égoïste de ma pars, mais j'ai eu une chance inouïe quand Alessandro a eu son accident. Je suis désolé pour ce que je t'ai fait subir. Je ne suis pas digne d'être une sœur pour toi. Pardon Valentina. Pardon pour toute cette peine ».

Valentina lui prit les mains et la regarda droit dans les yeux.

« La vie ne m'a pas épargnée, je vais essayer de te pardonner Sofia, même si cela me pèse. Aujourd'hui, j'essaye d'avancer avec Alessandro et nos enfants. Nous en voulons d'autres. Je te souhaite le meilleur avec Paul : avoir beaucoup d'enfants puis beaucoup d'amour dans votre couple. Comme le nôtre. Je suis très heureuse avec Alessandro. J'espère que toi aussi tu es heureuse avec Paul ».

« C'est un très bel homme, gentil, patient. Il m'apaise énormément, je ne conçois pas ma vie sans Paul. Je l'aime. Et je suis vraiment très heureuse avec lui ».

Paul et Alessandro s'avancèrent vers leurs compagnes respectives. Paul prit Sofia dans ses bras et l'embrassa longuement, content et ému de sa déclaration à son égard. Alessandro fit de même en s'agenouillant devant Valentina puis en l'embrassant tendrement.

Alessandro parlait de la rencontre de Fiona et Nadir, de leur futur mariage et leur bébé. Les retrouvailles de Ricardo et Monica.

« Alors là ! Je n'en reviens pas. J'espère que tu lui as parlé du pari. Il nous doit un étalon à chacun. J'ai hâte de le revoir, ainsi que Ricardo. Je suis content pour eux ».

« Nous allons tous nous retrouver à Noël ».

Alessandro et Valentina restèrent plusieurs jours chez Paul et Sofia, à visiter Bordeaux et ses alentours. Valentina était impatiente de rentrer chez elle en Italie, pour retrouver ses quatre enfants.

Le jour du départ arriva. Alessandro mit les valises dans le coffre de la voiture. Il serra la main de son ami et futur beau-frère. Il embrassa sur la joue de sa future ex-femme. Ils avaient entrepris de divorcer le plus vite possible.

Sofia et Paul allaient se marier à Bordeaux le printemps prochain, après la naissance de leur second enfant. Valentina embrassa Paul, et prit Sofia dans ses bras en l'étreignant tendrement. Les deux sœurs projetèrent de fêter Noël en famille, en Italie

Sofia souhaitait que les parents d'Alessandro et les siens pardonneraient sa déloyauté.

Salimar

Nadir et Fiona arrivèrent à la principauté. Ils avaient passé avec leur fils Nael une semaine sur une ile déserte dont Nadir venait d'acquérir : il offrait ce paradis terrestre à sa future épouse en cadeau pour leur premier enfant.

Le couple entra au salon. Hassan, le père de Nadir les attendait. Il accueillit froidement sa future belle-fille.

« Bonjour Votre Altesse ».

« Mademoiselle Falcollini. Une domestique a préparé votre chambre à l'étage. Un serviteur va vous accompagner ».

« Merci ».

Nadir répondit sur un ton grave à son père.

« Fiona, aménagera dans mes appartements père. Que tu le veuilles ou non ».

« Quand elle deviendra ton épouse ».

« Eh bien, cela n'est pas un problème, nous reprendrons l'avion dès ce soir, pour ne plus revenir ici. Tu n'auras pas l'occasion de faire plus ample connaissance avec ton petit-fils ».

« Ce n'est pas un souci Nadir, je vais donner le sein à Nael et nous allons nous reposer ».

« Votre fils a sa place à la nursery auprès de son cousin Zakary et sa cousine Bahia ».

« Je ne désire surtout pas vous offenser Votre Altesse. Seulement, Nael dormira à mes côtés ».

« Je pensais que vous étiez plus adroite que cette impertinente Nelly. Toutefois, je vois bien que vous êtes aussi capricieuse ».

Fiona haussa le ton.

« Je n'ai que faire de Nelly. Je vous dis tout simplement que mon fils dormira près de moi. Cela ne sera pas autrement. Maintenant si je ne vous plais pas, je m'en remettrai ».

Nadir resta sans voix. C'était la première fois qu'il apercevait Fiona en colère. Elle tenait tête à Hassan.

« Père, Fiona a raison, Nael dormira auprès de nous. Je vais demander au serviteur de faire venir ses bagages à mes appartements ».

« Très bien puisque tu donnes raison à cette irrespectueuse, je me retire à mes appartements. Nous nous verrons plus tard Nadir ».

« Je suis désolé Votre Altesse. Mais c'est vous qui avez été impoli avec moi ».

Nadir leva la voix. Fiona allait trop loin dans ses élocutions.

« Ça suffit Fiona. Allons-nous reposer ».

Fiona les larmes aux yeux, suivit Nadir dans ses appartements. Elle défit son soutien-gorge pour allaiter son fils sans un regard à Nadir.

Nadir s'approcha de Fiona.

« Excuse-moi ma chérie. Je n'aurais pas dû m'emporter. Cela dit, c'est la première fois que quelqu'un tient tête à mon père ».

« Quand tu le verras, tu le remercieras de me comparer à l'autre idiote. Maintenant si tu veux bien m'excuser, je dois nourrir Nael. Ensuite, je voudrais me reposer ».

« Tu m'en veux mon ange ».

« Oui, terriblement c'est la deuxième fois que je viens ici et je suis toujours aussi mal accueilli. Je n'ai même pas envie de partager le diner avec ta famille ce soir. Je ne sais pas ce qui m'attend comme affront avec ta sœur, ta grand-mère et tes belles-sœurs ».

« Je te laisse, je vais retrouver mon père. À ce soir Fiona ».

Nadir sortit de ses appartements en claquant la porte.

Tout le monde était installé à table pour le diner. Fiona arriva en retard et s'asseyait entre Samia et Razzia les épouses de Maher et Bahir.

Les hommes étaient tous autour de la table voisine : seul Nadir ne se trouvait pas encore à table avec son père et ses frères.

Layla, la grand-mère lui fit une réprimande.

« Vous êtes en retard l'Italienne. À table les femmes s'installent avant les hommes ».

« Je vous prie de m'excuser, j'ai donné le sein à mon fils et je l'ai endormi ».

« Ça suffi. Vous n'avez aucune excuse. Nous avons des nourrices ici qui s'occupent très bien des enfants. À l'avenir ne soyez plus en retard dans les repas, sinon on vous fermera les portes et vous mangerez seule dans votre chambre ».

Les larmes commençaient à monter. Fiona se leva de table et jeta sa serviette de colère.

« Ne vous inquiétez pas, vous n'aurez plus l'occasion de fermer les portes. Je ne remettrais plus les pieds dans ce palais. Maintenant si vous voulez bien m'excuser, je me retire de table et demain matin je rentre en Italie : je ne serais qu'un mauvais souvenir pour vous ».

Tout le monde resta sans voix et regardait Fiona sortir de table. Hassan, le père de Nadir rattrapa Fiona en lui tenant les mains.

« Fiona excusez-nous et revenez à table ».

« Où est Nadir ? ».

« Je suis là Fiona. Viens, nous allons manger dans nos appartements ».

Nadir venait de rentrer à la grande salle à manger. Son pantalon et ses bottes en cuir étaient remplis de boue. Ses cheveux tout en bataille et sa chemise défaite lui donnaient un air sexy.

Fiona sentit son bas-ventre s'enflammer.

« Excusez-moi, mais je ne tolère pas que l'on maltraite Fiona. Ou vous acceptez ma future épouse, ou vous ne me voyez plus ».

« Tu ne vas pas te mettre à genoux devant cette Italienne ? Tout comme a fait ton imbécile de grand-père ! ».

« Si tu avais su l'aimer peut-être qu'il serait auprès de nous ce soir et non seul sous une tente au cœur du désert ».

« Je ne te permets pas de me parler comme cela sale gamin. Si ton père avait écouté mes conseils, tu serais loin de ta famille et non un parasite parmi nous ».

Hassan bouleversé par les paroles de sa mère l'entraina en dehors de la pièce.

Djamila se leva les larmes aux yeux.

« Nadir n'écoute pas grand-mère, je suis sûre qu'elle ne pense pas ce qu'elle dit ».

« Bien sûr qu'elle le pense. Un jour père vous expliquera la vraie raison du départ de grand-père Issam. Grand-mère Layla ne nous a jamais aimés. Elle déteste notre pauvre mère ».

Maher se leva à son tour et leva la voix.

« Comment le sais-tu Nadir ? ».

« Je t'ai toujours supplié de venir rendre visite à grand-père. Seulement, tu as privilégié cette sorcière. Issam est un homme plein de sagesse, de puissance et de pouvoir. Je souhaite un jour avoir les mêmes valeurs qu'Issam ».

« Pourquoi ne serait-ce pas lui le sorcier ? Je trouve qu'il t'a bien ensorcelé avec ses belles paroles ».

« Pense ce que tu veux Maher. Viens, mon amour ».

Dans leur chambre Fiona admira son bébé, elle entendit l'eau coulée de la douche. Elle se déshabilla et s'allongea sur le lit.

Au bout de dix minutes, Nadir sorti de la douche, une serviette de bain autour de sa taille. Il regarda Fiona des yeux pleins de désir. Elle était magnifique dans sa nudité. Il se débarrassa de la serviette et s'allongea contre elle.

« Tu ne veux pas te prendre un bain ou une douche ! ».

« Je me suis douché avant de descendre à table. Où étais-tu cet après-midi et en début de soirée ? ».

« J'entrainais deux étalons avec Fatima ».

« Pendant que je me faisais déshonorer par ta famille, toi tu papillonnais avec ton ancienne maitresse ! ».

« Fiona, je ne papillonnais pas avec Fatima. J'avais besoin de préparer les chevaux pour demain matin. Je m'excuse de ne pas avoir été auprès de toi dès le début du diner. Cela ne se reproduira plus ».

« De toute façon, je ne participerai plus à un repas ».

« Es-tu fâché contre moi ? ».

Nadir l'embrassa tendrement. De sa bouche et de sa langue, il longea son cou, puis descendit entre ses deux beaux seins.

« Je t'aime Fiona ».

Nadir effleura son ventre de ses lèvres. Il continua le trajet et déposa un baiser sur son joli sexe.

« *Per favore* Nadir ».

« Oui, mon ange ».

Nadir remonta le long du corps de Fiona. Il la pénétra et commença un tendre va-et-vient.

« Oh ! Mon amour, c'est tellement divin. Je t'aime comme un fou ».

« Je t'aime Nadir, je t'aime tellement ».

Le lendemain, Fiona avait hâte de rencontrer Issam, cet homme dont Nadir idolâtrait. Il allait faire la rencontre de son arrière-petit-fils Nael. Enfin Fiona vivait son rêve de jeune fille.

Bergame

Au retour de France, avant de rentrer chez eux à la ferme, Alessandro et Valentina, étaient restés un jour et une nuit à Milan. Ils avaient fait les boutiques toute la journée pour acheter les jouets des quatre enfants. Ils avaient séjourné dans un très bel hôtel à Milan où Alessandro était le propriétaire, depuis plus d'un an. Il avait contacté un architecte et une entreprise pour les travaux. Ce simple hôtel détérioré était devenu un des plus beaux palaces de Lombardie, dans lequel descendaient les plus riches de la planète. Un autre palace Falcollini ouvrait ses portes dans quelques mois à Rome.

Une fois par mois Alessandro réservait une suite pour une nuit avec la plus admirable des maîtresses : Valentina, la femme de sa vie.

C'était leur période de délassement, du temps vraiment à eux, un moment au calme, sans leurs garnements. Ils parlaient des créations de prêt-à-porter et des futures maisons en bois.

Alessandro avait engagé Carmen, l'épouse d'Enrique Ortiz, comme secrétaire. Elle était très dévouée à son patron. Elle parlait plusieurs langues couramment, ce qui facilitait les affaires d'Alessandro pour tous ses clients étrangers. Depuis un an Enrique et Carmen était parent d'une petite fille Sylvia.

Pour les fêtes de Noël, toute la famille au grand complet se trouvait cette année à la ferme Falcollini. Luigi, Isabella avec leurs jumeaux Matteo et Laora de sept ans. La famille Tassini au complet ; Alessandra et son époux Ricardo, Ric, Monica et leur deux fils Damien deux ans et Enzo un an. Regina qui vivait à Rome chez ses parents depuis plus d'un an et Vittorio avec sa jolie suédoise étaient là eux aussi pour fêter Noël en famille.

Nadir, Fiona et leur petit Nael de trois mois était en vacances depuis une semaine à la ferme. Tous les matins, Alessandro et Nadir, partaient galoper à cheval à travers les bois et montaient jusqu'au refuge boire un café.

Le soir du réveillon, la famille Soberini arriva les bras chargés de cadeaux. Nadir, Alessandro et Ricardo cachaient les jouets dans la grange attenante à la ferme, sans que tous les enfants ne s'aperçoivent.

Avant le repas, tout le monde but un apéritif avant de se placer à table. Les discussions fusent des uns aux autres.

Monica parlait avec son jeune frère Marco et Analysa la jeune sœur de Valentina.

« Alors mes chéris, comment allez-vous ? ».

« Très bien, ma sœur adorée. Nous avons décidé de nous fiancer l'été prochaine ».

« Oh ! Je suis heureuse pour vous deux ».

« Et toi quand est-ce que Ricardo va faire sa demande ? ».

« Ric, n'est pas décidé à me mettre la bague au doigt ».

« Que racontes-tu ma chérie ? ».

Monica se retourna et vit Ricardo près d'elle.

« La vérité mon chéri. J'attends toujours mon joli diamant ».

De ses bras musclé, Ricardo entoura la taille de sa merveilleuse Monica. Il lui mordilla le cou.

« Ne l'écoute pas Marco, il y a longtemps que sa bague est dessinée et fabriquée ».

« Oui, seulement je souhaiterais que tu me la passes au doigt ».

« Mon pauvre bébé. Mais maintenant que je suis enfin libre, ce soir nous allons nous fiancer devant toute la famille ».

Monica pivota pour faire face à Ricardo. Elle lui prit son visage entre ses mains et déposa un savoureux baiser sur ses lèvres.

Sofia vint à leur rencontre.

« Bonsoir, Monica, pouvons-nous discuter ensemble ? ».

« Que veux-tu Sofia ? ».

« Je souhaite que tu me pardonnes pour tout ce que je t'ai fait subir avec Mirabel ».

« Alors, déjà tu ne me parles surtout plus de cette garce, ensuite je n'ai pas grand-chose à te dire ».

« Je te comprends, mais juste cinq minutes ».

« Non, tu ne peux pas comprendre. J'étais au fond du précipice pendant des mois ainsi que ta sœur. Valentina t'a pardonné. Quant à moi, je ne t'adresse plus la parole Sofia ».

« Je ne voulais pas Monica, c'est Maribel qui a tout manigancé ».

« Stop. Je ne veux plus rien entendre ».

Les larmes aux yeux, Sofia fit demi-tour.

Ricardo la réprimanda.

« Tu as été agressive ma chérie. Tu aurais pu au moins la laisser s'expliquer ».

Monica fixait Ricardo. Ses lèvres se mirent à trembloter, les larmes se mirent à couler.

« Ma chérie ne pleure pas ».

Ricardo l'entoura de ses bras en la consolant.

« Mon bébé, je ne voulais pas te vexer ! ».

Monica se blottit contre Ricardo et regarda par-dessus l'épaule de son compagnon, Regina et Sofia qui parlaient entre elles.

« Ce n'est rien Ric, je vais aller faire un tour dehors ».

« Tu veux que je t'accompagne ? ».

« Non, ça ira ».

Couvres-toi, et ne reste pas trop longtemps toute seule dehors ».

Fiona vit Monica sortir de la pièce.

« Qu'est-ce qui ne va pas Monica ? As-tu un souci ma chérie ? ».

« Je vais jusqu'au cimetière. J'ai besoin de me recueillir sur la tombe de ma petite Francesca. Tu veux m'accompagner Fiona ? ».

« Oui Je viens avec toi Monica ».

Les deux jeunes femmes longèrent le petit chemin qui menait au cimetière familial. Monica s'asseyait sur le petit caveau et caressa de ses doigts fins le beau granit. Fiona était très émue, les larmes commencèrent à monter et couler le long des joues.

« Sofia est venue me demander pardon. Je suis désolé Fiona, mais je ne peux pas accepter. Par la faute de ses trois vipères, ma fille est dans ce caveau au lieu d'être parmi nous, en train de jouer avec une belle poupée ».

Fiona s'agenouilla et caressa les cheveux de Monica.

« Monica, ma chérie ».

« Ric a trouvé mes paroles très blessantes envers Sofia. Tu verrais ce que je subis avec Regina. Elle est tous les jours à me faire des reproches. Tout est de ma faute, si Loukas file le parfait amour avec Laurence ».

Fiona était au courant de la relation entre Loukas et Laurence. Valentina lui en avait parlé.

« Je suis sûre qu'ils se connaissent depuis très longtemps. Si ça se trouve, ils ont manigancé de se fiancer avec des riches héritiers ».

« C'est ce que pense Ric ».

« Ah vous êtes là les filles ! ».

Fiona et Monica se retournèrent en même temps. Nadir et Ricardo étaient venus à leur rencontre.

« Oui, nous allons rentrer avant d'attraper froid ».

Nadir aida Fiona à se relever. Tandis que Ricardo s'asseyait au côté de Monica.

« On vous laisse. À toute de suite ».

Nadir enlaça Fiona. Ils repartirent tous les deux à la ferme.

Avant le dessert, Ricardo fit lever Monica de sa chaise. Il s'agenouilla et ouvrit un bel écrin bleu marine.

« Je souhaite faire ma demande, devant nos deux familles mon amour. Monica, veux-tu devenir ma femme, pour le meilleur et pour le pire ! ».

« Oui, je le veux Ric. Seulement, il n'y a que ta famille comme témoin ! ».

« Regarde au fond de la salle à manger ».

Monica regarda autour d'elle et aperçut ses deux autres frères. Raffaello était accompagné de Violetta sa compagne. À côté de sa belle-sœur se trouvait son autre frère Daniello. Elle éclata en sanglots.

« Oh ! Ric, c'est le plus admirable Noël, mon chéri. Je t'aime ».

« Moi aussi je t'aime ma tendre fiancée ».

Tout le monde félicita les nouveaux fiancés. La famille de Monica était invitée à manger le dessert avec les parents de Violetta chez les Falcollini. Raffaello serra tendrement sa sœur dans ses bras.

« Je suis très heureux pour toi ma chérie ».

Après le dessert et le champagne, tous les enfants étaient au lit. Les parents et les grands-parents aussi. Karl, le père de Paola rentra chez lui. Depuis six mois, le cousin de Leonardo fréquentait Paquita Ortiz, la femme de chambre du domaine Soberini. Seuls Luigi et son beau-frère Ricardo buvaient un dernier verre avec les jeunes.

Les hommes restèrent entre eux à déguster un cognac. Valentina, ses sœurs, Monica, Paola et Fiona mirent les nombreux cadeaux au pied du sapin. Un repas se fêtait le lendemain midi pour la distribution des jouets pour les enfants et des cadeaux pour les anciens.

Les femmes rejoignirent leurs hommes au salon. Valentina profita d'offrir une boîte dorée de la marque « Tina Soberini » à chacune. Elles ouvrirent leur cadeau et furent surprises de voir une jolie nuisette et un beau déshabillé assorti. Chacune avait une couleur différente. Le tissu était agréable et la dentelle raffinée.

Sofia s'exprima la première.

« C'est magnifique ! Je te remercie, Valentina, je ne savais pas que tu avais créé des vêtements de nuit ! ».

« Pour le moment, ce n'est qu'un projet. Je travaille sérieusement avec Pierre et Jean mes stylistes. Ces nuisettes ont été confectionnées exceptionnellement pour vous les filles. En fait, j'ai trouvé des exquises au grenier des parents bien avant de partir pour Paris. Je ne sais pas qui avait pu dessiner ces prodiges ? Néanmoins, je m'en suis servie en ajustant les modèles ».

Nadir se leva de son fauteuil en regardant droit dans les yeux Fiona. Il lui prit la nuisette noire des mains. Il toucha le tissu de soie, en faisant reculer Fiona à l'écart. Il la pressa contre son érection.

« Hum ! Ma beauté, tu seras diablement sexy là-dedans. Je veux que tu la portes cette nuit, mon amour. ».

« Ne me dis pas que tu es tout excité, par ce petit bout de tissu mon chéri ! ».

« Si tu pouvais voir combien je suis excité, en t'imaginant dans cette nuisette ».

« Tu n'es pas raisonnable ».

« Je le sais ma beauté. Allons dire bonsoir à tout le monde ».

Fiona remercia Valentina, en disant bonsoir à tout le monde. Nadir, l'entraînant vers les escaliers qui menaient à leur chambre.

« Eh bien ! Pauvre Fiona, je ne sais pas si elle va dormir cette nuit. Je pense que Nadir n'a pas l'intention de se reposer. Il avait l'air très excité en voyant la nuisette ».

Nadir pouffait de rire de la sentence de Sofia.

« Ne t'alarme pas Sofia ! Fiona non plus n'est pas fatiguée, bonsoir tout le monde ».

Tout le monde riait. Sofia rougit légèrement. Paul en riant la prit dans ses bras et l'étreignit, lui disant qu'il était tout à fait d'accord avec

Nadir : lui non plus n'était pas fatigué. Il voulait qu'elle enfile sa nuisette affriolante pour la nuit.

« Ah ! Je suis désolée mon chéri, mais avec mon ventre rond, tu vas être obligé d'attendre le début de l'été, pour me voir avec ».

Les deux jeunes sœurs et Paola remercièrent Valentina pour cette jolie nuisette. Marco, tout sourire, scruta Analysa, avec des yeux pleins de désir. Il s'approcha d'elle par-derrière, l'enlaça en lui donnant un baiser dans le cou. Il avait hâte de passer la nuit avec Analysa vêtue de ce joli vêtement. Juliana, toujours célibataire, fixa sa nuisette blanche avec douceur, en pensant qu'elle l'enfilerait pour son prochain amant. Paola quant à elle se demandait qui pourrait bien profiter d'elle en petite tenue.

Ricardo et Monica disaient bonsoir à tout le monde. Ils montèrent à leur chambre. Il la tenait par la taille en faisant courir sa main sur une fesse.

« Es-tu fatiguée ma chérie ? ».

« Hum, pourquoi ? ».

« Parce que j'ai envie de faire l'amour à ma nouvelle fiancée ».

« Ma nouvelle fiancée ! Quand tu t'es fiancé avec Laurence, tu souhaitais lui faire l'amour à elle aussi ? ».

« Mon bébé, je ne souhaite pas parler de cette fille. J'ai fait une belle erreur. Maintenant, on en parle plus ».

« D'accord. Je te remercie d'avoir invité mes frères pour cette incroyable soirée. Je ne pensais pas que tu allais faire ta demande ce soir ! ».

« N'oublie pas Monica, il y a huit ans de cela, le soir de Noël, nous nous sommes offert notre pucelage. Pour ma part, je ne l'oublierai jamais : c'est gravé dans mon cœur ».

« Moi non plus, je ne pourrais pas oublier ce merveilleux moment. À part les naissances de nos fils, c'est la plus belle nuit que j'ai vécu. Je crois que nous allons être de nouveau parent. Le mois dernier, je n'ai pas eu mes règles ».

« Ce sera le plus merveilleux des cadeaux ma chérie ».

Dans leur chambre, allongés sur leur lit Alessandro et Valentina s'embrassèrent tout en se caressant. Ils étaient heureux de cette soirée. Il y avait des années qu'ils n'avaient pas passées un bon Noël aussi joyeux, avec la famille au grand complet.

« Tu as offert à tes sœurs, à Monica, Paola et à ma cousine une jolie nuisette. Je suis le seul à ne pas espérer d'une tenue affriolante pour ce soir ! ».

« Ah bon ! Je ne savais pas que tu voulais que je t'offre une nuisette pour la nuit ».

« Ne te moque pas de moi, *per favore* ».

« Je ne suis pas assez sexy pour toi ? ».

« Disons que j'aimerais, te voir avec une jolie nuisette de tes créations ».

« Alors, regarde par toi-même *tesoro* ».

Valentina se leva du lit. Elle alluma la chaine hifi, pour répandre l'air d'une chanson douce dans la chambre. Elle commença un strip-tease en se déhanchant sensuellement. Elle passa sa langue sur ses lèvres pulpeuses en provoquant Alessandro. Elle fit glisser le haut de la robe sur ses épaules et son dos. Le vêtement tomba par terre. Elle leva les bras au-dessus de sa tête en se dandinant.

Alessandro les yeux pleins de désir se leva du lit en s'approchant de sa compagne. Il passa ses bras autour de sa taille pour lui butiner le cou. Elle était magnifique avec ses sous-vêtements assortis. Un soutien-gorge pigeonnant et un string de couleur ivoire.

« Alors ! *Signore* Falcollini, êtes-vous satisfait de ce que vous avez devant vous ? ».

« Mademoiselle Valentina Soberini, vous me rendez fou de jour en jour. Cela vaut toutes les jolies nuisettes que tu as offertes ce soir ».

Très tôt, le lendemain matin, Ricardo prit son petit déjeuner en lisant le journal de la veille.

Nadir vint s'assoir à côté de lui avec sa tasse de café.

« As-tu passé une bonne nuit ? ».

Ricardo regarda Nadir en souriant.

« Vu ta tête Nadir, tu as dû passer une bonne nuit ? ».

« Elle était parfaite. Et la tienne ? ».

« Merveilleuse nuit. C'est toujours un vrai feu d'artifice ».

« Mon chéri ! Tu ne vas tout de même pas raconter tes performances à tout le monde ! ».

Monica entra à la salle à manger. Elle se servit une infusion puis vint s'assoir entre Ricardo et Nadir. Ce dernier admirait cette beauté. Monica

318

était grande brune au teint foncé avec de beaux yeux noirs. Elle ressemblait étonnamment à sa sœur Djamila.

« Nous allons être parents pour la quatrième fois ».

« Ric ! Je n'ai passé aucun examen ».

« Félicitation ma chérie ».

« Ah non Fiona ! Tu ne vas pas commencer comme ton cousin ».

Fiona se mit à rougir.

« Excuse-moi Monica. Je vais me servir une tisane et je ne dis plus rien jusqu'à finir mon déjeuner ».

« Fiona ! Je ne voulais pas te vexer ».

« Ce n'est pas important. Bon appétit tout le monde ».

Alessandro rejoignit le petit groupe.

« Bonjour. Avez-vous bien dormi ? ».

Ricardo et Nadir éclatèrent de rire.

« Excusez-moi, j'ai dit une ânerie ? ».

« Non Alessandro. Mais vu ta mine radieuse tu as dû bien dormir ! ».

« Comme un bébé ».

« Bon ! Avez-vous fini avec vos soi-disant exploits ? J'aimerais déjeuner tranquillement ».

« Que lui arrive-t-il à ma cousine ? Tu as mal dormi Fiona ? ».

« Non, je n'ai pas dormi de la nuit. Et si tu veux tout savoir ton copain ici présent avait, des pulsions sexuelles opulentes. Donc, je vais finir ma tisane et repartir me coucher ».

« Ah bon tu ne veux pas d'un autre câlin mon ange. Parce que le fait de sentir tes jolies fesses sur moi… ».

« Stop Nadir ! ».

« Tu as fini de déjeuner Monica ? ».

« Oui, pourquoi mon chéri ? ».

« Je monte prendre une douche ».

« J'arrive avec toi ».

Monica et Ricardo partirent main dans la main dans leur chambre. En remontant les escaliers, il lui caressa ses fesses nues.

Nadir et Fiona remontèrent eux aussi, dans leur chambre. Alessandro attendait Valentina pour déjeuner avec elle.

320

Plus tard, après le déjeuner, tout le monde revint au salon pour découvrir les cadeaux sous le sapin. À sept ans les jumeaux de Luigi et Isabella ne croyaient plus au père Noël. Matteo avec son train électrique et sa sœur Laora avec ses poupées Barbie étaient très heureux de ce qu'ils avaient commandé. Sandro cinq ans était ravi avec sa voiture télécommandée. Damien deux ans le fils ainé de Ricardo et Monica s'amusa avec son nouveau tracteur à pédales. Les jumeaux Leo et Paolo, Alexandra la fille de Sofia et Paul ainsi qu'Enzo le petit frère de Damien, un an tous les cinq, étaient joyeux sur les chevaux à bascule. À quatre pattes, Valeria sept mois, déchirait les papiers et les mettait à la bouche. Son père Alessandro les lui enleva et lui donna les cubes en bois en échange. Elle refusa son cadeau, en les jetant et hurlant de colère.

Valentina la gronda gentiment.

« Valeria ! *Per favore*, on ne mange pas les papiers, et tu ne jettes pas les cubes que papa te donne, mon amour ».

La petite fille mécontente se mit à pleurer en hurlant de plus belle. Alessandro prit sa fille dans les bras et la cajola.

Allongé sur le tapis d'éveil, Nael, trois mois criait de joie avec sa peluche. Ses parents, Nadir et Fiona souriaient de voir leur fils heureux.

C'était le premier Noël pour Paolo et tous ses petits-enfants réunis. Il parla avec Alessandra sa sœur jumelle. Tout aussi heureuse de partager ce merveilleux Noël.

« J'aimerais beaucoup que cela se passe tous les ans pareils ».

« Je te promets *tesoro* que nous célèbrerons de nombreux Noël : la famille au complet ».

« Ce serait bien si Tommaso était parmi nous les prochains Noël ».

« Je l'appellerai Alessandra. Je ferais un effort de renouer avec Tommaso, pour nos parents. Il me manque à moi aussi ».

Paolo s'amusait à photographier la famille. Son fils Alessandro lui avait offert un très bel appareil photo. Il prit une photo de son père Enzo, sa mère Lucia avec Valentino et Juliana les parents de son copain de toujours Leonardo Soberini. Son beau-frère Ricardo se prit au jeu en prenant son épouse Alessandra dans les bras. Il l'embrassa devant l'objectif.

Leur fils Ricardo fit de même avec Monica. Ainsi, que Nadir avec Fiona. Paul avec Sofia et Alessandro avec Valentina.

Enzo vint parler à Paolo.

« Alors *figlio*, est-ce que tu es content de cette belle journée ? ».

« Très content *padre*. J'aurais dû t'écouter depuis le début. Quand je vois mon fils et Valentina heureux avec leurs quatre enfants, je ne peux être moi aussi, très heureux avec mes magnifiques petits-enfants ».

Paolo continua à mitrailler avec son appareil photo, son frère Luigi et sa compagne Isabella.

Luigi vit une larme couler le long d'une joue d'Isabella. Elle admirait tous ses arrière-petits-neveux et leurs enfants. Il essuya la larme, en lui donnant un baiser sur ses lèvres.

« Je te sens très ému ma chérie ».

« C'est tellement irréel de se retrouver tous en famille ».

« Il manque mon frère Tommaso et sa petite famille ».

« Peut être que nous aurons la chance de se voir au prochain Noël ».

« J'espère de tout mon cœur parce mon frère me manque terriblement. Je sais qu'à mon père aussi ».

Paul s'approcha de Nadir et le taquina sur sa belle rousse et leur pari bien mérité.

« Alors al-Quatir, tu sais que j'ai un endroit pour recevoir mon futur étalon ».

« Ton cheval va arriver très rapidement Paul. Les deux étalons d'Alessandro et Ricardo sont déjà aux écuries Falcollini. J'ai perdu mon pari. Néanmoins, en échange j'ai une extraordinaire femme que j'adore ».

« Je suis heureux pour toi Nadir. Quand je songe à notre jeunesse, lorsque nous sortions avec les cousines Pilorié, nous pensions finir dans la même famille. Aujourd'hui nous faisons partie d'un clan italien. À nous les merveilleuses italiennes ».

Nadir leva son verre.

« À nous les belles Italiennes ».

« Tu as peut-être perdu ton pari ! Cela dit, je t'offrirai quand même mon meilleur vin, pour ton mariage ».

« J'espère bien. N'oublie pas que je me marie deux semaines après le tien ».

CHAPITRE III

Salimar

Mille neuf cent quatre-vingt-six

Depuis une semaine, Nadir, Fiona et leur fils Nael étaient à la principauté de Salimar entouré de sa famille.

Au palais, Nadir fêtait ses trente ans. Il reçut un somptueux cadeau de Fiona : une montre chrono « Rolex ». Il pouvait s'offrir ce cadeau. Toutefois, comme cela venait de sa compagne, c'était très bouleversant. Il l'embrassa sans fin.

« Je te remercie mon amour ».

Hassan prit chaleureusement Fiona dans ses bras.

« Je sais que mon fils sera heureux avec vous Fiona. Je souhaitais m'excuser de ne pas avoir eu assez confiance en vous. Sa première fiancée était si arrogante que je ne pouvais tolérer ce mariage. Quand il vous a présenté, j'ai cru que l'histoire se répétait. Aujourd'hui, je m'aperçois que vous êtes une adorable femme ».

« Je vous remercie Votre Altesse ».

« Non, Fiona, je vous autorise à m'appeler Hassan mon enfant. N'oubliez pas que je suis le grand-père de votre fils ».

« Hassan, j'étais tellement malheureuse de ne pas être accepté par votre famille que j'aurais sacrifié mon amour pour Nadir. Dans ma lettre d'adieu, je lui vouais tout mon amour. Je désire tant, prendre soin de notre fils ».

Hassan prit les mains de Fiona et passa au tutoiement.

« Je sais Fiona que tu aimeras Nadir et Nael plus que ta vie. Tu l'as prouvé en partant dans le cœur du désert pour présenter Nael à son arrière-grand-père Issam. Mon père est venu jusqu'au palais : nous avons renoué grâce à toi ma fille. J'ai compris, certes, trop tard que ma mère l'avait fait souffrir toute sa vie. Merci Fiona. Merci de rendre très heureux mon fils ».

Nadir était très touché d'entendre son père demander pardon à Fiona. Il ne voulait pas les interrompre. Il préférait admirer sa belle rousse s'animait devant son futur beau-père. Il resta en

326

retrait à les écouter. Il aperçut sa sœur Djamila s'approcher d'eux.

« Veuillez m'excuser, d'avoir été méprisable avec vous Fiona. Je n'aurais pas dû m'occuper des affaires de mon frère. Je sais qu'il va mettre du temps avant de me pardonner. Le jour où vous êtes venu nous présenter Nael, je n'ai pas été à la hauteur pour vous défendre contre ma grand-mère. Je souhaite que vous acceptiez mes excuses Fiona ? ».

« Oui, Djamila, je sais que vous aimez votre frère et que vous avez pensé faire pour le mieux. Je peux comprendre, mais je vous avoue que j'ai beaucoup souffert de ne pas être acceptée. Je vous assure que j'aime Nadir de tout mon cœur. Je n'ai que faire de son titre ou de sa fortune ».

« Vous nous avez prouvé votre amour pour Nadir. Vous lui avez offert un extraordinaire cadeau ; un fils. Il est fou de son enfant. Ce n'est que du bonheur de vous voir tous les deux ».

« Merci Djamila. Je voudrais vous demander si le protocole vous autorise à nous tutoyer, est-ce que cela vous plaira ? Je me sentirai plus près de vous Djamila. Toutefois, je comprendrais, si cela n'est pas autorisé. Malgré notre différend, je sais que vous êtes une très belle personne ».

« Merci Fiona, je suis sûre que Nadir va être très heureux auprès de vous et c'est avec grand plaisir pour le tutoiement Fiona ».

Sous les yeux attendris de Nadir, les deux jeunes femmes se prirent dans les bras.

Après une belle nuit à faire l'amour, Nadir emmena Fiona faire du cheval. Il était heureux de voir le visage rayonnant de sa future épouse. Il souhaitait repartir dans la semaine, rendre visite à Issam : son grand-père adorait Fiona. Ce qu'il le rendait encore plus heureux.

Deux semaines plus tard Nadir, Fiona et Nael partait pour Milan. À l'aéroport de Salimar le jet privé de Nadir était prêt à décoller. Fiona donna le sein à son fils de cinq mois, sous l'œil ému de Nadir.

« Es-tu heureuse mon amour ? ».

« Je suis la plus heureuse des femmes. Et toi mon chéri ? ».

« Je suis le plus heureux des hommes ».

« Tu ne regrettes pas ta vie célibataire, toutes tes maitresses et surtout Nelly ? ».

« Fiona, mon ange, je suis avec toi. Ma vie entière est consacrée à toi seule ma chérie. Je t'aime *habibi* : ne l'oublie jamais ».

Bergame

Au mois de mars, Valentina et Alessandro baptisèrent les jumeaux Leo et Paolo et leur fille Valeria. Ricardo et Monica baptisèrent leur second fils Enzo le même jour à la Basilique Santa-Maria-Maggiore. Fiona et Nadir allaient baptiser leur fils Nael le jour de leur mariage civil.

Analysa et Ricardo étaient choisis pour Leo. Juliana et Marco prenaient à cœur leur rôle de parrain et marraine pour Paolo, le jumeau de Leo. Valeria avait pour parrain Nadir et pour marraine Sofia. Depuis leur réconciliation à Bordeaux, les deux sœurs jumelles s'appelaient régulièrement.

Enzo, le fils de Monica et Ricardo avait pour parrain Vittorio le frère de Ric et Valentina.

Un somptueux buffet était servi à la ferme Falcollini. Tout le monde passait une agréable journée.

Une semaine plus tard, Valentina dessinait les derniers éléments de la robe de mariée de Fiona, avant d'envoyer le modèle à l'atelier pour la confectionner.

Fiona organisait son mariage pour le mois de juin avec l'aide de Paola, et Carlotta ses grandes copines. Nadir quant à lui laissait le loisir de préparer cette union à sa future épouse. De son côté, il prévoyait d'ouvrir une clinique dans les mois à venir. C'était un grand établissement à l'abandon. Il avait fait appel à un architecte et à des entrepreneurs, pour faire de cette clinique, la plus grande et la plus moderne d'Italie. Il était cancérologue depuis peu tandis que Fiona lui restait deux années avant de devenir médecin gynécologue obstétricienne.

Valentina s'activait avec ses collections qui prenaient de l'ampleur. Deux boutiques allaient ouvrir à la fin du printemps : une à Madrid et une autre à Paris. Elle arrivait à tout gérer ; ses enfants, son travail et sa vie avec Alessandro.

Alessandro travaillait beaucoup. Son père Paolo et son beau-père Leonardo étaient très fiers de ce qu'il entreprenait avec son architecte Lorenzo. Les maisons en bois connaissaient un vif succès. Il avait embauché d'autres hommes pour la scierie. Au domaine, les compotes et les jus de fruit se vendaient très bien. Le miel rentrait dans le marché. Alessandro et sa belle-mère Luisa Soberini avaient embauché des ouvriers qualifiés. Il arrivait à tout gérer ; ses enfants, son travail et sa vie avec Valentina.

330

Bordeaux

Fin mars, Sofia mit au monde, un beau petit garçon, Martin de quatre kilos six cents et de soixante centimètres. Son papa heureux et ému avait assisté à l'accouchement.

Alessandro, Valentina et leurs quatre enfants étaient chez eux, au retour de la maternité de Sofia.

Trois mois plus tard, toute la famille italienne se trouvait en France pour le mariage civil de Paul et Sofia. Valentina et Alessandro furent les témoins de cette union. Ils baptisèrent leurs deux enfants, Martin et Alexandra. Sofia avait choisi comme parrain et marraine pour sa fille, Alessandro et Juliette une des sœurs de son mari et Paul avait choisi pour Martin, Bertrand un de ces frères et Valentina.

Après la cérémonie la famille de Sofia faisait connaissance avec les parents de Paul, ses frères et sœurs.

Dans le parc majestueux de la belle demeure de Paul et Sofia, deux cent cinquante personnes étaient invitées pour les deux événements. Sofia était éblouissante dans son élégante robe courte blanche : une œuvre de sa sœur Valentina. Les toilettes des femmes de la famille Falcollini et Soberini étaient des créations de haute couture « Tina Soberini ».

Au moment du café, les quatre frères de Paul ainsi que les six compères, Paul Alessandro, Nadir, Maher, Ricardo et John, se retrouvèrent autour d'une table, un cognac à la main, Ils discutèrent de leurs années d'études, des filles qu'ils avaient connues. Ils se mesuraient les uns aux autres de leurs performances avec leurs anciennes maîtresses.

Sophie, la sœur de Paul, une très jolie blonde aux beaux yeux bleus s'approcha du groupe. Elle s'asseyait entre Alessandro et Nadir en dévoilant ses jolies cuisses bronzées et un très beau décolleté plongeant. Elle s'introduisit dans la conversation des hommes.

« Comment vas-tu Alessandro ? ».

« Très bien et toi *mia bellessima* ? ».

« Je vais bien. Ça faisait longtemps que je ne t'avais pas vu. Tu es toujours aussi beau. Tu sais que je suis toujours amoureuse de toi, surtout quand tu me parles italien ».

Alessandro avait eu une petite aventure avec Sophie. Après ses fiançailles avec Sofia, il était parti passé quelques jours chez les parents de

Paul. Il s'était laissé entrainer par la jolie Sophie et avait couché deux nuits avec elle. Il n'en avait jamais parlé à personne. Même pas à Nadir et Ricardo : encore moins à Valentina. Seul Paul avait deviné leur aventure.

« Cela dit, je suis toujours célibataire et en manque de sexe ».

Sophie regardait Alessandro dans les yeux et lui faisait sentir qu'elle avait envie d'une petite partie de jambes en l'air. Elle posa sa main sur sa cuisse musclée en dessinant des arabesques. Elle s'approcha de son oreille.

« Je n'ai jamais oublié notre petite aventure ».

Alessandro embarrassé regarda au loin.

« Une magnifique femme comme toi, ne va pas rester longtemps célibataire ».

Nadir vint au secours d'Alessandro. Il avait compris l'embarras de son copain.

« Alessandro a raison ma belle ».

« Merci les garçons. Paul ne m'avait pas dit que ses copains étaient de grands gentlemen et très beaux. Vous êtes magnifique Nadir, votre femme a de la chance d'avoir un homme tel que vous ».

« C'est surtout moi qui ai de la chance d'avoir une femme telle que Fiona ».

Sophie se leva de sa chaise puis se pencha en écartant légèrement ses jambes pour se servir un verre de cognac. Elle dandinait ses hanches audacieusement en regardant Nadir par-dessus son épaule. Elle le surprit en train d'admirer ses magnifiques fesses et son joli pubis tout épilé. Elle sentit sa vulve humide en voyant les beaux yeux dorés de ce bel étalon.

Fiona sublime, en mini-robe turquoise, arriva et s'asseyait sur les genoux de Nadir. Elle lui parla à l'oreille.

« Apprécies-tu le spectacle ? ».

« Viens allons faire un tour, ma beauté ».

« Pourquoi ? Parce que tu es tout excité par son joli petit cul ? ».

« Ne sois pas grossière Fiona. S'il te plaît ! ».

« Je ne suis pas grossière, mais quand je vois tes yeux rivés sur son fessier cela me mets très en colère ».

« Je ne fais rien de mal ma beauté ».

Fiona repartit furieuse. Nadir la rattrapa et la prit dans ses bras. Le couple s'isola au loin à l'abri des regards.

« Ne me fais la tête. Cette fille cherche juste un homme pour la nuit ».

« Eh bien, qu'elle parte chercher ailleurs. Lui as-tu dit que tu étais marié ? ».

« Nous ne sommes pas encore mariés, donc, je suis encore disponible pour coucher avec qui je veux ».

« Tu me dégoutes ».

« Arrête Fiona. Je plaisante ma chérie. Cette fille ne m'intéresse pas. Elle couche avec des hommes qui souhaitent une belle aventure sans lendemain. Néanmoins, je vais avoir une petite discussion avec Alessandro, je suis sûr qu'il a eu une aventure avec elle ».

« Tu crois ? ».

« Il y a des chances ».

« Après tout, cela ne nous regarde pas ».

« Non tu as raison, seulement, je ne veux plus qu'il s'occupe de notre vie ».

« Je suis d'accord avec toi. Bon, je vais aller rejoindre Valentina et Monica ».

« Attends ma chérie, reste un peu avec moi. Caresse-moi mon ange ».

« J'ai comme l'impression, qu'elle t'a excité cette fille ! ».

« Peut-être. Mais c'est toi qui auras toujours le privilège de calmer mes pulsions ».

Plus loin, Ricardo assis à une table discutait avec la jeune sœur de Paul. Juliette était une très belle blonde aux yeux bleus.

« Que faites-vous dans la vie Ricardo ? ».

« Je suis joaillier, dans l'entreprise familiale. Les bijouteries Tassini : dont je suis le fils ainé. Et vous Juliette ? ».

« Je suis urgentiste à l'hôpital de Bordeaux. C'est votre sœur qui est au côté de mon frère Jean ? ».

Ricardo vit Regina qui riait aux éclats près d'un très beau blond. Jean, le frère de Paul, un bras autour des épaules de Regina l'embrassait sur la joue et descendait plus bas sur le cou. Il voyait que cela plaisait beaucoup à sa sœur.

« Oui, effectivement c'est ma sœur Regina ».

« Elle est belle. Que fait-elle dans la vie ? ».

336

« Regina est dans les finances. Elle a vécu quatre ans à New York. Elle devait se fiancer à un vaurien. Depuis elle est célibataire ».

« J'espère qu'elle ne souhaite pas une relation durable avec mon frère. Jean est marié ».

« A-t-il des enfants ? ».

« Non, ils n'arrivent pas en avoir. Je ne sais pas si cela vient de mon frère ou de Valérie. Et vous Ricardo avez-vous des enfants ? ».

« Oui, deux garçons Damien et Enzo. Nous attendons un quatrième enfant avec Monica ».

« Quatrième ? ».

« Il y a huit ans, nous avons perdu une petite fille Francesca ».

« Je suis désolé pour vous et votre femme que fait-elle dans la vie ? ».

« Monica travaille avec moi. Elle est joaillière et très talentueuse ».

« Vous semblez très amoureux de Monica. Je suis en admiration ».

« Et vous un homme dans votre vie ? ».

« Non. Pas d'homme dans ma vie ».

« C'est dommage, divine comme vous êtes, vous devriez avoir l'embarras du choix ! ».

« Disons que je ne suis pas attiré par la gent masculine : si vous voyez ce que je veux dire ».

« Je vois tout à fait. C'est votre choix et je le respecte. L'homosexualité est encore un sujet délicat. D'ici quelques années, on n'y fera même plus attention ».

« J'aimerais beaucoup. Mes parents sont à cheval sur les principes. Ils sont catholiques à cent pour cent. Dieu à créer la femme pour qu'elle s'accouple à l'homme. Alors si un jour j'arrive avec ma copine au lieu de leur présenter un homme, je ne donne pas cher de ma vie ».

« Vos frères sont au courant pour vous ».

« Paul et Jean sont les deux seuls à respecter mon choix. Dans les repas de famille nous ne discutons pas des histoires qui fâchent ».

Monica arriva vers eux en souriant.

« Enfin, tu viens me retrouver mon bébé ».

« Vous étiez tellement en grande discussion, que je ne voulais pas vous déranger. ».

« Là je ne te crois pas Monica. Tu devais être plutôt occupé parce qu'il y a longtemps que tu serais venue à ma rencontre ».

« Ouais si tu veux ».

Juliette souriait de voir ce couple amoureux. Elle les laissa en tête à tête et partie discuter avec une magnifique Italienne en la personne de Juliana Soberini.

Après le somptueux buffet, la musique se fit entendre. Tout le monde se mit à danser, sur la musique disco.

Sophie, la sœur de Paul, continuait à séduire Alessandro et Nadir, ce qui agaçait Valentina et Fiona. Elle n'avait aucune retenue en dansant sensuellement devant les deux hommes. Elle passa ses bras autour du cou d'Alessandro.

« Tu es très belle Sophie, mais nous sommes des hommes accompagnés ».

« Une seule nuit Alessandro. Comme au bon vieux temps ».

« Non Sophie. Nous avons passé deux belles nuits ensemble. Mais c'était il y a longtemps ».

« Allez une nuit avec vous deux. Nadir s'il te plait, je suis sûre que tu en meurs d'envie ! J'ai bien vu tout à l'heure quand tu regardais mon sexe. Je sais qu'il te plait et que tu as envie de le gouter ».

« Alessandro à raison tu es très belle et tu as un très joli sexe, mais je suis un homme comblé. Fiona me donne tout ce qu'un homme peut désirer. Écoute Sophie je suis propriétaire d'un club privé à Paris. Je t'invite tous les week-ends. Je suis persuadé que tu vas t'éclater dans mon établissement ».

« C'est très gentil à toi Nadir. Je te remercie ».

Sophie remercia Nadir en l'embrassant sur le coin des lèvres. Elle laissa les deux hommes et retourna auprès de sa famille.

Alessandro sourcils froncés fixa Nadir droit dans les yeux.

« Vas-tu m'expliqué ? ».

« Que veux-tu que je t'explique ? ».

« Cet établissement privé à Paris, Fiona est-elle au courant ? ».

« Bien sûr, que Fiona est au courant. Elle sait aussi que Nelly est la gérante de ce club ».

« Je n'en crois pas mes oreilles ! Tu as mis ton ancienne maitresse, gérante de ce club ? Est-ce que tu partages beaucoup plus que ce club avec elle ? ».

« Mais que vas-tu t'imaginer Alessandro ? ».

« Oh ! Rien. Je ne vais rien m'imaginer. Mais Nelly a quand même été ta fiancée, ensuite elle a été ta maitresse. Donc, je ne vais certainement rien m'imaginer ».

« Ça suffit Alessandro. Je te le dis et je te le répète, je ne ferais pas souffrir Fiona. Nelly n'est plus rien pour moi. J'aimerais beaucoup que tu me fasses confiance ».

« Dans quinze jours Fiona deviendra ton épouse. Si jamais un jour, j'apprends que tu l'as trompé : notre amitié sera morte à jamais ».

« Ne sois pas idiot Alessandro, nous sommes des adultes. Je prends Fiona comme épouse : je l'aimerai et la chérirai jusqu'à la fin de mes jours. Je te promets de ne jamais tromper Fiona ».

« Je l'espère Nadir ».

« Alessandro bon sang. Et toi avec la jolie Sophie, Valentina est-elle au courant ? ».

« Tu ne diras rien, je te fais confiance ».

« Oui, eh bien fais-moi confiance, toi aussi ».

Les deux hommes se serrèrent la main.

En début de soirée, les mariés remerciaient les invités pour cette belle journée. Quelques amis et membres de la famille de Paul quittèrent les lieux. Seuls les frères et sœurs du marié et ses parents restèrent pour finir la soirée et la nuit ainsi que toute la famille de Sofia.

Ricardo vit sa sœur Regina quitter les lieux. Il aperçut Jean le frère de Paul la suivre. Il était gêné pour Valérie l'épouse de Jean : en rentrant en Italie, il aurait une discussion avec sa sœur.

Sofia profita de rejoindre Monica à sa table. La jeune femme parlait avec Fiona et Valentina.

« Monica je voulais te remercier d'être venu à mon mariage. Est-ce que nous pouvons avoir une discussion toutes les deux ».

« Oui ».

Sofia suppliait son pardon à Monica.

« Maribel était amoureuse de Ricardo. Elle voulait à tout prix devenir son épouse ».

« Je veux bien te pardonner Sofia. Toutefois, ne me parle jamais de cette fille. Je ne veux rien savoir de sa vie ni de ce qu'elle devient. Je n'en ai rien à faire. Tu vois, je ferai bien un trou pour l'enterrer avec cet enfoiré d'Octavio ».

Bergame

Quinze jours après la cérémonie de Paul et Sofia, c'était autour de Nadir et Fiona de s'unir. Les futurs mariés attendaient trois cents invités puis les copains de toujours.

La famille de Nadir et lui-même logeaient au domaine Soberini. Cela faisait une semaine qu'il n'avait pas dormi avec Fiona. Il avait hâte d'être à ce soir, de pouvoir prendre sa femme dans ses bras, de la caresser et de lui faire l'amour.

Fiona se prépara dans sa chambre de jeune fille. Elle enfila sa robe de mariée. Elle était dos-nu, très échancrée sur le devant qui dévoilait sa merveilleuse poitrine. Le tissu couleur ivoire faisait ressortir son teint de porcelaine. C'était une création de Valentina. Paolo n'était pas contre qu'elle porte une robe de mariée, malgré cela il ne voulait pas que la robe soit blanche. Le blanc suscitait, la pureté tandis que Fiona était déjà maman, même si elle convolait avec Nadir, le papa de son fils.

La coiffeuse finissait de coiffer sa splendide chevelure cuivrée en chignon. Elle lui posa un magnifique voile, bordé de dentelle. Fiona était d'une beauté merveilleuse, ses beaux yeux bleus en amande, maquillés avec soin, lui donnaient un petit air espiègle. Les deux copines Paola et Carlotta se préparaient dans la chambre d'amis. Sa grande copine Fabiola disparue trop tôt lui manquait.

Avant de descendre, Paola la réconforta.

« Comment te sens-tu Fiona ? ».

« Je vais bien, mais Fabiola va nous manquer effroyablement. Mon père aussi : je désirais tant qu'il vienne à mon mariage ».

« Oh ! Fiona ne pleure pas. Je suis sûre que Fabiola nous regarde de là-haut, nous allons passer une bonne journée et penser à elle ».

« Oui, Paola tu as raison. Quant à mon père, il aurait pu faire un effort de partager ma joie ».

Valentina rejoignit Fiona et ses copines, elle portait un fourreau de soie noire, une robe près du corps laissant deviner ses formes sensuelles. Ses cheveux coupés court et son maquillage discret sublimaient son bel éclat.

Les quatre femmes sortirent de la chambre. Fiona posa sa main sur le bras de son oncle Paolo, parfaitement habillé en smoking noir. Sa tante Ana était très belle dans sa robe longue bleue ciel.

Alessandro élégant, dans son smoking noir, prit le bras de Valentina. Ses yeux dévoraient son décolleté.

« Tu es sublime *amore mio*. Je ne sais pas si je vais pouvoir attendre ce soir ».

« Il le faudra pourtant *Tesoro* ».

Le couple descendait le grand escalier qui menait à l'entrée de la ferme. Luigi et Isabella surveillaient les quatre enfants du couple. Ils étaient magnifiquement habillés, Sandro, en smoking comme son papa, Leo et Paolo, en costumes foncés, Valeria en robe rose clair en dentelle. Les deux enfants de Luigi et Isabella étaient très beaux, Matteo en smoking comme son cousin Sandro. Laora en robe rose tendre. Damien et Enzo les deux garçons de Ricardo et Monica étaient très fiers de porter le costume bleu foncé comme leurs cousins.

Au domaine Soberini, Sofia préparait sa fille Alexandra, son petit garçon Martin et Nael le fils de Fiona et Nadir.

Le chauffeur avança la voiture. Fiona pénétra dans l'habitacle avec son oncle et sa tante. La mariée avait hâte de voir son futur époux Nadir et leur fils Nael.

Les familles Falcollini et Tassini prirent leur voiture. Ils roulèrent jusqu'à la mairie du village.

Tous les invités se trouvaient déjà là-bas à attendre la mariée. Paolo aida sa nièce à sortir de la voiture. Avec sa robe volumineuse, Fiona sortit difficilement de l'habitacle. Elle aperçut en haut des escaliers Nadir, avec Nael dans ses bras qui parlait avec des hommes. Toute tremblante, elle s'accrocha au bras de son oncle. Elle éclata en sanglots, en regardant les deux hommes de sa vie, habillaient de leur smoking ivoire. Nael ressemblait considérablement à son père : les mêmes cheveux noirs légèrement frisés ainsi que les mêmes yeux couleur dorée.

Nadir vit Fiona. Il donna son fils à Sami, un de ses jeunes frères. Il dévala les escaliers pour la rejoindre. Il la prit dans ses bras, lui caressa la joue et l'embrassa tendrement.

« Ne pleure pas mon amour ! C'est censé être le plus beau jour de notre vie, sans compter la naissance de Nael, ma beauté. Tu es sublime Fiona. Je t'aime ».

« Merci, mon amour, tu es très élégant, toi aussi Nadir. Je t'aime. Je suis tellement ému, de vous voir tous les deux, ensemble. Ton fils te ressemble tant ».

« Tu m'as offert un somptueux cadeau ma chérie. Je souhaite un jour avoir une fille qui te ressemblera ».

Paolo s'approcha du couple en maugréant gentiment : le marié ne devait pas embrasser sa future épouse avant la cérémonie. Nadir, tout guilleret, gravit les escaliers au bras de Djamila, une de ses sœurs. Ils entrèrent à la mairie, suivis d'Alessandro, son témoin.

Valentina, Monica et Isabella restèrent avec la mariée et les enfants. Les neveux de Nadir, Alexandra, la fille de Sofia et Paul, Sandro et ses deux frères Leo et Paolo. Matteo et Laora les enfants de Luigi et Isabella ainsi que Damien et Enzo les deux garçons de Ricardo et Monica tenaient la longue traîne de Fiona.

Tous les invités pénétrèrent dans la grande salle de mariage. Fiona monta à son tour au bras de son oncle Paolo, derrière eux les enfants, Ana, Isabella, Monica et Valentina. Ses grands-parents étaient déjà installés sur les banquettes publiées pour la famille.

Le maire du village accueillit Fiona et son témoin Paola. Il prit place derrière son bureau puis commença la célébration. Un bruit se fit entendre : Jamil, un des frères de Nadir pénétra tout essouffler à la mairie. Il s'excusa faiblement en s'asseyant sur le dernier banc de l'assemblée. Regardant devant lui, il remarqua une très belle jeune femme trois rangs devant. Elle avait un magnifique profil, une belle brune, au teint caramel et un dos sublime. Elle avait de belles fesses dans cette robe moulante. Son décolleté était échancré. Il aperçut le dessein d'un sein. Cette femme lui fit de l'effet. Il n'appréciait pas spécialement les brunes, ni même les rousses. Il affectionnait les blondes au teint de porcelaine, comme son adorable maîtresse Vicky. La jeune femme n'avait pas été invitée au mariage. Elle était à son appartement à Paris, le temps qu'il fasse un aller-retour jusqu'en Italie. Il repartait dans la nuit la rejoindre, puis profiter de deux semaines au soleil avec Vicky.

Le maire continua son discours. Il demanda à Nadir s'il voulait prendre Fiona pour épouse.

« OUI. Je le veux »

Après la joie de Nadir, il demanda à Fiona si elle voulait prendre Nadir pour époux.

« OUI. Je le veux »

Le oui de Fiona fut joyeux, tout le monde se mit à rire. Le couple échangea les alliances, dont Sandro portait avec soin. Le maire les déclara mari et femme. Ils s'embrassèrent et reçurent les félicitations de la famille et des amis.

Nadir et Fiona baptisèrent leur fils. Maher, son frère aîné était le parrain et Paola la copine et voisine de Fiona, la marraine. Dans quatre mois, entouré de la famille, le couple allait s'unir à nouveau à la principauté de Salimar, pour un mariage Oriental.

Les invités vidèrent petit à petit la salle. Jamil attendit que tout le monde sorte pour rejoindre et féliciter son frère et sa nouvelle belle-sœur. Il vit de nouveau la jeune femme qui l'avait aperçu à la mairie. Elle était accroupie devant une petite fille blonde. Elle était en train de lui réajuster la robe. Ses yeux s'immobilisèrent sur un magnifique sein. Un sein lourd, plein, ferme, bronzé, avec un téton brun qui pointait. Il s'imagina prendre ce sein entre ses lèvres et le couvrir de baisers. Un désir lui vrilla le bas-ventre.

En se relevant, Juliana attrapa sa pochette, un sein se dégagea de sa robe. Elle sentit un regard sur son dos. Elle se retourna et vit ce très bel homme, qu'elle avait aperçu au début de la cérémonie. Il regardait quelque chose vers sa poitrine. Elle regarda aussi et voyait son sein en dehors de sa robe. Confuse, elle le cacha de sa main. En levant la tête, elle croisa son regard doré. Il était beau, grand avec un corps musclé, un teint foncé et de beaux cheveux noirs.

Amusé par ce petit jeu, Jamil croisa les yeux bleus de la belle brune. Elle était d'une beauté époustouflante. Il aperçut un bel homme blond s'approcher vers elle en souriant. Il prenait la fillette dans ses bras. Le couple sortit de la salle. Elle passa devant lui sans même un regard.

Jamil partit à la rencontre de sa famille et vit son frère Nadir.

« Je voudrais te féliciter, mon frère. Tu as une sublime épouse. Et ce n'est pas la seule femme que j'ai aperçue. Il y a de très belles gazelles en Italie ! ».

« Oui ! Mais pour moi Fiona est la plus belle à mes yeux. Tu verras quand cela t'arrivera ».

« Oh non ! Actuellement, ma vie est un conte de fée avec Vicky. Nous avons chacun notre liberté d'avoir d'autres aventures ».

« Moi aussi je disais cela avant de connaître Fiona. J'aimais ce libertinage que je partageais avec Nelly. Pourtant, pour rien au monde, je ne partagerais Fiona ».

« Et ton épouse ! Te partagerait-elle avec de belles gazelles blondes ? ».

« Je n'y pense même pas ».

Juliana passa juste à ce moment avec Fiona et Valentina. Elles s'avancèrent vers les deux hommes. Nadir fit les présentations à son frère.

« Voici ma cousine Valentina, la compagne de mon grand copain Alessandro. Valentina est la grande créatrice de mode. « Tina Soberini ». Et voici sa jeune sœur Juliana Soberini ».

« Enchanté de vous rencontrer Valentina, je connais beaucoup de femmes qui portent votre création. Vos collections sont toujours aussi magnifiques. Je vous complimente pour tout ce que vous entreprenez Valentina ».

Jamil prit la main de Valentina pour déposer un chaste baiser. Alessandro arriva aux côtés de sa compagne et passa un bras possessif autour de sa taille. Nadir lui présenta son frère. Les deux hommes se serrèrent la main amicalement.

« Voici un de mes frères. Il est médecin et vit à Paris avec la charmante Vicky Ferson ».

« Enfin, j'arrive à faire votre connaissance. Pendant ses études à Genève, mon frère me parlait de vous et de votre amie Nathalie ».

« Oui. C'était quand nous étions des jeunes idiots. Heureusement, nous sommes devenus des adultes ».

Valentina voulait remettre Jamil à sa place pour sa maladresse.

« Et vous Jamil, votre compagne n'est pas avec vous ? ».

« Non, elle est restée à Paris ».

« C'est bien la jeune starlette Vicky Ferson l'étoile montante australienne ! ».

« Oui, tout à fait. Je vois que vous connaissez le cinéma ».

« Disons que je connais ce milieu où tout ce beau monde s'habille en « Tina Soberini ». Mais dites-moi Jamil, cela ne vous gêne pas que cette starlette s'exhibe avec tous ses partenaires ? ».

« Nous sommes un couple libertin. Excusez-moi, je vais aller dire bonjour à mes frères ».

Valentina n'était pas mécontente de l'avoir remis à sa place.

Jamil cherchait Juliana. Frustré de ne pas la voir, il attendit avec son jeune frère Sami pour prendre la voiture où un grand buffet attendait tous les invités chez les Falcollini.

Arrivés à la ferme, les mariés s'éclipsèrent un moment pour se changer. Ils allèrent dans la chambre de Fiona avec leur fils Nael. Fiona ôta sa volumineuse robe de mariée et ses sous-vêtements. Elle installa son petit garçon de neuf mois sur le lit. Elle le déshabilla et entra dans la cabine de douche avec lui. Nadir toujours en smoking, l'œil attendri par le spectacle, la regarda plein de désir. Il se dévêtit à son tour et les rejoignit. Nael, dans les bras de sa maman, donnait des baisers sur les lèvres de Fiona. Nadir s'avança derrière Fiona et leur fils. Il prit les deux personnes qu'il aimait le plus au monde dans ses bras puissants. Ils étaient heureux de ce moment de tendresse.

« Alors ! Madame al-Quatir, comment vous sentez vous depuis une heure ? ».

« Je me sens la plus chanceuse des femmes dans les bras de mon mari et de mon fils. Je vous aime prince al-Quatir ».

« Je vous aime princesse al-Quatir. Quand vas-tu coucher Nael ? ».

« Pourquoi mon chéri ? ».

« Parce que je vais te faire l'amour ma beauté, ça fait une semaine que je ne t'ai pas pris dans mes bras ».

Dix minutes plus tard, Nadir sortit de la douche et attendait que Fiona couche Nael dans son lit. Elle revint dans leur chambre. Il l'attira contre lui. Avec des gestes tendres, il la caressa et la souleva pour la déposa sur le lit.

« Cela m'a manqué de ne pas pouvoir te faire l'amour mon ange. De ne pas m'endormir le soir ainsi que de me réveiller le matin auprès de toi ».

« Cela m'a manqué aussi mon chéri ».

Quelqu'un toqua à leur porte.

« Nous attendons les mariés ».

Frustré, Nadir grognait entre les deux beaux seins de Fiona.

« Deux minutes on arrive ».

Nadir prit en coupe les deux opulents globes. Il passa sa langue sur les mamelons.

« Toute la semaine j'ai rêvé de faire glisser mon sexe entre tes seins ma chérie ».

La personne insistait. Elle frappa de nouveau contre la porte.

« Soyez raisonnable. Vous avez toute la nuit pour faire des parties de jambes en l'air ».

Nadir se leva en colère. Il se remit la serviette de toilette autour de sa taille et partit ouvrir la porte. Il se trouva nez à nez avec Juliana.

« Bon sang ! Juliana, tu aurais pu nous laisser tranquilles pendant une heure ».

« Non, vous êtes les mariés et tout le monde vous attend. Je vais aussi chercher Alessandro et Valentina ».

« Juliana à raison, il faut partir retrouver nos invités ».

« Je n'ai pas envie de rejoindre nos invités. Je préfère rester à tes côtés mon amour ».

« Allez, ne faites pas l'enfant Votre Altesse ».

« Cette nuit *habibi*, je m'occupe de tes jolies petites fesses ».

Le couple s'habilla. Nadir choisit un pantalon noir avec une chemise blanche dans laquelle, il laissa les trois premiers boutons ouverts, pour dévoiler son torse musclé. Fiona enfila une très jolie robe longue blanche en dentelle, près du corps. Ils repartirent retrouver leurs invités.

Alessandro et Valentina étaient dans leur chambre avec les enfants.

« Sandro vient te changer *tesoro* ».

« Je veux que ce soit papa qui m'habille ».

Alessandro prit dans l'armoire une chemise blanche à manches courtes et un bermuda bleu marine. Il habilla son fils le temps que Valentina s'occupe des jumeaux Leo et Paolo. À deux ans, les deux garçons parlaient bien. Ils n'arrêtaient de bavarder puis de bouger dans tous les sens. Elle leurs ôta le smoking pour les habiller d'une chemise blanche à manches courtes et d'un bermuda bleu marine.

Pour le mois de juin, il faisait vraiment très chaud. Les trois garçons sortirent de la chambre en courant, ils allèrent retrouver leurs cousins.

« Faites attention, les garçons. Ne courez pas dans les escaliers ».

« Ne t'inquiète pas *amore mio*, nous avons trois caïds ».

« Oui, trois Falcollini ».

Valeria, leur petite sœur dormait dans le lit de la chambre voisine.

« Heureusement, que notre petite princesse sera plus douce ».

« En moins qu'elle ressemble à sa turbulente *mamma* ! ».

« Tu me trouves turbulente ? ».

Tout en parlant, Alessandro se déchaussa, retira sa veste de smoking et détacha son nœud papillon. Il défie les boutons et écarta les pans de sa chemise pour dévoiler son torse musclé. Il s'allongea sur le lit. Les bras derrière sa tête, il regardait le va-et-vient de Valentina. Il admirait sa remarquable poitrine qui bougeait à chaque mouvement. Elle se baissa pour ramasser les costumes de ses trois garçons. Elle s'accrocha avec ses chaussures le bas de la robe et ses seins jaillirent de son décolleté. Alessandro admira ses tétons qui pointaient vers le haut. En se relevant elle trébucha et s'effondra sur le lit en lui offrant un beau spectacle. De ses mains, il saisit les seins, passa sa langue sur un téton, en le mordillant tendrement. Il le lâcha et fit de même avec l'autre sein.

« Alex nous n'avons pas le temps à faire des galipettes ».

« Pourquoi ? Personne ne nous attend *amore mio* ».

Valentina se redressa pour échapper aux bras puissants d'Alessandro. Il la fit basculer et la plaqua contre le matelas.

« Ce n'est pas juste Alex, tu emploies la force contre une malheureuse femme ».

« Oh ! Ma pauvre chérie ».

357

Alessandro libéra Valentina juste le temps de se retirer son pantalon et sa chemise.

« Tu es insupportable Alex ».

Valentina profita de sortir du lit. Alessandro fut plus rapide et la jeta de nouveau sur le lit.

« Arrête Alessandro tu me fais peur. Je n'ai pas envie de me remémorer le moment où tu as été brutal avec moi ».

« Tina ! Je voulais m'amuser. Mais Excuse-moi, tu as raison allons retrouver la famille ».

« Es-tu fâché contre moi ? ».

« Non. Je vais prendre une douche froide ».

« Tu avais envie de faire l'amour ? ».

« Non. Mais pas du tout ! J'avais juste envie de me vider les c… ».

« Stop Falcollini ne devient pas grossier *per favore* ».

« *Tesoro*, quand je te vois dans cette robe, je suis fou de désir. Regarde ».

Son membre gonflé jaillit de son caleçon Alessandro releva la robe de Valentina et se frotta à son sexe nu.

« Je suis sûr que tu attendais mes caresses ».

« Pas forcément ».

« Alors, dis-moi pourquoi n'as-tu pas mis de culotte ? ».

« Tu sais très bien que je ne m'embarrasse jamais de sous-vêtements. J'aime pressentir la fraicheur du vent sur mon sexe : mes petites lèvres qui frissonnent sous l'effet du souffle frais et mon cli.. ».

« Arrête Tina je vais jouir avant même de te posséder ».

Ils entendirent des pas dans le couloir. La porte de leur chambre était grande ouverte. Juliana apparut au seuil de la pièce.

« Je suis désolée. La porte était ouverte, je ne pensais pas vous surprendre dans une position périlleuse ! ».

Alessandro souriait, en apercevant le visage s'empourprer de Juliana

« Je viens vous chercher, tout le monde vous attend. Je repars leur dire que vous arrivez et désolée de vous avoir dérangé, la prochaine fois fermez la porte *per favore* ».

Juliana, repartit le pas décidé. Elle prit un couloir qui menait vers les chambres d'amis. Elle voulait se changer de vêtement. Cette robe lui plaisait beaucoup, mais elle avait une trop forte poitrine pour la porter. Dès qu'elle faisait un mouvement, ses seins jaillissaient de sa robe. Toujours dans ses pensées, elle se cogna contre un mur. Elle recula en titubant. Elle sentit une main forte la retenir et croisa le beau regard doré de Jamil.

« Excusez-moi ! J'étais dans mes pensées. Je suis vraiment désolée ».

« Eh mademoiselle Juliana ! Où allez-vous si vite mon ange ? Nous n'avons pas eu le temps d'être présentés tout à l'heure ».

Jamil prit sa main et l'approcha de sa bouche pour y déposer un baiser. Il observa sa poitrine, ce beau sein bronzé et ce téton qui pointait. Il lui recouvrit le sein de sa robe, en le cajolant de son pouce.

« Votre robe vous va à ravir, Juliana ».

Juliana était troublé par cet homme.

« Vous trouvez ! Cette robe est magnifique. Pourtant, elle ne me va pas : elle est beaucoup trop échancrée pour ma poitrine ».

« C'est vous qui êtes magnifique Juliana, vous êtes divine. Votre poitrine est très belle dans cette robe, vos seins sont splendides ».

Juliana vit le jeune homme s'approcher de plus en plus, près d'elle. Elle sentit son souffle chaud, ses belles lèvres charnues se poser sur les siennes. Cette bouche virile l'a dévorée.

Jamil saisit Juliana par la taille et l'embrassa fougueusement. Sa main remontait sur un sein et le palpait délicatement.

« Juliana ! Tu es magnifique. Je n'ai jamais connu une femme aussi splendide que toi ».

Jamil continua à caresser Juliana. Il ouvrit une porte et la poussa dans une chambre. Il effleura son sein droit sorti de la robe. Il se pencha et prit son téton entre ses lèvres, en l'aspirant affectueusement.

« Juliana. Ma magnifique Juliana ».

Jamil la torturait tendrement. Il releva la tête pour capturer ses lèvres. Sa langue partit à la rencontre de celle de Juliana, puis s'enroula en un beau ballet érotique. Les mains plaquées sur les fesses de la jeune femme, il se frotta contre elle, lui faisant sentir son désir. Il lui retira sa robe et fut agréablement surpris de découvrir sa nudité : elle ne portait aucun sous-vêtement. Il l'observa, les prunelles remplies de convoitise puis s'agenouilla devant elle et fixa avec désir son pubis imberbe.

« Tu es d'une beauté somptueuse mon ange. Ce sexe entièrement épilé est très excitant.

Tout en glorifiant son pubis de légers baisers, Jamil lui parlait en arabe.

« *Habibi*, je ne vais pas résister longtemps ».

Jamil passa son doigt sur son joli pubis, qu'il caressa avec douceur. Il écarta les petites lèvres et approcha ses lèvres. Il passa sa langue sur la douce fente.

« Ton odeur est exquise ma douce Juliana ».

Juliana caressa ses cheveux noirs soyeux. Elle écarta légèrement ses jambes en s'arquant pour recevoir cette gracieuse bouche. Elle reçut une décharge électrique dans tout le corps : elle n'avait jamais ressenti cela auparavant.

« Hum ! C'est tellement doux. Je resterai des heures à te déguster. Ta saveur est merveilleuse. Je n'ai jamais rien goûté d'aussi savoureux ».

Jamil continua son exploration. Il lécha les recoins de son sexe en excitant son clitoris qui l'aspira et le mordilla.

Juliana, les jambes tremblantes, ne tenait plus debout. Trop émoustillé par cette douceur, un premier orgasme arriva. Elle gémissait en tirant doucement les cheveux frisés de son amant.

Elle le vit qui se relevait pour se dévêtir. Elle contempla son érection : Jamil avait un sexe splendide. Elle s'agenouilla et le prit en bouche. Elle passa sa langue sur le gland en le léchant avec gourmandise.

C'était la première fois que Jamil perdait le contrôle. Pourtant avec ses maîtresses il était le maître. Cette femme le rendait complètement fou de désir. Cette bouche ainsi que ses lèvres pulpeuses qui le goutaient : était majestueuse.

Le jeune homme commença à ressentir un vertige. Sa tête tournait.

« Arrête Juliana, laisse-moi m'allonger. Je ne me sens pas bien ».

« Jamil ! Ça ne va pas ? ».

« Juliana ! Peux-tu aller chercher mon frère Maher, j'ai une barre au niveau du cœur. S'il te plait fait vite ».

Juliana se revêtit de sa robe. Elle sortit de la chambre et courut chercher Maher et Nadir. Elle avait peur pour Jamil. Il était sûrement en train de faire un infarctus. Elle arriva tout essoufflée à la table des frères de Nadir. Elle s'adressa à l'un d'entre eux.

« Excusez-moi ! Êtes-vous Maher ? ».

« Non, moi je suis Sami ».

« Je suis son épouse. Pourquoi vous vouliez voir mon mari ? ».

« Je suis désolée, mais c'est urgent : Jamil fait un infarctus ».

Sami se leva et courut chercher son frère qui parlait avec Nadir. Les trois hommes suivirent Juliana jusqu'à la chambre. Elle resta dans le couloir avec Sami.

Maher examina son jeune frère Jamil. Avec un grand sourire, il fit un clin d'œil à Nadir. Les deux aînés le taquinèrent, en le voyant nu sur le lit.

« Eh ! Vous arrêtez de vous foutre de moi. Je viens d'avoir un malaise cardiaque. J'ai une douleur atroce dans la poitrine ».

« Mais oui petit frère, je suis cardiologue et je reconnais une crise cardiaque à un coup de foudre ».

Nadir souriait de voir la tête ahurie de Jamil.

« Bienvenu parmi nous ! Nous avons eu la même chose avec nos femmes. La première fois que j'ai fait l'amour avec Fiona ».

« Je ne veux rien savoir de tes ébats avec ton épouse ! ».

« Laisse-moi terminé s'il te plait ».

« Ouais je t'écoute ».

« Donc que je finisse. La première fois, j'ai eu un malaise au moment de faire l'amour à Fiona : cela s'appelle, *il fulmine vertigini*. Coup de foudre ou vertige d'amour ».

« Depuis que tu es marié à Fiona, tu nous parles italien toi maintenant ! ».

« Non, c'est Issam qui me parle toujours de ce vertige d'amour. Je t'avoue qu'au départ je ne voulais pas le croire Mais un jour, ma route à croisé celle de Fiona. J'ai ressenti un légendaire vertige ».

« Oui, tu n'as pas fait que croisait la route de Fiona, mon frère. Ton fils Nael le prouve. Il est né avant votre mariage ».

« Moi aussi je l'ai ressenti, pas aussi fort que Nadir. Et ce n'était pas avec ma femme ».

« Bon vous avez fini avec vos conneries ! Je voudrais que tu me fasses passer des examens Maher. Je sais ce que j'ai eu. Merde ! Je fais des études de médecine ».

« Nous aussi Jamil nous sommes médecins. Allez ! Arrête, tu es en pleine forme. Ton cœur bat la chamade. Tu es amoureux Jamil ».

« C'est bon les mecs. Foutez le camp ».

Nadir et Maher partirent d'un éclat de rire en sortant de la chambre d'ami.

Nadir rassura Juliana.

« Vous pouvez poursuivre votre petite jeu, Jamil se porte comme un charme ».

Juliana les regarda stupéfaite.

« Merci Nadir. J'ai eu une frayeur. Mais que s'est-il passé au juste ? ».

« Rien de grave. Juste un vertige d'amour ».

Juliana ne comprit pas grand-chose de cette boutade. Elle entra dans la chambre et vit Jamil allongé. Il se leva et se rhabilla. En fixant la jeune femme. Juliana était splendide, une des plus merveilleuses femmes qu'il n'avait jamais rencontrées. Il avait tout à fait compris ce que voulaient dire ses frères. Malgré cela il n'allait pas tomber dans le piège de l'amour. Il aimait trop les femmes pour s'attacher à une seule.

Jamil lança un regard noir à Juliana.

« Tu peux me laisser. Retourne à la réception Juliana ».

Juliana resta sans voix, aucun son ne sortait de sa bouche. Elle pivota, prit la porte et partit en courant chez elle au domaine. Elle téléphona à sa cousine Carla.

« Allo Carla, c'est Juliana tu vas bien ? ».

« Oui. Quant au son de ta voix, ça n'a pas l'air d'aller ! Que t'arrive-t-il ma chérie ? ».

« Je viens de me faire remballer par une sale brute ».

« Eh bien, ma grande ! Tu vas me raconter tout cela. J'adore les histoires de cœur ».

« Ce n'est pas vraiment une histoire de cœur. Je suis tombé sur un beau spécimen. Mais alors un vrai con celui-là ».

Juliana raconta à sa cousine la rencontre avec Jamil. L'espoir qu'elle avait eu de passer la nuit dans les bras de ce bel homme.

« Mais dis-moi, il a combien de frères le beau Nadir ? ».

« Cinq. Ils sont très beaux. C'est dommage, que tu ne sois pas là ma chérie ».

« Oui, c'est vraiment dommage. Je m'ennuie terriblement ici. Mes parents aussi regrettent beaucoup de ne pas se trouver à Bergame pour le mariage de Fiona. Mais, ils s'étaient engagés aux fiançailles de Georgina. C'est un trou perdu ici et les mecs ne sont pas terribles ».

« Pauvre de toi, tu n'as personne pour cette nuit ! Tu sais ici, les hommes sont très beaux, malgré cela, ils ne sont pas charmants ».

« Allez ma belle, essaye de reconquérir ton beau mâle, marie-toi avec lui que je puisse avoir un beau cavalier à ton mariage ».

« Arrête un peu, sois sérieuse pour une fois. Ces gars-là ne sont pas pour nous. Ils veulent juste prendre du bon temps ».

« Eh bien ! Profites-en. Tu es célibataire ».

« Merci pour ton conseil. Bon nous allons parler de choses sérieuses. As-tu réservé pour le mois d'aout ? ».

« Oui, pour les deux premières semaines du mois d'aout et à nous les plus belles vacances. En espérant faire de belle rencontre. Il paraît que les Français sont très beaux ».

« J'espère aussi ma chérie. Allez, je te laisse, je dois retourner à la réception ».

« Donne-lui une bonne leçon à cette brute, essaye de sortir avec un autre frère et passe une belle nuit. Fais-toi plaisir ma belle ».

« Nadir a un autre frère Khalid. Tu verrais ce gars, il est aussi splendide. Il me plait bien lui aussi ».

« Alors fonce ma belle. Bonne soirée. Je suis vraiment chagriné de ne pas pouvoir être à tes côtés à Bergame ».

« Je te montrerai les photos ».

« Ouais pour me faire saliver. Salle garce ».

Les deux cousines riaient aux éclats. Juliana raccrocha le combiné et partit vers sa chambre pour se changer de toilette.

Jamil était toujours dans la chambre. Frustré il donna un coup de poing dans le mur et jura entre ses dents. Il souhaitait tellement lui faire l'amour, sentir sa chaleur, être en elle. Pourtant il était hors de question de tomber amoureux.

Nadir et Maher revenaient à la réception.

« Dis-moi Maher, de quelle femme tu parlais tout à l'heure ? ».

« Caroline. Quand nous étions étudiants, je suis tombé éperdument amoureux de cette fille.

J'aurais dû faire comme toi : ne pas écouter la raison, mais écouter mon cœur ».

« Tu n'es pas heureux avec Razzia ? ».

« Je ne suis pas amoureux de cette femme. Razzia est très possessive et jalouse. Elle n'a aucune patience avec notre fils. C'est idiot, mais je suis sûr qu'elle a un amant. Ça fait plus d'un an que nous n'avons pas couché ensemble ».

« Tu parles de coucher et non d'amour avec ta femme ! ».

« C'est une étrangère pour moi ».

« Tu as une maitresse ? ».

« Je suis un homme et j'ai des besoins. C'est une infirmière qui est dans mon service. Il n'y a rien de sérieux entre nous. Et toi, je sais que tu es très amoureux de Fiona. Mais combien as-tu de maîtresses ? ».

« Aucune mon frère. Tu vois, on change dès que l'on perd la tête pour une femme. Non, sérieusement je suis fou de ma femme. C'est très fusionnel avec Fiona que ce soit au lit, ou en dehors, nous avons une grande complicité et je désire que cela dure jusqu'à notre mort ».

« Et Nelly ! L'as-tu revu depuis ton escapade à Paris ? ».

« J'ai revu Nelly à l'ouverture de la boutique à Milan. Mais ne t'inquiète pas, je sais prendre mes distances avec elle. J'ai parlé à Fiona de ce club privé ».

« Tu ne crains pas d'être à nouveau séduit par Nelly ? ».

« Je sais où tu veux en venir. C'est vrai, j'étais très amoureux de Nelly. Aujourd'hui ma liaison avec elle est bien terminée ».

« Tu sais, on ne dit jamais fontaine… ».

« Je ne boirai jamais de ton eau. Non, Maher, je suis amoureux de Fiona. Mon amour pour mon épouse est bien plus fort que celui dont j'éprouvais pour Nelly. Je mettrais ma vie en danger pour elle. J'aime ma femme ».

Jamil arriva vers ses frères. Il aperçut un peu plus loin une jolie blonde, qui le regardait en souriant. Il lui rendit un large sourire. Il partit inviter à danser la jeune femme.

Assises à une autre table, les sœurs Soberini, et Monica étaient en grande discussion avec leur compagnon. Seule Juliana semblait lointaine.

« Qu'est-ce qu'il t'arrive, ma chérie ? ».

« Rien Valentina ».

« Tu ne veux pas en parler ? ».

« Non, pas pour le moment ».

Les hommes : Alessandro, Paul, Ricardo et Marco se levèrent. Ils allèrent boire un verre avec Nadir, ses frères et Aziz le grand copain du marié. Son autre copain Karim et Karima sa compagne n'avaient pas pu se déplacer pour le mariage. Elle attendait son bébé pour ces jours-ci. Quant à John et Mary, ils n'avaient pas pu venir, le père du jeune homme était au plus mal.

Plus loin, Jamil dansait avec la jolie blonde. Sous le regard noir de Juliana, ils s'enlacèrent tendrement. La jeune femme recula sa chaise, dégoûtée de ce qu'elle voyait, elle partit jusqu'au domaine. Elle marcha le long du parc, puis elle s'asseyait contre un arbre. Les jambes repliées, la tête sur ses cuisses nues, elle pleurait. Elle s'était changée de tenue. Elle portait une robe dos nu courte turquoise qui faisait ressortir son teint caramel. Elle resta assise pendant un long moment. Elle pensa à Jamil et cette femme. Elle les imagina enlacés sur un lit, faisant l'amour. Un grand frisson traversa son corps, en sentant une main robuste lui caresser la cuisse. Elle laissa cette main parcourir sa peau jusqu'au cœur de sa féminité. Elle écarta ses jambes légèrement pour donner accès à son sexe. Elle releva la tête et croisa les yeux dorés de Jamil, accroupi devant elle. Ils se fixèrent longuement.

Juliana soupira de bien-être. Elle apprécia ce dont Jamil lui faisait subir. Il la souleva dans ses bras et la serra contre lui.

« Jamil que fais-tu ? ».

« Tu me rends fou de désir Juliana. Je crois que mes frères ont raison ».

« À quel sujet ? Au fait ! Tu ne danses plus avec ta charmante compagne ? ».

« Chut, mon ange. Je suis désolé pour tout à l'heure ».

Jamil prit place contre l'arbre puis installa Juliana à califourchon sur lui. Il continua ses caresses en libérant sa verge gonflée de son pantalon. Il cajola ses seins et aspira les tétons un par un.

« Tu es d'une beauté époustouflante Juliana. Je suis vraiment tombé sous le charme ».

Juliana saisit entre ses doigts, le membre viril gorgé de désir. Elle glissa sa main de haut en bas en le caressant amoureusement. Elle le trouvait très beau.

« Cela va peut-être trop rapidement, mais j'ai une envie folle de faire l'amour avec toi ».

« Moi aussi ».

Juliana taquinait sa vulve avec le gland de son amant avant de descendre sur son sexe.

« S'il te plait ma belle, ne me fait pas languir ».

« Je veux m'amuser ».

Jamil lui attrapa les hanches et la pénétra. Il resta immobile. C'était la première fois de sa vie qu'il faisait l'amour sans préservatif. Il adorait cette sensation ; cette chaleur qui enrobait son sexe nu. Il produisit un tendre va-et-vient, puis accéléra la cadence. Un vertige inattendu le prit au dépourvu. Il ferma les yeux et essayait de se ressaisir. Il ouvrit les yeux pour admirer Juliana. Elle avait les yeux fermés et un visage qui en disait long sur sa jouissance. Tous ses muscles de son corps se contractèrent. Il poussa un cri rauque, en explosant puis en envoyant tout son sperme en elle.

Le couple resta un long moment enlacé l'un contre l'autre sans bouger.

« C'était incroyable Jamil ».

« C'est toi qui es incroyable mon ange, je n'ai jamais joui comme cela. C'était vraiment très intense. Tu es vraiment très belle Juliana. Je ne pensais pas ressentir cela. J'aimerais beaucoup te revoir, tu me plais terriblement ».

« Tu me plais aussi Jamil. Mais tu as peut-être une femme qui doit t'attendre à Paris ? Un gars aussi beau que toi ne peut être célibataire ! ».

« Et toi Juliana ? Tu es tellement belle, que tu ne peux être célibataire toi aussi ! ».

« Je suis célibataire depuis un an ».

« Ah ! Tu avais quelqu'un dans ta vie ? ».

« Oui, pendant deux ans. Seulement, je l'ai su bien plus tard que mon patron était marié ».

« Que s'est-il passé ? Pourquoi vous n'êtes plus ensemble ? ».

« Un jour, je suis allée le retrouver dans son bureau, quand j'ai ouvert la porte, il était enlacé avec une femme. Il me l'a présentée comme son épouse. Sa femme m'a congédié du bureau : il m'a regardé sans dire un mot ».

« Tu es sûre que tu ne savais pas qu'il n'était pas libre ? Ou est-ce que c'est un joli fantasme de vivre une histoire d'amour avec un homme marié ? ».

« Pas du tout ! Je ne suis pas une briseuse de couple Jamil. Je ne le savais pas. Autrement, je n'aurais jamais débuté une relation avec mon patron Patricio ».

« Revois-tu toujours cet homme ? ».

« Oui, je travaille dans son service. Je fais des études de médecine en pédiatrie, à l'hôpital de Milan mon patron est un grand pédiatre : je lui dois tout ».

« Je sais que tu fais des études en pédiatrie. Je me suis renseigné auprès de Fiona. Seulement, je ne savais pas que tu avais eu une relation avec ton patron ».

« Es-tu jaloux prince Jamil ? ».

« Moi jaloux ? Certainement pas ».

« Ah ! Et pourquoi pas ! Et toi ? Je ne sais rien de ce que tu fais à Paris ? ».

« Comment sais-tu que je vis à Paris ? ».

« Je t'ai entendu dire à Nadir que tu ne faisais qu'un aller-retour. Il y a-t-il une jeune femme qui t'attend ? ».

« Cela fait trois ans que je vis avec Vicki. Mais mon couple commence à se fatiguer. Je songe à rompre avec elle. Je n'ai jamais rien vécu d'aussi beau Juliana. Tu m'as fait vivre une expérience unique ».

« Non, Jamil je ne veux pas briser ton couple. Je te trouve très beau, mais je m'en remettrai ».

« Tu t'en remettras ! Pourtant, je n'ai pas eu cette impression, quand je dansais avec la jolie blonde ».

« C'est vrai que je n'ai pas apprécié. Toutefois je ne savais pas que tu étais en couple. Que vas-tu dire à Vicky ? ».

« C'est mon problème. Je ne lui ai jamais rien promis. Je suis un prince al-Quatir, tout comme mes frères, j'ai une future épouse qui m'attend au Moyen-Orient ».

« Alors affaire classée. Ce n'est pas la peine de nous revoir. Je te remercie, j'ai passé un très bon moment avec toi. Adieu Jamil ».

« Juliana. S'il te plait écoute-moi. Je ne suis pas obligé de faire ma vie avec une princesse. Je veux vraiment te revoir. Regarde Nadir, il est bien avec Fiona. Je ne sais pas si cela va durer ? Mais pour le moment il a l'air heureux ».

« Pourquoi cela ne durerait pas ? Depuis très longtemps, Nadir est très amoureux de Fiona ».

« Depuis qu'il l'a mise enceinte ».

« Mais pas du tout ! On dirait, que tu ne sais rien de la vie de ton frère ! ».

« Oui, c'est vrai. Je sais qu'il a eu un coup de foudre *fulmine vertigini*. Enfin, quelque chose comme ça. Il m'en a déjà parlé. Néanmoins, je pensais que ce n'était juste une attirance, parmi tant d'autres ».

« *Il fulmine vertigini*. Vertige d'amour, c'est un coup de foudre vertigineux. Je ne savais pas que Nadir parlait italien ».

« Peut-être qu'un jour, je te parlerai ce dont Nadir m'a raconté sur la légende de mon grand-père paternel. Si je te revois ma belle Juliana ».

« Arrange tes affaires avec ta maîtresse Vicky d'abord, ensuite nous verrons ».

« N'as-tu rien ressenti pour moi ? ».

« *Si* ».

« Juliana passe la nuit avec moi s'il te plait. J'ai envie de te refaire l'amour ».

« Moi aussi Jamil ».

Jamil embrassa Juliana amoureusement.

Alessandro, Nadir, Paul, et Marco le frère de Monica revinrent vers leurs compagnes.

Alessandro prit Valentina dans ses bras en la faisant danser langoureusement.

« Où étais-tu ? Je t'ai cherché partout, *amore mio* ».

« Il me semble tu étais en belle compagnie. Tu crois que je ne t'ai pas vu, faire du charme à cette femme, qui se collait à toi sans arrêt ».

« Hum ! Elle voulait faire un tour dans une chambre ».

« Ah bon ! Et que lui as-tu répondu ? ».

« Que j'avais une adorable femme, qui me rendait heureux. Que j'aime de tout mon cœur, *amore mio* ».

« Et d'où elle sort cette femme ? ».

« C'est une infirmière qui travaille dans le même service que Fiona ».

« Tu es bien renseigné ! ».

« C'est elle qui m'a raconté sa vie. Cela dit, je vais prévenir Fiona de faire attention à cette femme : elle a des vues sur Nadir ».

Tout en discutant, Alessandro faisait valser Valentina. Tout près d'eux Nadir embrassait Fiona. Aziz et Paola dansaient tendrement au son d'une musique douce. Ils s'étaient connus

379

par le biais de Nadir et Fiona, à la station de ski en Suisse : le soir où Fabiola leur copine était morte d'une overdose.

Jamil et Juliana, assis plus loin avec Ricardo discutaient.

« Monica est toujours allongée ? ».

« Oui. Monica est fatiguée par sa grossesse. Je vais monter la voir tout de suite ».

« Veux-tu que je parte voir si tout va bien Ricardo ? ».

« Non, je te remercie Juliana. Vous avez besoin de faire plus ample connaissance vous deux ».

Jamil souriait en faisant un discret clin d'œil à Ricardo.

« Nous avons déjà fait connaissance ».

« Jamil ! ».

« Qu'est-ce que j'ai dit ma puce ? ».

« Tu laisses entendre des préjugés ».

« D'après ce que je déchiffre, ils sont conçus. Allez, je vous laisse les amoureux ».

« À tout à l'heure Ricardo ».

Ricardo grimpa les escaliers et entra dans la chambre où Monica était allongée sur leur lit. Il s'asseyait auprès de sa compagne et posa une main sur sa taille.

« Comment te sens-tu *amore mio* ? ».

« Je vais un peu mieux. J'ai dormi et cela m'a fait du bien. Où sont les garçons ? ».

« Les garçons vont bien. Ils s'amusent avec leurs cousins ».

Ricardo se déshabilla pour s'allonger près de Monica.

« Il fait une chaleur étouffante ».

Monica le regarda par-dessus son épaule. Elle se retourna en lui faisant face. Elle posa ses belles lèvres et déposa un baiser.

« Ma chérie, je suis tellement heureux d'être à nouveau papa. Tu te rends compte tous ces enfants que nous avons ensemble ! ».

« Je pense tous les jours à Francesca ».

« Moi aussi mon amour, je pense souvent à ma petite crevette. Je n'aurais jamais dû écouter ton père, ainsi que ma grand-mère. Nous avons souffert par leur faute ».

« Moi j'ai souffert par leur faute. Toi tu t'es consolé aux bras de Maribel puis tu as rencontré Laurence pour te fiancer avec elle. Quant à moi je n'arrivais pas à surmonter cette douleur ».

« Tu m'en veux toujours ? ».

« Disons que j'essaye d'oublier le passé ».

« Pardon, ma chérie. Excuse-moi de t'avoir fait souffrir. Je t'aime Monica. Je t'aime comme un fou. Malgré mes fiançailles avec Laurence, je pensais régulièrement à toi. Un jour, j'ai même avoué à Alessandro de me caresser en désirant ton corps près de moi ».

« Oh ! Mais Alessandro a dû te prend pour un détraqué ? ».

« Figure-toi que cela lui arrivait en pensant à Valentina ».

« Valentina est-elle au courant ? ».

« Non. Et surtout tu ne lui diras pas. Je veux que cela reste entre nous, mon bébé ».

Ricardo prit Monica contre lui. Ils souriaient d'entendre un couple se donnait du plaisir à la chambre voisine.

« Eh bien ! Ils s'abandonnent à cœur joie ces deux-là ».

« C'est dommage que nous ne puissions pas en faire autant ma chérie ».

« Je sais que tu aies frustré. Seulement Fiona m'a conseillé d'être prudente les deux derniers mois ».

« Je serai patient ».

Au bout d'un moment de tendresse, Ricardo entendit des pas dans le couloir. Il sortit du lit en enjamba le corps de Monica. Il se précipita à la porte pour regarder discrètement qui étaient les acteurs de cette scène torride de la chambre voisine. Il reconnut l'homme et sa partenaire.

« Ô putain ! ».

« Qu'est-ce qu'il y a Ric ? ».

« Tu ne devineras jamais, qui vient de sortir de la chambre ! ».

« Dis-le-moi *per favore* ».

« Maher avec ma sœur ».

« Non ! Maher et Regina ! ».

« Elle va m'entendre. Il y a quinze jours au mariage de Paul et Sofia, elle a couché avec un des frères de Paul et aujourd'hui avec un frère de Nadir ».

« Regina ne va pas bien, depuis sa séparation avec Loukas ».

« Ce n'est pas une raison pour qu'elle fasse la *puttana* ! ».

« Ric ! Ne te fâche mon amour. On était bien sur le lit au calme ».

« Oui, excuse-moi ma chérie. J'arrive ».

En soirée, les jeunes mariés partirent dans un coin à l'abri des regards. Nadir prit Fiona dans ses bras et la souleva.

« Mon amour, je suis extrêmement heureux. Nous avons passé une très belle journée. Je t'aime ma beauté. Je suis fier d'être ton époux ».

« Je t'aime, Nadir. Je suis extraordinairement chanceuse de t'avoir rencontré, mon amour. Je suis aussi très fière d'être ton épouse ».

Deux semaines plus tard, un matin de juillet, Carmen, la secrétaire d'Alessandro, entra dans le bureau de son patron. Elle venait de recevoir un appel téléphonique d'une créatrice de mode parisienne. Elle voulait faire quelques clichés de sa nouvelle collection, avec des mannequins, au milieu des vignes comme décor. Elle souhaitait une réponse d'Alessandro en personne.

« Pourquoi ici ? ».

« Je ne sais pas ! Elle doit te téléphoner dans le mois. Elle veut faire des photos pendant les vendanges ».

« Et puis quoi encore ! Je n'ai jamais souhaité que Valentina fasse des photos sur mes vignes, ce n'est pas une étrangère qui va me déranger dans mon travail. Dès qu'elle téléphone, tu lui diras que non ».

« Très bien, Alessandro ».

« Carmen ! As-tu réservé le restaurant pour dimanche soir ? ».

« Oui, Alessandro, pour six personnes. C'est bien cela ? ».

« Pour six personnes ! Tu me fais marcher Carmen ? ».

« Mais oui Alessandro. J'ai réservé pour deux personnes au Colleoni ».

« *Grazie* Carmen ».

Alessandro avait acheté une très belle bague : un solitaire serti de diamants pour les vingt-sept de Valentina. Il était parti lui-même jusqu'à Milan à la bijouterie Tassini. Monica lui avait donné un conseil sur les gouts personnel de sa grande copine.

Dans la journée Alessandro avait eu Paul au téléphone. Les deux hommes faisaient une jolie surprise à leurs femmes. Dans une semaine, ils partaient les quatre rejoindre Nadir et Fiona. Le couple était en lune de miel, dans une île privée des Caraïbes dont Nadir avait offert à Fiona, pour à la naissance de leur fils.

Le couple arriva au restaurant au Colleoni, un établissement luxueux, où tous les plus fortunés du pays, venaient manger et danser. Un serveur vint leur ouvrir la porte et les installa dans un coin retiré. Les lumières tamisées offraient un cadre très intime. Alessandro tira une chaise à Valentina et prit place en face d'elle. Alessandro était très beau dans son costume gris anthracite, la chemise gris clair et sa cravate Bordeaux. Valentina était sublime, dans sa robe courte, dos nu en mousseline Bordeaux. Un décolleté échancré sur le devant dévoilant son opulente poitrine.

Le serveur leur apporta la carte.

« Un apéritif, monsieur ? ».

« *Si*, champagne, *per favore* ».

Le serveur revint cinq minutes plus tard avec deux coupes. Alessandro et Valentina tintèrent leurs verres en se regardant droit dans les yeux. Elle était tout émoustillée. Un désir coulait dans ses veines. Ils regardèrent la carte en choisissant leurs entrées ; une salade pour Valentina, un crabe farci pour Alessandro.

« Comment te sens-tu *angelo mio ?* ».

« Très bien, *tesoro*, je croyais que tu m'avais oublié ».

« Non, *amore mio*, je n'oublierai pas le jour de ton anniversaire. Es-tu heureuse ? ».

« Très heureuse mon chéri ».

Le serveur vint leur déposer sur la table les entrées. Ils mangèrent en silence, en se lançant des regards voluptueux. Dix minutes plus tard, le second plat arriva ; des langoustines flambées au whisky pour les deux. Valentina se régala. Alessandro s'amusa à lui mettre une queue de langoustine dans sa bouche, qu'elle savoura doucement. Elle prit sa main, et suça ses doigts, un par un, en fixant son compagnon. Elle se déchaussa et étira une jambe en faisant glisser son pied sur le mollet d'Alessandro. Il attrapa son pied sous la table, le caressa et le plaça sur son sexe gonflé. Il se mordit la lèvre. Le serveur revint avec la carte des desserts. Le couple prit une coupe de fraises chantilly. Une fois fini le dessert, Alessandro se leva pour s'agenouiller devant Valentina. Il sortit un écrin de sa poche et l'ouvrit. Il prit sa main.

« Tina ! *Amore mio*, veux-tu m'épouser ? ».

Les larmes aux yeux, Valentina lui caressa la joue. Elle ne lui pardonnait pas son mariage avec Sofia. Pourtant, elle désirait se fiancer. Elle admira le beau solitaire et lui tendit la main.

« Alex ! Je suis d'accord pour que l'on se fiance. Laisse-moi du temps pour le mariage. Cependant, j'accepte cette bague *tesoro* ».

Alessandro, fou de joie, passa la bague à son doigt et embrassa sa main. Il la fit se lever afin de l'entraîner sur la piste pour un slow sur une musique douce. Il lui promettait une belle nuit d'amour.

Les Caraïbes

L'ile Fiona Al-Quatir

Nadir avait envoyé son jet privé à l'aéroport de Paris-le Bourget pour Alessandro et Paul. Les deux hommes faisaient une belle surprise à Sofia et Valentina.

Après six heures de vol, Alessandro admirait à travers le hublot cette magnifique ile.

Valentina qui n'était pas au courant de cette escapade, s'approcha de son compagnon pour regarder à son tour par le hublot la jolie ile.

« Où sommes-nous *tesoro* ? ».

« Nous allons bientôt atterrir *amore mio*. Sois patiente ».

Sofia près de Paul était tout aussi impatiente. Leurs compagnons se firent un clin d'œil.

Jack, le commanda de bord, demandait aux passagers d'attacher leur ceinture.

« Messieurs, dames nous allons atterrir dans vingt minutes ».

L'hôtesse de l'air ouvrit la porte de l'avion en leur souhaitant d'agréables vacances. Il faisait une chaleur torride. Une limousine les attendait sur le tarmac. Après vingt minutes de route, les deux couples arrivèrent devant un splendide haras. Nadir, un bras sur les épaules de Fiona, les attendaient devant l'entrée.

« Venez vite vous rafraîchir. Avez-vous fait bon voyage ? ».

« Oui, très bien, merci Nadir. C'est de toute beauté ce paradis. Tu gâtes trop ma cousine. Elle va devenir capricieuse ! ».

« Dans trois ans Valentina fêtera ses trente ans. J'espère que tu vas prendre exemple ! ».

« Ne crains rien Fiona, je gâterai ma femme pour son anniversaire ».

« Qui parle de moi ? ».

« Personne, *amore mio*. Je suis enchanté de retrouver ma cousine ».

Les domestiques installèrent les couples dans leurs chambres respectives. Une fois douchée, Valentina s'allongea pour se reposer. Elle était fatiguée. Paul et Sofia quant à eux ils partirent à la piscine pour rejoindre Fiona.

Alessandro descendit voir Nadir dans son bureau.

« Est-ce que je peux venir te déranger cinq minutes ? ».

« Bien sûr. Tu veux boire quelque chose ? ».

« Un Whisky, s'il te plait. Merci ».

« Cette belle soirée avec Valentina s'est bien passée ? ».

« Très bien. Le palace était magnifique. La femme que j'avais dans mes bras était sublime. Nous avons passé une nuit fabuleuse ».

« Je suis heureux pour toi Alessandro. Est-ce que tu as fait ta demande ? ».

« Oui. Seulement, Valentina ne me pardonne toujours pas mon mariage avec Sofia. Enfin nous sommes tout de mêmes fiancés. Pour le mariage, il faut que je sois très patient. Et toi comment ça se passe ? Tu arrives à tout gérer ? Cette île, ta clinique et ton haras à Salimar ? ».

« Je vais laisser le haras à mon frère Bahir. Je vais faire venir mes meilleurs étalons à Milan. Je suis en train de regarder s'il n'y a pas un centre équestre à vendre ou carrément construire un haras et installer un centre. Je ne sais pas encore, je réfléchis ».

« Et Fiona dans tout ça ? ».

« Contrairement à Valentina elle n'a jamais voulu se fiancer. J'ai eu la chance qu'elle veuille m'épouser, après tout ce que lui avaient dit ma sœur et mon ancien palefrenier Fatima. Cela a été très laborieux de la reconquérir ».

« Ton palefrenier, celle qui autrefois était ta maîtresse. Une jolie blonde je suppose ! ».

« Eh bien, non, une grande brune. Mais c'est fini pour moi les gazelles blondes et brunes ».

« Cela te change de gabarit. Tu avais toujours des jeunes femmes d'un mètre soixante-quinze à ton bras. Aujourd'hui, tu te retrouves avec un petit bout de femme d'un mètre cinquante-huit. Au lit ce ne doit plus être la même méthode ! ».

« Un mètre soixante *per favore*. Fiona ne serait pas contente si tu lui enlevais deux centimètres. Et au lit ne t'inquiète pas, c'est plus que parfait. C'est une petite sauvageonne que je tiens dans mes bras puissants. Elle n'est pas perdue dans mon volumineux corps d'un mètre quatre-vingt-douze. Bien au contraire, nous sommes très fusionnels. J'ai une femme à fort caractère. Je l'adore Alessandro, elle est tout pour moi. J'ai vraiment de la chance de l'avoir rencontré et de l'avoir près de moi. Elle me soutient beaucoup dans mes projets. Fiona gère avec moi l'île et la clinique. Mais dis-moi Alessandro ! Tu as un

392

souci au lit avec Valentina ? Parce que ta femme il me semble qu'elle fait la même taille que mon petit bout et tu es aussi grand que moi ! ».

« Je plaisante. C'est fabuleux aussi avec ma petite femme. Je suis très heureux pour vous deux ».

« *Grazie* ».

« Ah oui ! Dis-moi tu parles bien italien ».

« Je veux faire plaisir à ma petite femme ».

« Je vois ça. Bon, je viens d'apprendre que la boîte de nuit « Le Trésor » était en vente. Je t'en parle, parce que je suis très intéressé. Je compte partir pour Genève au retour de nos vacances. Serais-tu partant pour t'associer avec moi ? ».

« Oui, j'en ai entendu parler. Eh bien, écoute pourquoi pas, ce n'est pas mal comme projet. En as-tu parlé à Valentina ? Parce que moi je ne veux rien cacher à Fiona ».

« Valentina est au courant. Mais quand je mentionne Genève, ça ne lui plait pas. C'est là-bas que j'ai rencontré Nathalie ».

« Je sais. Moi aussi j'ai rencontré Nelly là-bas. Cependant, il faut qu'elle te fasse confiance tout comme Fiona le fait pour moi ».

« Oui, ton club privé que tu partages avec ton ancienne maitresse Nelly. J'espère que tu sais ce que tu fais Nadir avec cette fille. Fiona ne s'en remettrait pas si tu devais la tromper avec elle ».

« Nous en avons déjà discuté Alessandro. Je sais faire la part des choses : Nelly, c'est le travail, Fiona, c'est le travail ainsi que le plaisir. Ne crains rien, je ne mélange pas tout. Je sais qui est ma maitresse et ma femme. La seule et unique femme : Fiona al-Quatir ».

« J'admire Fiona ».

« Et Paul ! Tu lui as parlé pour ton projet ? Peut-être qu'il serait partant pour s'associer ? ».

« Je vais en discuter ce soir au repas. Je pense faire construire un chalet pour nous retrouver en famille à la station de ski « Les Crosets », c'est à deux heures de Genève ».

« Ah, c'est une super idée. Là aussi, je suis partant ».

Après leur petit entretien entre copains, ils allèrent retrouver Paul et les trois femmes, à la piscine. Ils s'amusèrent comme de vrais gamins.

Le soir dans un restaurant, les trois couples savourèrent un beau plateau de fruits de mer. Alessandro avait parlé de son projet à Paul. Ce dernier avait d'autres projets avec ses frères Bertrand et Jean : l'acquisition de deux boîtes de nuit et deux hôtels à Bordeaux et à Paris.

Nadir avait fait de cette île paradisiaque, une grande ville avec deux imposants palaces, des boutiques de luxe, des chalets donnant sur la plage. Ils avaient été tous dessinés par Lorenzo l'architecte d'Alessandro. Le bois provenait de la scierie Falcollini. Il avait fait construire une piste d'atterrissage pour les jets privés. Tout cela en un peu plus d'un an.

Le lendemain soir après le repas, Fiona joua du piano. Elle chantait des chansons, sous l'œil attendri de son mari Nadir. Il avança sa chaise et s'approcha derrière sa femme. Il passa ses bras autour de sa taille fine en embrassant ses épaules et sa nuque. Sa main remonta vers un sein qu'il caressa à travers le tissu fluide de sa jolie robe turquoise dos-nu. Sa peau était dorée avec quelques petites taches de rousseur sur ses épaules. Il adorait cette peau douce qu'il choyait de ses lèvres chaudes. Fiona sentit cette bouche sur sa peau et eut un frison qui lui électrisa tout le corps.

Paul et Alessandro prirent leurs femmes dans les bras pour danser tendrement.

Deux heures plus tard, Paul et Sofia dirent bonsoir aux deux couples. Enlacés, ils prirent le grand escalier qui menait aux chambres. Sofia avait retrouvé sa jolie taille fine, elle était belle dans son élégante robe courte noire à bretelles.

Alessandro enlaça tendrement Valentina. Il mit ses mains sur ses belles fesses en la plaquant contre sa virilité. Il essayait de remonter sa robe jusqu'à sa taille.

Valentina portait une petite robe rouge, très près du corps. Elle prit ses mains et les posa sur sa taille.

« *Amore mio* ! Laisse-moi effleurer tes jolies fesses ».

« Non, Alex, ne sois pas gourmand. Tu as toute la nuit pour me caresser. Mais pas devant Fiona et Nadir ».

« J'en ai très envie *angelo mio*. Ne me résiste pas. Je sais que tu le désires, toi aussi Tina ».

« Peut-être ! Mais pas ici ».

« Regarde Nadir, il caresse Fiona. Elle n'est pas gênée devant nous ».

« Allons leur dire bonsoir *tesoro* ».

Alessandro et Valentina dirent bonsoir à leur tour et prirent le grand escalier pour retrouver leur chambre. Nadir et Fiona les suivirent.

Nadir sortit de la douche et s'allongea à côté de Fiona. Il prit son bouquin, et le posa sur la petite commode à côté de lui. Il la caressa sous sa petite nuisette rose fuchsia transparente. Ses beaux seins étaient prêts à jaillir de son décolleté profond.

« Mon chéri ! Je voulais finir ma lecture ».

« Et moi je demande un gros câlin à ma petite femme chérie ».

« Vous êtes terriblement capricieux. Prince Nadir al-Quatir ».

« Oui, surtout quand mon gros caprice est une beauté rousse. Princesse Fiona al-Quatir ».

« Alors, je vais te proposer un petit caprice à moi ».

« Que me proposes-tu *habibi* ? ».

« Eh bien, que penses-tu si nous donnions un petit frère ou une petite sœur à Nael ? Je t'en parle, avant de me faire retirer le stérilet le mois prochain ».

« Je serais le plus heureux. Tu m'as devancé ma chérie. Je voulais te le demander, mais je ne savais pas si tu désirais un autre enfant ».

« Bien sûr, que je souhaite un autre enfant. Même plusieurs. Je suis impatiente d'avoir une importante famille. Des enfants turbulents, des rires, des cris puis des larmes pour que l'on puisse les consoler ».

« Moi aussi ma beauté. Je souhaiterais avoir une kyrielle de garnements. Nous allons réaliser notre vœu, ma chérie. Je t'aime de tout mon cœur ».

Pendant ces quinze jours, les trois couples profitèrent des moments de détente. Le matin, les hommes allaient faire leur jogging pendant deux heures. À trente ans ils prenaient, le temps de s'entretenir. Les trois hommes étaient très beaux. Toutes les femmes se retournaient sur leur passage. Elles les observaient avec douceur.

Leurs femmes en profitèrent pour faire les boutiques et se faire masser. Les trois couples allaient nager à la plage privée de Nadir et Fiona puis faire du cheval dans les sentiers de l'île. Le soir, ils dînaient dans leur restaurant favori et ils allaient danser dans une boîte de nuit.

Toutes les célibataires essayaient d'approcher Nadir. Elles souhaitaient danser avec le prince propriétaire de ce paradis, jusqu'à même désirer coucher avec lui.

Un soir après le restaurant, les trois couples se promenaient à pied. Ils entrèrent dans la boîte de nuit. Nadir se dirigea vers le bureau du directeur de son établissement. Fiona passait la commande au barman. Tout le personnel était aux petits soins pour les patrons.

Fiona attendait Nadir avant d'aller retrouver, Alessandro, Valentina, Paul et Sofia qui avaient pris une table au fond de la boîte de nuit dans un coin intime.

Une magnifique brune s'approcha de Fiona et Nadir et accosta le patron des lieux.

« Bonsoir, Nadir ».

« Bonsoir, mademoiselle. Je suis désolé, mais vous êtes ? ».

« Sabrina, je suis une grande amie de Djamila. Nous faisons nos études de médecine ensemble à la principauté de Salimar ».

« Enchanté de faire votre connaissance. Je vous présente mon épouse Fiona. Excusez-nous, nous sommes attendus ».

« Attendez Nadir ! Je voulais vous demander, serait-il possible de passer une soirée puis une nuit avec vous ? Je souhaiterais travailler dans votre clinique en Italie ».

« Mon équipe est au complet. Bonne soirée mademoiselle ».

« Sabrina ».

« Excusez-nous, ma femme et moi avons des invités qui nous attendent ».

« Nadir s'il vous plait ».

« Continuez à me harceler et je vous renvoie de mon établissement ».

Nadir prit la main de Fiona et continua son chemin jusqu'à la table où les attendaient leurs invités.

« Merci mon chéri de ne pas avoir succombé à son charme. Pourtant, elle était magnifique ».

« Fiona, ma chérie ! Enlève-toi cette idée. Je ne vais pas succomber au charme de toutes ces femmes qui me poursuivent sans arrêt. Tu la trouves peut-être magnifique, mais elle n'est pas aussi splendide que toi mon amour ».

Le dernier jour, Valentina, Sofia et Fiona se prélassaient sur des transats en topless au bord de la grande piscine.

Les deux sœurs étaient très bronzées.

« Vous me découragez les filles. Je n'arrive même pas avoir le teint que vous avez l'hiver. Je resterai des heures au soleil, je serai toujours aussi blanche ».

« Il faut que je te gronde comme une enfant, mon amour. Tu as des coups de soleil sur les seins. Tu n'as pas compris, quand il a fallu que je te tartine tes fesses tous les soirs avec de la crème apaisante. Je vais être obligé d'en faire de même avec ta poitrine ».

Les trois hommes étaient revenus du sport. Une fois douchés, Alessandro, Paul et Nadir avaient convenu de surprendre leurs femmes à la piscine.

« Oh ! Mon pauvre vieux, je te comprends. Ce n'est pas facile de caresser sa femme avec de la crème apaisante. En plus, je suis sûr qu'elle rouspète parce que tu ne le fais pas assez bien. Pourtant, quand on cajole ces deux jolis globes, nous sommes obligés de dorloter cette peau tendre et veloutée… ».

« Eh Paul ne fantasme pas ! S'il te plait, pas devant tes copains. Tu m'as mis de la crème le premier jour, c'est tout. De toute façon tu as toujours les mains baladeuses, mon chéri ».

Sofia se leva de son transat. Elle se colla à son mari et le poussa dans la piscine tout habillée.

Dans sa chute il entraîna sa femme. Les deux autres couples éclatèrent de rire et plongèrent à leur tour.

En fin de journée, les femmes préparèrent leurs bagages. Le dernier soir, ils dînèrent au haras en restant tard dans la nuit à parler.

Avant de partir, Nadir ferma la porte de son bureau à clé. Il transmit les instructions à son personnel. Une heure après, l'avion de Nadir était prêt à décoller.

Les trois femmes s'installèrent dans un grand canapé d'angle et parlèrent, entre elles.

« C'est bien dommage que Monica et Ricardo n'ont pu nous accompagner ».

« Oui, c'est dommage Valentina. Cependant avec Nadir, nous avons convenu de repasser quinze jours, les quatre couples ensemble ».

À l'autre bout du jet, les trois hommes riaient aux éclats.

« Vous allez voir les gars, je vous réserve un chaleureux week-end ».

Salimar

Quatre heures après, l'avion atterrissait au Moyen-Orient. Nadir leur promit un excellent week-end, chez lui dans sa principauté.

Paul, Sofia, Alessandro et Valentina étaient très bien accueillis. Le serviteur les accompagna au salon. Fiona partit chercher son petit garçon dans la nursery. Il jouait avec ses cousins. Nael aperçut sa maman et cria de joie.

« Oh ! Mon poussin. Tu m'as tant manqué, mon amour ».

Fiona revint au salon. Les larmes aux yeux, Valentina contempla sa cousine avec son petit garçon dans les bras. Elle était impatiente d'être à lundi, de revoir ses quatre enfants. Elle avait passé de très bonnes vacances avec Alessandro. Toutefois, cela commença à peser. Elle trouvait cette séparation un peu trop longue. En partant de Bergame cela avait été un déchirement de laisser ses enfants. Elle avait pleuré tout le long du chemin jusqu'à l'aéroport de Milan.

Quant à Alessandro, il n'avait pas l'air de s'ennuyer. Nadir leur avait promis une belle surprise, le temps que les femmes s'occupèrent à faire les boutiques. Les trois hommes étaient installés sur de confortables coussins à admirer les plus admirables danseuses orientales qui se dandinaient devant eux.

Les jeunes femmes dansaient sensuellement un ballet érotique.

« Mais dis-moi al-Quatir, ça t'arrive souvent d'avoir des danseuses avec une chorégraphie aussi torride ? ».

« Depuis que je suis avec Fiona, cela ne m'arrive plus. Mais quand nous étions jeunes, tous les soirs avec Maher et Jamil, nous aimions nous retrouver au milieu de ces superbes jeunes femmes ».

« Et tu finissais la nuit avec l'une d'elles ? ».

« Ça nous arrivait avec mes frères de finir la nuit avec des danseuses ».

« Putain ! Cette aubaine ».

« Gardez-le pour vous les gars. Je ne veux pas que Fiona l'apprenne. De toute façon ce temps-là est révolu ».

« Regrettes-tu de ne pouvoir profiter de ces belles danseuses ? ».

« Tu m'emmerde Alessandro ».

« Excuse-moi Nadir. C'est dommage que Ric ne soit pas parmi nous. Je suis sûr qu'il aurait apprécié cela ».

« Quand Ricardo est venu aux fiançailles de Maher, il a eu droit lui aussi aux danseuses ».

« Il ne m'a absolument rien dit. Je n'ai pas eu ce privilège quand je t'ai rendu visite. Cela dit je suis content d'avoir fait la connaissance de mon grand-père ».

« Ton grand-père ! Qu'est-ce que c'est cette histoire ? ».

Nadir et Alessandro parlaient à Paul le récit d'Issam al-Quatir.

« En fait, ta mère est une al-Quatir ! ».

« Oui. Mais elle n'est toujours pas au courant. Mon grand-père Enzo ainsi que le grand-père de Valentina connaissent tout ce qui s'est passé à l'époque. Maintenant c'est très difficile d'en parler à ma mère. Elle pense que son père l'a abandonné à l'enterrement de ma grand-mère Claudia ».

« C'est très compliqué tout ça. Donc, vous êtes cousin. Eh bien, le monde est petit ».

Le lendemain Nadir apprenait à Alessandro et Paul à faire un merveilleux massage oriental à leurs femmes. Chacun dans un box ouvert avec leur compagne. Ils firent un massage des plus érotiques. Les hommes firent un pari ; celui qui allait tenir le plus longtemps possible devant leurs sublimes créatures allongées toutes nues.

Paul dans le premier box massa Sofia avec un gel parfumé à la rose. Sur la table de massage, Sofia était étendue sur le ventre. Paul passa ses mains sur ses épaules, son dos et ses fesses. Il écarta légèrement les jambes de Sofia pour passer les doigts sur son sexe. Alessandro, dans le box d'à côté, faisait de même. Il parcourut le corps de Valentina de gel en lui donnant des baisers sur ses fesses.

Dans le premier box, Sofia se retourna. Paul continua son massage. Il avait sa verge bien tendue de voir sa femme si belle devant lui. Il fit glisser les mains sur ses beaux seins, sur le ventre et son pubis qu'il massa tendrement. Au bout d'une demi-heure, ne tenant plus, il lui fit l'amour.

Alessandro ne résistant pas à Valentina lui fit l'amour, lui aussi. Seul Nadir connaissait la maîtrise de soi tout en procurant des gestes très sensuels à Fiona. Il souriait d'entendre gémir les deux couples à côté d'eux.

Si Fiona, en se retournant, face à Nadir ne l'avait pas caressé et pris son membre gonflé de désir dans la bouche, ils gagnaient leur pari haut la main.

« Fiona ma chérie, c'est sublime ce que tu me fais. Seulement, si tu étais moins coquine, nous aurions pu gagner facilement notre pari ».

Le lendemain matin au petit déjeuner Sofia et Fiona parlaient en dégustant les plats orientaux.

« Nous avons été avec Paul sensible par la beauté de cette ile puis par cette principauté. Je suis très heureuse pour toi Fiona que tu aies rencontré ton prince. Nadir est vraiment très gentil. La famille de Paul est très riche, mais celle de Nadir est colossale. Heureusement, que Maribel ne l'a jamais connu, elle lui aurait mis le grappin dessus ».

« Oh ! Je n'en doute pas. As-tu des nouvelles de Maribel ? ».

« De temps en temps, elle m'appelle. Maribel est professeur de math à Madrid. Elle élève sa petite Christina toute seule ».

« Je ne savais pas qu'elle était maman. Elle ne vit pas avec le père de sa fille ? ».

« Maribel a couché avec Daniello. Deux mois plus tard elle apprenait qu'elle était enceinte ».

« Daniello est-il au courant ? ».

« Au courant de quoi les filles ? ».

« Je demandais des nouvelles de Maribel ».

« Pourquoi demandes-tu de ses nouvelles ? Tu ne crois pas que cette garce nous a fait assez de mal ? ».

« C'est vrai, c'est ridicule ».

« Oui, complètement ridicule ».

Les larmes aux yeux, Fiona sortit de la pièce pour laisser les deux sœurs ensemble.

« Tu as été très violente avec Fiona. Elle avait les larmes aux yeux quand elle est partie ».

« Je vais aller m'excuser ».

« Ma chérie excuse-moi, je ne voulais pas être agressive avec toi. Je suis de mauvaise humeur parce que mes enfants me manquent aussi ».

« Je comprends Valentina ».

« Merci pour ces fabuleuses vacances. C'était très bien de se retrouver ».

Valentina embrassa affectueusement Fiona.

Bergame

Après un fabuleux week-end, le lundi matin, le jet privé de Nadir avait atterri à l'aéroport de Milan. Pendant ces deux jours, les trois couples avaient fait les fous à la plage. Les hommes avaient participé aux danses orientales le soir le temps que les femmes se faisaient dorloter avec des massages à quatre mains.

Paul et Sofia étaient rentrés à Bordeaux pour récupérer leurs enfants au château de Dolran, chez les parents de Paul. Quant aux deux autres couples, ils étaient arrivés à la ferme Falcollini. Les domestiques se précipitèrent en les voyant sortir du gros 4x4 de Valentina. Les parents et les grands-parents rejoignirent leurs enfants accompagnés de leurs petits-enfants. Ils étaient heureux de se retrouver.

Après les embrassades, Nadir, avec son fils dans les bras et Fiona montèrent les escaliers, jusqu'à leur chambre.

Il faisait une chaleur torride. Alessandro resta jouer un moment avec ses enfants et Valentina. Avant de partir au bureau. Il se mit tors nu.

« Je vais jusqu'au bureau, *amore mio*. À tout à l'heure mes *bambinos* ».

« Tu vas t'exposer torse nu devant Carmen ! Heureusement, que j'ai une grande confiance en ta secrétaire. Je vais venir avec toi lui dire bonjour aussi ».

« J'adore quand tu es jalouse, *angelo mio* ».

« Ensuite je vais aller prendre une douche et m'allongeai une petite heure, *tesoro* ».

« Allons-y dire bonjour à Carmen. Je compte prendre cette douche avec toi ».

Le couple entra dans le bureau de Carmen.

« Bonjour Alessandro ».

« Bonjour Carmen ».

« Bonjour Valentina. Est-ce que vous avez passé de bonnes vacances ? ».

« *Ciao* Carmen. Très bien c'était le paradis. Nadir nous a fait découvrir de beaux endroits ».

« Je suis heureuse pour vous. Alessandro, la créatrice a téléphoné à nouveau ».

« Ah oui ! Je l'avais oublié celle-là. Lui as-tu dit que nous ne faisions pas de photos ici ? ».

« Je suis désolée Alessandro, mais la créatrice t'attend depuis une demi-heure à ton bureau ».

« Mais Carmen ! Pourquoi l'as-tu laissé entrer dans mon bureau ? Qui est cette femme ? ».

Alessandro entra dans son bureau suivi de Valentina. Il se raidit en voyant Nathalie. Cela faisait six ans qu'il ne l'avait pas vue. Il n'avait pas fait le rapprochement quand Carmen lui avait parlé d'une créatrice parisienne.

« Bonjour Alessandro. Comment vas-tu ? Il y a longtemps que je ne t'avais pas vu : tu es de plus en plus beau mon amour ».

Valentina était en retrait. Elle ne comprenait pas ce qui se passait.

« Que fais-tu ici Nathalie ? Qui t'a permis de venir me déranger chez moi ? ».

« Je viens te voir, car j'ai lancé une marque de vêtements. J'aimerais beaucoup faire quelques photos chez toi, tu as de très belles vignes. Je suis venue accompagner de mon photographe et deux mannequins. M'accordes-tu ce coup de pouce mon chéri ? ».

« Combien de temps tu comptes rester ? ».

« Serais-tu d'accord ? ».

« Oui. À une condition que tu ne restes pas trop longtemps et que tu ne me déranges pas ».

« Merci beaucoup mon chéri ».

Valentina s'avança et se mit en colère.

« Alex ! Alors, moi je n'ai pas le privilège de faire des photos chez toi et cette femme, elle te demande un service et tu acceptes comme cela ! Ça c'est un comble. Qui est cette femme pour que tu lui accordes si facilement ? Pourquoi elle se permet de t'appeler ainsi : mon chéri et mon amour ? Que veut dire tout cette simagrée ? ».

« Alessandro ! Est-ce que c'est ta sœur ? ».

« Ce n'est pas ma sœur. Tina est ma femme ».

« Tina, *amore mio*, je te présente Nathalie, une créatrice de vêtements ».

« Ta femme ! Je connais la créatrice juste de nom « Tina Soberini ». J'ai vu des photos d'elle. Cela dit je ne l'ai n'ai pas eu le privilège de la rencontrer. Vous lui ressemblez, mais en moins jolie. On dit qu'elle est homosexuelle. On ne l'a jamais vue avec un homme ».

« Nathalie ! Ah oui ! Je me souviens. Ce n'est pas la fille avec qui tu es sorti à Genève ? Eh bien, moi je suis déçue. Je pensais trouver une personne plus gracieuse. Et pour information j'aime les hommes, surtout le mien. Je suis Tina

Soberini, la femme d'Alessandro Falcollini et la mère de ses quatre enfants ».

« Tina Soberini ! Je ne pensais pas qu'une femme comme toi demeurerait dans ce trou perdu. Je m'aperçois que tu as été plus maligne que moi. Tu as réussi à capturer un homme richissime et magnifique de surcroît. Si j'avais su tout ce que tu possédais ; des hôtels, une propriété splendide, des comptes en Suisse, je me serais faite plus intrépide. Tu ne m'aurais pas quittée. Mon amour ».

« Bon ça suffit ! Je te laisse faire tes photos et après tu fous le camp. Je ne veux plus te voir me tourner autour. Tu as deux minutes pour sortir de mon bureau ».

« Peux-tu nous héberger pour deux nuits ? ».

« Tu as un hôtel à deux pas d'ici. Je ne désire aucuns étrangers chez moi ».

« Hum, il y a quelques années de cela, quand nous faisions l'amour tous les soirs dans notre lit, je n'étais pas une étrangère pour toi ».

« Sors de ce bureau Nathalie sinon je risque de changer d'avis ».

Tête droite et corps tendu, Nathalie sortit du bureau en lançant un regard noir à Valentina.

Tout en regardant son courrier, Alessandro enlaça Valentina dans ses bras. Il la caressait amoureusement.

« Comment sait-elle tout ça cette fille ? Dans vos moments de coucherie, tu lui racontais ta vie privée puis la richesse de tes comptes en banque ? ».

« Ne dis pas de sottises Tina. Ça fait six ans que je ne l'ai pas vue, jusqu'à aujourd'hui. Je ne sais pas comment elle a réussi à avoir tous ces renseignements ? Mais je finirai par le savoir. Je ne veux pas que notre vie soit étalée au grand jour ».

« Dis-moi comment tu comptes t'y prendre ? En la remettant de nouveau dans ton lit ? ».

« Tina ! Oh Tina Falcollini ! Tu es vraiment impossible. Si tu continues, je vais te donner la fessée ».

« Ah oui ! Essaye. Ce ne sont que des paroles, Alex Falcollini et moi pour le moment je ne suis pas encore une Falcollini ».

« Oh ! Mais la bague au doigt va vite arriver. Tu as déjà la bague de fiançailles. Allez *amore mio* à la douche que je frictionne ces jolies fesses avant de recevoir une belle petite fessée ».

Le lendemain, Nathalie arriva à la ferme avec son équipe. La collection n'avait rien à voir avec les vêtements de luxe que créait Valentina. Celle de Nathalie était beaucoup plus primaire.

Avant la séance photo, un mannequin se dénuda et plongea dans l'eau sous l'œil surpris de Nadir. Elle nagea vers lui en souriant. C'était une fille magnifique toute bronzée. Nadir, gêné, s'extirpa de l'eau. Il s'allongea sur un transat en se mettant une serviette pour cacher sa nudité.

La jeune femme sortit de la piscine et vint lui parler.

« Bonjour. Êtes-vous le propriétaire de ce bel endroit ? ».

« Bonjour. Non, je ne suis pas le propriétaire. Et vous qui êtes-vous ? ».

« Excusez-moi, je ne me suis pas présentée. Je me prénomme Lydie. Je suis mannequin. Et vous ? Puisque vous n'êtes pas le propriétaire des lieux, que faites-vous dans la vie ? ».

« Je me présente, Nadir al-Quatir, prince de Salimar. Je ne savais pas qu'il y avait un défilé. Savez-vous que cette piscine est privée ? ».

La jeune femme s'allongea devant Nadir. Elle dandinait ses hanches de gauche à droite. Elle inclina sa tête en arrière en arquant ses beaux seins tous bronzés. Elle écarta légèrement ses jambes.

Nadir commença à avoir une belle érection. Il passa sa main sur son sexe en feu. Il admira cette beauté exhibée, son sexe blondinet.

Lydie passa sa langue sur ses lèvres.

« Je viens d'apercevoir une femme plonger. Je ne pensais que cette piscine était privée. Vous avez un magnifique tatouage sur l'épaule. Êtes-vous célibataire ? ».

Nadir se ressaisit en voyant Fiona plonger.

« Je ne suis pas célibataire. C'est mon épouse qui vient de plonger. Excusez-moi, mais vous avez une autre piscine plus loin ».

La jeune femme s'excusa et repartit.

Nadir regarda sa femme toute nue et plongea dans l'eau pour la rejoindre. Elle nageait un crawl audacieux. Il l'attrapa par la taille et l'attira contre lui.

Fiona enroula ses jambes autour de sa taille et s'agrippa à ses épaules.

« Je trouve ton sexe bien tendu. Tu es très excité. Est-ce que le spectacle était joli ? ».

« Quel spectacle ma beauté ? ».

« Ne me prend pas pour une idiote ».

« Oui, c'est vrai, elle m'a excité. Je suis désolé. Cependant, tu éteindras le feu qui est en moi. Mon amour ».

« Vous, les hommes, dès que vous voyez un joli minois, vous perdez complètement la tête ».

« Franchement Fiona, si un beau spécimen s'exhibait devant toi, comment réagirais-tu ? ».

« Moi ! Je resterais stoïque ».

« Tu te moques de moi ! Je suis sûr que rien que d'en parler, tu es tout humide ».

Nadir en profita pour la pénétrer. Il trouvait le passage bien glissant : c'était l'affirmation de son excitation.

« Je t'aime petite menteuse ».

Valentina était de plus en plus très fatiguée. Installée dans son atelier, elle dessinait quelques modèles. Sandro, son fils ainé était à ses côtés. Elle avait régurgité son repas de la veille. Elle pensait être enceinte, puisque le mois dernier, elle avait demandé à Fiona de lui enlever le stérilet. Avec Alessandro, ils désiraient un autre enfant.

Sa tête se mit à tourner, Valentina s'accrocha au dossier de la chaise et s'évanouit.

Son fils prit peur et courut jusqu'au bureau de son père en pleurant.

« *Padre*, *padre*, viens vite ».

« Que se passe-t-il mon garçon ? ».

« C'est *mamma*. Elle est tombée ».

« Carmen téléphone à ton mari s'il te plait. Demande-lui s'il peut venir au plus vite ! ».

Alessandro courut vers l'atelier, Sandro à ses trousses. Ils entrèrent dans l'atelier et virent Valentina allongée parterre sur le sol carrelé. Elle était inconsciente et saignait de la tête. Il prit peur et paniqua en voyant sa compagne qui ne bougeait plus. Il prit sa femme dans les bras pour la déposer sur le petit canapé. Enrique, le médecin arriva.

Nadir et Fiona arrivèrent, eux aussi à l'atelier. Sandro était parti chercher son oncle et sa tante. Le médecin examina Valentina. Il lui prit sa tension, regarda ses pupilles, la bouche puis écouta son cœur. À part cette tension très basse, Enrique ne trouva rien d'anormal. Valentina n'avait toujours pas repris connaissance.

« Par précaution, je vais appeler l'ambulance. À l'hôpital, ils lui feront plusieurs examens ».

Une demi-heure plus tard, Valentina était installée dans une chambre. Alessandro, assis à côté d'elle lui donnait la main. La famille de Valentina, le père et le grand-père d'Alessandro, Nadir et Fiona attendaient dans le couloir : c'était un vrai cauchemar.

Dans la soirée, Valentina clignota des yeux. Elle appela Alessandro, qui ne cessait de prier. Elle le secoua et l'interpella.

« Alex ».

« Tina, *amore mio*, ne me laisse pas seul *per favore*. Si tu me quittes, je mourrai aussi, mon amour ».

« Alex ! *Tesoro*. Je suis réveillé ».

Alessandro sursauta en entendant la voix de Valentina. Il sortit de la chambre et courût à la recherche du médecin.

« *Dottore* ! *Per favore*, ma femme est réveillée ».

Le médecin pénétra dans la chambre suivie d'une infirmière. Le scanner cérébral ne donna aucun signe alarmant : l'examen était parfait. Les analyses sanguines venaient d'arriver.

« Madame Falcollini, vous êtes en parfaite santé. Vous êtes enceinte ! Mais il faudra vous reposer vous cumulez une grosse fatigue. Peut-être même une petite contrariété ! Vous allez pouvoir rentrer demain matin après votre petit déjeuner. Bon retour et reposez-vous ».

« *Grazie dottore* ».

Alessandro s'allongea à côté de Valentina. Il l'enlaça et l'embrassa.

« Tu m'as fait peur Tina. J'ai cru te perdre. Je serais anéanti si je te perdais ».

« Je suis là et bien vivante. Ne crains Alex Je vais encore t'excéder ».

« Oh ! Cela, je veux bien le croire *angelo mio* ».

« Je suis très heureuse d'être enceinte *tesoro*, d'attendre notre sixième enfant Alex ».

« Je suis le plus heureux des hommes. De ce bonheur que nous partageons chaque jour avec nos enfants. Il y a six ans, je ne pensais jamais connaître cela. Quand tu es partie pour Paris, je croyais ne plus te revoir ».

« Nous sommes à nouveau réunis Alex pour le meilleur ».

« Je voudrais savoir Tina ! Le *dottore* a parlé de contrariété. Qu'est-ce qui te contrarie *angelo mio* ? ».

« C'est le fait que tu aies accepté cette séance photo à ta Nathalie. Je ne l'apprécie pas du tout. Cette femme m'horripile. Rien que d'en parler, cela me met très en colère ».

« Ce n'est pas « ma » Nathalie ».

« Cependant, la façon dont tu acceptes ses mannequins sur tes terres, je ne peux que croire qu'elle est ta Nathalie. Avec moi tu n'as jamais voulu mélanger nos deux activités ».

« Je suis désolé *tesoro*. Si tu le souhaites pour ta nouvelle collection, je te laisse les vignes ».

« Non, ce n'est pas la peine, aujourd'hui j'ai mes studios. Tes vignes ne m'intéressent pas ».

« Mais, vous me faites un vilain caprice Tina Soberini ! ».

« Ne te fiche pas de moi *per favore* Falcollini ».

Le lendemain, au retour de l'hôpital pendant le déjeuner, le couple annonça la grossesse de Valentina. Tout le monde les félicita.

Enzo, le grand-père leva son verre.

« Mon garçon, je ne désire pas ressasser les mauvais souvenirs. Mais cela t'a fallu du temps pour comprendre que ta vie était auprès de Valentina. Je me suis battu contre ton père parce qu'il était aussi têtu que toi. Lui non plus ne voulait rien entendre ».

« *Padre per favore* ».

« Non, *figlio* je souhaite que tu m'écoutes, toi aussi. Je ne supporte plus cette séparation avec Tommaso. Je sais parfaitement ce qui vous êtes arrivés tous les deux. Cependant, je ne dirai rien aujourd'hui parce que cette nouvelle vie est une grande joie. Je te demande sans façon Paolo, c'est de renouer avec ton frère avant le prochain Noël. Nous souhaitons avec nonna d'être tous réunis, avec nos dix petits-enfants et nos huit arrière-petits-enfants ».

« Tu n'as que sept petits-enfants *padre* ».

« Je prends peut-être de l'âge, pourtant je sais compter *figlio*. Ton frère Tommaso à lui aussi trois enfants ».

« Comment le sais-tu *padre* ? ».

« C'est ton frère Luigi qui m'a annoncé cette admirable nouvelle. Contrairement à toi Paolo, mes deux autres fils s'entendent à merveille ».

« Alessandra est-elle au courant ? ».

« Oui, ta jumelle est au courant ».

« C'est très bien. Alors puisque tout le monde me prend pour un imbécile, je me retire de cette table et ne comptez plus sur moi pour participer à des repas de famille ».

Le téléphone du salon se mit à sonner. Ana prit le combiné et laissa éclater sa joie.

« Je vais leur annoncer la belle nouvelle mon garçon. Très belle après-midi mon chéri. Le bonjour à Monica ».

Ana annonça la naissance des jumeaux de Ricardo et Monica, à toute la famille.

« Comment se porte Monica ? ».

« Ricardo m'a dit qu'elle était très fatiguée. Fiona était près d'elle pendant l'accouchement et tout s'est bien déroulé Valentina ».

« J'ai hâte de lui rendre visite. Alex ! Est-ce que nous pourrions partir dans une heure pour Milan, le temps que je prenne une douche et... ».

« Pas si vite *tesoro*. Laisse Monica se reposer. Nous irons demain leur rendre visite. N'oublie pas que tu sors de l'hôpital toi aussi. Le médecin t'a conseillé de te reposer ».

Avant la journée des fiançailles d'Analysa et Marco, les trois familles au complet, Falcollini, Tassini et Soberini avaient tous été invitées à l'inauguration de l'hôtel cinq étoiles Falcollini, à Rome. C'était un des plus beaux palaces de la ville. L'établissement, comprenait un casino et une boîte de nuit. Alessandro avait invité toute la noblesse d'Italie ainsi que ses grands copains.

Il faisait un temps magnifique en ce jour du mois d'août, pour les fiançailles d'Analysa et de Marco. Tout le personnel du domaine Soberini s'attelait à la préparation. Un magnifique buffet attendait les invités.

En vacances depuis deux semaines, Analysa n'avait pas vu Marco. Le jeune homme faisait le guide pour un mannequin prénommé Lydie. La jeune femme logeait dans un petit chalet depuis la séance photo dont elle avait contribué à la nouvelle collection du prêt-à-porter de Nathalie Pilorié l'ancienne maitresse d'Alessandro.

Le jeune couple partait continuellement faire une promenade à cheval.

Dans sa chambre, Analysa faisait les cent pas. Elle était vêtue d'une superbe robe bleue, très sobre. Elle n'aimait pas dévoiler son corps trop plantureux. Elle était beaucoup plus pudique que ses trois sœurs.

« Arrête de tourner en rond Analysa. Tu me donnes le tournis ».

« Tu parles très facilement Juliana. Je suis très effrayé. C'est un grand jour pour moi ».

« Eh ! Tu connais Marco depuis que vous êtes gamin ».

« Oui. Pourtant je ne sais pas si vraiment, il est amoureux pour se fiancer avec moi ! ».

« Bien sûr, qu'il est très amoureux ma chérie. Voyons, Analysa ne soit pas aussi froussarde ».

« Je devrais m'habiller autrement. Quand je te vois si belle et si sexy avec ta robe courte et ton décolleté plongeant, ça ne me rassure pas. Vous êtes si belles toutes les trois, alors que moi je suis insignifiante. Je me demande ce que Marco peut me trouver ! ».

« Veux-tu que je te prête une autre robe ? ».

« Ouais, donc, tu ne me trouves pas vraiment jolie dans cette robe ! ».

« Tu es très belle Analysa. Mais tu devrais te mettre encore plus en valeur ».

Analysa regarda sa sœur Juliana. Elle était d'une beauté à couper le souple. Elle assumait son corps et ses belles formes d'une *mamma* italienne. Jamil, le frère de Nadir en était tombé fou amoureux. Ça faisait six mois que le couple sortait ensemble. Ils s'étaient rencontrés au mariage civil de Nadir et Fiona. Ils ne vivaient pas encore ensemble. Pourtant, ils essayaient de se retrouver les jours de repos ou des week-ends à Paris ou à Milan.

Les deux sœurs partirent retrouver Valentina et Monica la sœur du futur fiancé.

« Ma chérie, je suis comblé de t'avoir comme belle-sœur Analysa ».

« Moi aussi Monica. Je t'ai toujours admiré et pour moi tu es une grande sœur ».

« Merci ma chérie. Tes paroles me touchent beaucoup ».

« Violetta et Florentina, sont-elles là ? ».

« Oui, elles sont chez leurs parents avec mes neveux. Mes frères Raffaello et Daniello sont avec Alessandro, Nadir et Ric. Tu peux aller les rejoindre si tu veux ! ».

« Je vais aller leur dire bonjour. Comment, vont tes bébés ? Je suis désolé, je n'ai même pas pris le temps de venir te rendre visite ».

« Sandra est très gloutonne. Elle dort moins que son frère Alessandro. Mais sinon j'ai de la chance, ils sont adorables. Damien s'occupe beaucoup de ses frères et de sa sœur ».

« J'ai hâte d'avoir des enfants. J'espère que Marco sera prêt à être père parce qu'un enfant naitra l'année qui précèdera le mariage ».

Les invités étaient arrivés, ils n'attendaient plus que Marco le fiancé qui était toujours en promenade. Alessandro trouvait que Marco se promenait un peu trop souvent avec la même jeune femme. Il ne voyait pas cela d'un bon œil : surtout que Nadir lui avait raconté l'épisode de la piscine avec cette Lydie.

Analysa s'approcha des hommes et demanda si Marco était chez lui en train de se préparer.

« Je trouve qu'il met beaucoup de temps à se préparer ».

Daniello lança un coup d'œil à Raffaello. Ce dernier était mal à l'aise. Il avait vu son jeune frère Marco partir à cheval avec une magnifique blonde. Il n'en avait parlé qu'à son autre frère.

Alessandro essaya de la rassurer.

« C'est un grand jour pour lui aussi. Je vais aller voir où il se trouve. Daniello tu viens avec moi ? ».

« Oui, j'arrive ».

427

Alessandro et Daniello se dirigèrent vers les écuries.

« Tu crois qu'il est avec cette fille ? ».

« Je n'en sais rien Daniello ».

« Raffaello l'a vu partir ce matin avec une magnifique blonde. J'espère que mon frère est conscient qu'il se fiance avec une gentille fille ».

« Des fois, la gentille fille ne suffit pas. Marco est un très bel homme. Je sais qu'il plait à la gent féminine ».

« ATTENDEZ-MOI. J'ARRIVE ».

Les deux hommes pivotèrent. Analysa criait pour se faire entendre.

« Je viens avec vous ».

« Ma puce, ne t'inquiète pas, nous allons te ramener ton futur fiancé. Retourne chez toi ».

Alessandro aimait beaucoup Analysa, il la considérait comme sa petite sœur tout comme Juliana. Il ne souhaitait pas qu'elle le voie avec une autre femme. Il était presque sûr de savoir où se trouvait Marco en ce moment. Le jeune homme passait beaucoup de temps avec Lydie. Il savait que Marco allait succomber au charme ravageur de cette fille.

Les deux hommes entrèrent dans les écuries Analysa était derrière eux. Alessandro entra le premier dans le box. Daniello le suivit de près. Ils entendaient des gémissements. Alessandro fit, signe avec la main à Analysa de rester sur place. Elle ne l'écoutait pas et entra, elle aussi dans le box. Elle s'agrippa au bras de Daniello et faillit se trouver mal en voyant son futur fiancé faire l'amour à une autre femme.

Seul au monde Marco et Lydie se donnaient du plaisir. Ils ne s'apercevaient même pas des spectateurs.

« Oh ! Ma chérie. Tu es si belle. Je dois me fiancer aujourd'hui à une fille que je n'aime pas. Elle n'a rien de sexy. Elle est très prude et c'est un vrai petit boudin. Dis-moi de rester avec toi Lydie et j'annule ces fiançailles de pacotilles ».

« Marco j'aime beaucoup faire l'amour avec toi. Continu s'il te plait. J'aime ta langue qui me donne du plaisir ».

Marco, entre les jambes de Lydie, lui faisait l'amour avec sa langue. Il embrassait son sexe avec avidité. Il remonta le long du corps de sa maitresse et la pénétra d'un coup de rein.

Analysa pétrifier, ne bougea plus. Marco ne lui avait jamais fait l'amour aussi profondément comme il le faisait à cette femme. Il ne l'avait jamais embrassé sur le sexe, c'était toujours bâclé. Elle n'avait jamais eu aucun orgasme.

Analysa arriva derrière Marco et cria sur lui.

« Espèce de salaud ! Ce n'est pas la peine de te présenter chez moi. Les fiançailles n'auront pas lieu ».

Marco se releva subitement. Il pâlit en voyant Analysa, et les deux hommes Alessandro et son frère Daniello.

Analysa repartit en pleurs.

« Analysa ! Attends ! ».

« C'est bon Marco, reste où tu es. Analysa sait ce que tu penses d'elle ».

« Je suis vraiment désolé Alessandro. Je suis tombé sous le charme de Lydie ».

« Je comprends petit frère, elle est sublime cette fille. Malgré cela, tu es quand même un petit merdeux. Tu aurais pu être loyal envers Analysa. Quand on n'aime pas une personne, on ne lui promet pas la lune ».

« Ton frère à raison Marco. Même si cette fille t'a fait perdre la tête, Analysa ne méritait pas cela. Vous auriez pu aller ailleurs pour vous envoyer en l'air ».

Les larmes aux yeux, Lydie défendait Marco.

« Pourquoi vous nous parler ainsi ? Qui sont ces hommes Marco ? ».

« Je me présente Daniello Velanichi, le frère de cet imbécile ».

« Imbécile vous-même. De quel droit vous traitez d'imbécile votre frère. Et vous, qui êtes-vous ? ».

« Alessandro Falcollini le propriétaire des lieux. Maintenant rhabillez-vous tous les deux ».

La journée des fiançailles fut annulée. Les invités étaient très peinés pour Analysa, certains étaient repartis. Les trois sœurs, leur cousine Carla, Monica, Violetta, Florentina, Paola et Fiona étaient dans la chambre d'Analysa pour la consoler. Monica était très en colère après son jeune frère.

« Quel petit con celui-là. Je vais lui dire deux mots ».

« Vous vous rendez compte, il m'a traité de petit boudin. Il paraît que je suis prude. Vous auriez vu, comment il lui faisait l'amour. Il n'en a jamais fait autant avec moi. D'ailleurs, je n'ai jamais eu d'orgasme ».

« La preuve que ce n'est pas le bon ! Avant avec les mecs je ne ressentais rien. Depuis Paul, c'est fabuleux ! ».

« Moi, idem avec Jamil. Mes anciens amants ne pensaient qu'à eux ».

« Ah bon ! Mais combien d'amants tu as eu Juliana ? Tu sais moi je n'ai eu qu'Alessandro et c'est extraordinaire de jour en jour ».

« Moi aussi avec Nadir, c'est formidable. Mais ne t'inquiète pas Analysa, nous allons y remédier. Alors comme ça tu es prude et un petit boudin ! Bon ! Eh bien, pas de soucis, nous allons te moderniser. Dans deux mois je me marie. Je suis sûre que tu trouveras l'amour, le vrai, à mon mariage. Tu sais, Nadir a deux frères encore célibataires ».

« Attends un peu Fiona, moi aussi je veux faire la connaissance d'un des frères de ton mari. Quand je vois Nadir et Jamil, j'aimerais beaucoup passer une nuit avec eux ».

« Eh attention ma chère cousine. Ne t'avise pas à tourner autour de mon homme Carla ».

« Et le mien non plus. Petite peste ».

Carla éclata de rire.

« Je m'amuse les filles. Bien que finalement, je vais prendre le désert avec ces beaux mecs ».

Fiona et Juliana attrapa Carla et la jeta sur le lit. Cela remettait, du baume au cœur à Analysa d'apercevoir sa sœur Juliana et sa cousine Carla plaisantaient comme elles avaient l'habitude de le faire étant petite.

Les deux cousines s'adoraient si bien qu'elles faisaient leurs études de médecine ensemble. Le mois dernier elles avaient passé quinze jours de vacances à la principauté de Monaco.

« Un peu de sérieux les filles ! Que, faisons-nous pour notre adorable Analysa ? Si tu veux bien, ma chérie lundi matin nous allons faire les boutiques à Milan. Ensuite tu resteras à dormir chez moi ».

Les filles souriaient par l'aplomb de Fiona qui essayait toujours d'arranger les choses à sa façon.

« Fiona à raison, nous allons te transformer en femme super-sexy. Fini tes robes jusqu'aux genoux et tes tricots cols roulés. Tu es très belle Analysa. À partir de lundi ma belle, tu seras la fille, la plus sexy de nous toutes en jupe courte et en décolleté plongeant ».

« Je n'oserai jamais m'habiller avec ce genre de vêtements ».

« Tu as intérêt. Tu verras, tous les hommes se retourneront sur toi ».

« Je voulais que ce soit Marco ».

« Oublie mon petit frère. Il ne te mérite pas, ma chérie ».

En fin de journée, Alessandro et les deux frères Velanichi, attendaient Marco au salon de la ferme Falcollini. Raffaello était très en colère après son jeune frère.

Marco entra dans la pièce et vint s'assoir en face des trois hommes.

« Excusez-moi pour mon imprudence de ce matin ».

« J'espère que cette fille a foutu le camp ? ».

« Non, Raffaello. Lydie a décidé de demeurer avec moi dans mon logement pendant quelques semaines ».

Raffaello commençait à s'emporter.

« Mais as-tu perdu la tête ? Crois-tu qu'elle va rester vivre avec toi ? C'est une *puttana* cette fille. Elle veut juste prendre du bon temps avec toi et après elle te jettera comme une merde ».

« Tu es jaloux parce qu'elle est plus belle que Violetta. As-tu un problème dans ton couple ? Ou ta femme ne te satisfait plus au lit ? ».

« Je n'ai aucun problème dans mon couple et Violetta me satisfait tout à fait. Et puis ce n'est pas moi le sujet. C'est de toi qu'on parle ».

Alessandro et Daniello restèrent en retrait. Ils attendaient d'intervenir s'il y avait altercation entre les deux frères.

« Je vais partir m'excuser auprès d'Analysa. Mais ne me demande pas l'impossible. Cela fait quinze jours que nous sommes amant Lydie et moi. Je ne suis pas amoureux de cette fille, mais pour le moment je suis très bien avec elle ».

« Tu fais vraiment, une grosse connerie en laissant tomber Analysa. C'est une fille bien. Je suis sûr qu'elle ferait une bonne épouse et une mère aimante ».

« Écoute Raffaello, Marco n'est plus entiché d'Analysa, il vaut mieux que ce soit maintenant et non plus tard avec des marmots. Regarde, nous avons eu l'exemple avec l'autre enfoiré ».

Monica entrait dans la pièce rejoindre ses frères et Alessandro.

« Même si je ne conçois pas ce que tu as fait petit con, je suis d'accord avec Daniello ».

« Vous n'avez plus du tout de nouvelles de votre père ? ».

« Non, Alessandro : qu'il brule en enfer ».

Alessandro n'était toujours pas d'accord avec son père Paolo. Pourtant, de les entendre tous les quatre parler comme ça d'Octavio lui faisait froid dans le dos.

Marco serra une poignée de main à ses frères et à Alessandro. Il embrassa sa sœur. Il sortit de la ferme et se dirigea vers le domaine Soberini. Il aperçut Juliana et demandait à voir Analysa.

« Je ne pense pas qu'elle ait vraiment envie de te parler Marco ».

« C'est bon Juliana, je vais lui dire le fond de ma pensée ».

« Analysa, j'aimerais beaucoup, m'expliquer, sur ce qui s'est passé ce matin ».

« Écoute Marco, je sais ce que tu penses de moi. Alors maintenant tu vis ta vie et laisse-moi faire la mienne ».

« Je veux que nous restions amis. Nous nous connaissons depuis notre enfance ».

« Laisse-moi maintenant. Adieu Marco ».

Une semaine plus tard, Monica et Ricardo baptisèrent leurs enfants. Le beau temps était au rendez-vous. Fiona était ravie d'être marraine pour la première fois. Nadir souriait de voir sa femme si émue pendant la cérémonie.

Plus tard, toute la famille se trouvait devant un grand buffet. Des tonnelles étaient installées sur le majestueux parc de la ferme Falcollini.

Marco essayait de se rapprocher d'Analysa. Il la trouvait très belle et très sexy dans sa robe échancrée où régnait son magnifique corps.

En début de semaine, Analysa était partie faire quelques boutiques avec Fiona et Monica à Milan. Elle avait changé toute sa garde-robe.

« Tu es très belle Analysa ».

« Je te remercie Marco. Je suis marraine de ta nièce donc il fallait que je sois présentable ».

« Je suis désolé pour ces paroles déplacées. Je ne pensais pas un mot ».

« C'est bon Marco. Aujourd'hui, je souhaite passer à autre chose. Peut-être que moi aussi je ressentirais une attirance pour un bel homme ».

« Je te le souhaite. Tu le mérites ».

« Au fait Lydie n'est pas avec toi ? ».

« Elle avait un défilé à Paris. Elle reviendra la semaine prochaine ».

« Es-tu amoureux ? ».

« Je crois que oui. Excuse-moi de t'avoir fait du mal. Je souhaite vraiment que nous restions amis ».

« Je veux bien que nous restions amis Marco. Tu m'as rendu un grand service en me traitant de boudin. Je vais vivre ma vie pleinement. Je te souhaite d'être heureux Marco ».

« Merci Analysa. Je t'aime comme un grand copain ».

« Moi aussi Marco ».

Marco embrassa Analysa affectueusement sur la joue.

Salimar

Au mois d'octobre, Nadir et Fiona étaient au Moyen-Orient où ils préparaient leur mariage oriental. Ils attendaient la famille.

Valentina avait dessiné les robes de ses trois sœurs, de Monica ainsi que celle de Paola pour le mariage. Elles avaient souhaité des modèles particuliers. Leur devise : être nue sous leur robe. Aucune barrière pour leurs compagnons.

Le jour du mariage, les hommes portaient le smoking. Les femmes étaient belles dans leur toilette signée « Tina Soberini ».

Sofia portait une robe rouge carmin, fendue sur le côté où elle dévoilait une jolie jambe toute bronzée. Elle avait fait couper ses magnifiques cheveux bruns en un carré court. Juliana habillée d'une robe longue dorée était d'une merveilleuse beauté. Sa jeune sœur Analysa, était méconnaissable avec ses cheveux noirs coupés court à la garçonne. Elle portait, une robe bleue : même style que sa sœur Juliana. Elle se sentait gêné. Pour elle, l'échancrure sur le devant était trop profonde. Sa forte poitrine était près de jaillir. Monica qui avait retrouvé sa taille fine était admirable dans un fourreau noir, tout aussi décolleté que celui des filles Juliana et Analysa. Quant à Valentina, elle était sublime dans une robe courte rose pâle.

Leurs compagnons les dévoraient du regard. Même Sami n'avait d'yeux que pour Analysa.

« Dis-moi Jamil ! Qui est cette adorable jeune femme ? ».

« Tu n'as pas reconnu Analysa ? ».

« Analysa ! Mais elle a beaucoup changé ! Elle est sublime dans cette robe. Elle a un corps à se torturer l'esprit. Je vais arrêter de l'admirer, sinon je vais être obligé de prendre une douche froide ».

« Dis-moi, tu n'es pas accompagné par cette jolie brunette ? ».

« Oh ! J'ai juste passé la nuit avec cette fille. Je l'ai invité pour ne pas venir seul. Demain, elle reprend le premier avion. Par contre, je ne vois pas Marco ! ».

Sami avait dévié la conversation. Il n'avait surtout pas envie de raconter son abominable nuit. Depuis sa maladie, il n'arrivait à rien. Il était impuissant et frustré. Il en parlait souvent avec Nadir qui était son médecin cancérologue. Néanmoins, en contemplant Analysa, il avait un céleste désir : la jeune femme lui faisait un bel effet. Un début d'érection se faisait sentir. Cela ne lui était pas arrivé depuis des années.

« Elle est venue toute seule. Elle a surpris son Marco le jour de leurs fiançailles en mauvaise posture avec une autre femme. Si tu vois ce que je veux dire ».

« Oh bon sang ! Raconte-moi ».

« C'est un mannequin qui est venu faire des photos avec une créatrice parisienne. D'abord, elle a essayé de coucher avec Nadir ».

« Attends ne me dit pas que notre frère est déjà infidèle à Fiona ».

« Mais non Sami. Arrête tes idioties ! ».

« Je plaisante. Bon continu ton histoire ».

« Marco s'est occupé personnellement de la jeune demoiselle. D'après ce que j'ai compris Alessandro et Analysa les ont surpris dans un box en train de faire l'amour ».

« Oh ! Merde ce n'est pas très sympa tout ça. La pauvre ! Je veux bien lui prêter une épaule si elle veut ».

« Essaye, tu verras bien. Toutefois à mon avis Analysa n'est pas près de faire confiance à un homme : surtout un Play boy comme toi ».

« Tu as bien changé, c'est l'amour qui te fait parler comme ça ? ».

« Bon je te laisse ».

« Oui, oui, échappe-toi vite avant que je ne raconte n'importe quoi ».

« Chut ! On va nous entendre. Au fait tu sais qu'après le mariage nous avons rendez-vous avec Nadir pour la clinique à Milan ».

« Oui change de discours ne t'inquiète pas je n'ai pas oublié mon frère. Allons-y, Nadir nous attend ».

Au palais, une somptueuse salle était destinée pour les mariages de la famille princière. Elle pouvait accueillir huit cents personnes. Des journalistes, des photographes et caméramans étaient installés pour publier les plus belles photos dans des magazines. Le mariage serait retransmis dans tous les pays du Moyen-Orient.

La famille Falcollini au complet prit place dans les bancs de devant avec la famille Tassini et la famille Soberini.

Jamil, le frère de Nadir et ami de Juliana, était avec ses frères et sœurs du côté du marié. Sami lançait des regards vers Analysa. Il la trouvait vraiment belle. Même pour le mariage civil de Nadir et Fiona en Italie, il avait eu un coup de cœur pour la jeune femme. Mais à ce moment-là, il ne pouvait pas l'approcher : la jeune femme sortait avec Marco.

« Arrête d'admirer Analysa, c'est gênant ».

« Elle est tellement belle et cette poitrine me rend fou de désir ».

« Oh ! Calme-toi Sami ».

« Les deux sœurs se ressemblent à foison. Je t'envie d'avoir une copine aussi belle ».

« Es-tu tombé amoureux de ma future belle-sœur ? ».

« Chut la cérémonie va commencer ».

Nadir attendait impatiemment Fiona. Maher, le témoin, souriait de voir son frère si nerveux, cela ne lui ressemblait pas.

Les deux hommes étaient habillés en tenue traditionnelle du pays. Les yeux brillants, Nadir était très ému : sa magnifique Fiona arrivait vers lui au bras de son oncle Paolo.

443

Dans sa éblouissante robe bleu ciel et dorée, les couleurs de la principauté de Salimar, Fiona était merveilleuse. Sa chevelure cuivrée et son visage coiffé d'un voile transparent bleu ciel tenu par un diadème en diamants et un saphir sur le front ne laissaient paraître que ses beaux yeux bleus. Elle portait un collier de diamants et saphirs, offert par Nadir pour la naissance de leur premier enfant.

Deux imams commencèrent la cérémonie. Plus tard, les échanges de consentements se réalisèrent. Tout le monde acclama les mariés en criant de joie. Nadir embrassa Fiona sur le front. Ils étaient très émus l'un et l'autre.

Nadir contempla Fiona avec des yeux pleins d'amour. Il était passionné par tout ce qu'elle évoquait pour lui. De l'amour qu'il lui livrait.

« Je t'aime Fiona ».

« Je t'aime Nadir ».

À la venue des mariés, les félicitations et les embrassades s'exécutèrent avec bonne humeur. Des danseuses orientales dansaient autour des mariés. Fiona se prêtait au jeu. Au son de la musique elle se déhancha devant lui. Un désir lui vrilla le ventre de voir sa femme virevolter autour de lui sensuellement. Nadir posa ses mains sur la taille de Fiona. L'approcha vers lui en l'embrassant. Tout le monde frappait des mains. Un photographe immortalisa la scène.

Les invités, amis et familles entrèrent dans une salle splendide : le monde des mille et une nuits. Des tables rondes pouvant recevoir huit personnes étaient toutes couvertes de nappes blanches. Des couverts en or, des assiettes de porcelaine blanche surmontées d'un filet d'or étaient tout simplement remarquables. Des bougies sur chaque table donnaient un éclairage chaleureux. Tout était fait avec beaucoup de goût. L'habillage des murs, avec ses rideaux blancs et lumineux fabriqués dans des tissus remplis de noblesse donnait un côté très romantique. Le voilage au plafond était travaillé pour une parfaite harmonie de la décoration du sol au plafond.

Un somptueux lunch était servi accompagné de cocktails de fruits. Dans un coin entièrement réservé aux mariés un divan blanc était destiné à Nadir et Fiona.

Les mariés firent leur entrée. Nadir avait changé son habit traditionnel pour un costume trois-pièces blanc. Fiona changeait de tunique traditionnelle, toutes les heures, avec l'aide de Valentina et Monica, ainsi que Paola.

Un repas oriental attendait tous les invités. Il y avait des feuilletés aux noix et aux amandes. Des gâteaux de semoule farcie aux dattes et aux amandes. Des cornes de gazelles aux amandes, et des brochettes de fruits. Les jus de fruits et le thé à la menthe coulaient à flots.

La musique orientale se faisait entendre. Des danseuses venaient danser devant le divan des mariés. Une magnifique brune, invita Nadir. Elle dansa devant lui. Très provocante, elle lui souriait d'un air aguicheur, en virevoltant et en emprisonnant de son voile blanc transparent. La danseuse était d'une beauté époustouflante. Son costume blanc faisait ressortir son teint foncé. Un soutien-gorge en dentelle blanche, un pantalon ouvert de chaque côté dévoilait ses sublimes jambes. Nadir avait posé ses mains sur la taille nue de cette danseuse. Ils dansèrent ensemble en se regardant.

Fiona les fixait, elle ne pouvait plus continuer à regarder son mari et cette danseuse. Elle se leva discrètement et partit aux toilettes. Avec sa robe imposante, elle se trouvait immonde.

Valentina la retrouva et la consola.

« Viens, ma chérie. Tu vas lui offrir une jolie leçon à ton époux ».

« Quand j'aperçois toutes ces femmes qui se trémoussent auprès de Nadir, ça me donne la nausée ».

« Je vais te donner un conseil ma chérie. Tu vas partir te retirer cette robe imposante. Nous allons trouver un costume de danseuse et tu vas te trémousser devant tous ces hommes ».

« Non, Valentina, je ne peux pas faire cela. Nous sommes dans un pays où la femme n'a pas le droit de regarder ou de danser devant d'autres hommes que le sien ».

« Ah bon ! Alors Nadir a le droit de le faire ! Je pensais que Salimar était un pays moderne et puis Fiona ma chérie, je t'ai connu beaucoup plus audacieuse. Viens, ne reste pas à attendre que le spectacle se termine. J'ai demandé un costume à une danseuse ».

Analysa arriva près d'elles. Elle regardait sa sœur Valentina et Fiona en riant. Les deux jeunes femmes ne saisissaient pas ce que disait Analysa. La jeune sœur de Valentina n'arrivait pas à articuler.

« Qu'est-ce qu'il t'arrive Analysa ? Mais tu as bu ? Où as-tu trouvé de l'alcool ? ».

« Non, juste un verre d'alcool. Il y avait une bouteille qui traînait là. Mais Valentina a raison.

Il faut que tu lui montres ce que tu as dans le ventre Fiona. Tu ne vas pas laisser Nadir danser avec cette aguicheuse. Défends-toi *bella mia*. Tu es la plus somptueuse ».

« C'est d'accord, allons-y ».

Dix minutes plus tard, Fiona se trouvait au milieu des danseuses. Nadir était toujours avec la même danseuse. Elle se faufila entre Nadir et sa partenaire et lui fit signe d'un regard noir de s'éclipser. Fiona savait danser la danse orientale. Sa belle-sœur Djamila lui avait donné quelques leçons. Elle débuta un déhanchement devant Nadir. Ce dernier pensait rêver en voyant Fiona en danseuse orientale. Elle était très belle. Il vint à sa rencontre en passant un bras autour de sa taille. Les seins opulents de Fiona étaient prêts à jaillir de son fin soutien-gorge de dentelle bleu nuit.

Nadir sentait son érection grossir.

« Fiona, mon amour, c'est une belle surprise. Je ne vais pas pouvoir rester là sans rien faire ».

« Tout le monde nous regarde mon chéri ».

« Dansons un peu avant de nous éclipser ».

Les invités rejoignirent les mariés. Nadir prit la main de Fiona et l'emmena dans un couloir.

Ils entrèrent dans une petite pièce sombre. Il embrassa son épouse. Sa langue s'enroula à celle de sa femme. Il baissa les bretelles du soutien-gorge et libéra ses seins. Il les prit en coupe et huma son odeur entre ses deux magnifiques globes. Il alluma la lumière et souriait en voyant la petite pièce où il avait amené Fiona.

« Je suis désolé mon ange, j'aurais dû faire un effort de prendre le chemin de notre chambre. Je suis tellement excité que je n'ai pas pu aller plus loin ».

Fiona baissa la fermeture éclair du pantalon de Nadir. Elle dégagea sa verge gonflée de désir. Elle le masturba et caressa ses testicules.

« Fiona doucement mon ange ».

Nadir fit reculer Fiona contre le mur. Il lui retira son pantalon et son string. Il la souleva et l'incita à lui encercler la taille de ses sublimes jambes. Nadir entra en elle affectueusement. Il commença un langoureux va-et-vient.

Fiona se tenait à ses épaules robustes. Leurs souffles et leurs gémissements se mélangèrent. Les yeux aimantaient à ceux de Nadir, Fiona bascula dans la jouissance. Nadir poussa un cri rauque et éjacula. Ils restèrent un moment uni l'un dans l'autre. Il la serra davantage contre lui.

Sa langue longeait son cou, son oreille, sa joue et ses lèvres.

« Tu m'as fait une très belle surprise *habibi*. Je ne savais pas que tu dansais aussi bien la danse du ventre. À partir de maintenant tous les soirs tu te déhancheras pour moi ma beauté ».

« À moins que tu ne te paies les services de la danseuse de tout à l'heure : celle avec qui tu te frottais. Ça devenait indécent. Tu ne t'es même pas aperçu que je n'étais plus là ».

« Je ne me frottais pas à elle. Fiona ! Que vas-tu chercher là ? C'est pour ça que tu es venue en costume. Tu es jalouse ma beauté ? ».

Fiona s'empourpra. La colère montait d'un rang.

« Ne te moque pas de moi *per favore* et oui je suis jalouse Nadir. Je suis désolée. Voilà, c'est notre première dispute en plus le jour de notre mariage ».

« Excuse-moi mon amour. Tu n'as pas à être jalouse, c'est la coutume. Une danseuse doit danser avec le marié. Je t'aime *habibi*. Tu étais sublime devant moi à danser la danse du ventre. Vous êtes une magnifique princesse. Fiona al-Quatir ».

Nadir et Fiona retournèrent à la réception. Sami dansait tout seul. Sa petite amie d'un soir était repartie. Une petite dispute était survenue après la cérémonie. Il l'avait raccompagné à son hôtel.

Analysa se déhanchait excessivement devant Sami : ce qui faisait sourire ses sœurs. Elles ne l'avaient jamais vue aussi dévergondée.

La jeune femme s'avança près de Sami le frère de Nadir et tomba dans ses bras.

« Sami ! Tu es magnifique. Fais-moi l'amour s'il te plait ».

« Tu as trop bu Analysa ».

« Non ! Je n'ai rien bu. Pourquoi tu dis ça ? Ze n'ai rien bu. Za compris rien bu. Fais-moi l'amour Sami ».

« Non ».

« Pourquoi es-tu méchant avec moi ? Tu me trouves grosse toi aussi ? Hein ! Il paraît que je suis une boudine. *Per favore* Shamir ».

« Arrête. Tu n'arrives même pas à prononcer mon prénom convenablement ».

« Allez ».

« Non ».

451

« Méchant. Tu es méchant Rabi ».

Sami secoua la tête. Valentina essayait de la raisonner. Mais rien à faire, elle défiait le jeune homme. Fiona la fit sortir de la salle.

« Fiona ! Tu m'avais promis que je trouverais l'amour, le vrai à ton mariage. Mais tu es une menteuse toi aussi. Je ne t'aime plus ».

Fiona resta sans voix. Sami arriva à ses côtés.

« Laisse Fiona, je vais l'amener dehors. Reste avec tes invités ».

« Merci Sami. Excuse-la. Elle n'est pas dans son état normal ».

Fiona pleurait en parlant à son beau-frère. Nadir prit sa femme dans ses bras. Les trois sœurs laissèrent Sami s'occuper d'Analysa.

Le couple sortit de la salle. Sami l'emmena au jardin persan, dans lequel deux architectes iraniens avaient conçu pour symboliser l'Eden et les quatre éléments naturels : le ciel, la terre, l'eau et les végétaux. Un endroit très paisible, d'une beauté éblouissante. Analysa était éblouie par ce lieu majestueux.

« C'est splendide ici. Ce doit être agréable de vivre dans ce palais ».

L'allée principale se trouvait juste au milieu du jardin et commençait devant le palais. La grande piscine se prolongeait jusqu'au bout du jardin. Deux rangées de buis se trouvaient sur les deux côtés de l'allée au milieu de laquelle coulait un ruisseau qui se divisait en deux dans le jardin. De très beaux cyprès embellissaient le parc. Dans l'ensemble, la flore comprenait toute une variété d'arbres et de fleurs. Les principaux produits des arbres fruitiers étaient essentiellement la grenade et les agrumes.

« Je reste sans voix par toute cette beauté ».

« Merci Lysa. Viens, allons-nous asseoir sur le banc ».

« Lysa ! ».

« Oui. Tu permets que je t'appelle Lysa ? Je trouve que cela te va mieux qu'Analysa ».

« Si tu le souhaites Sami, alors pourquoi pas. Je veux que tu sois le seul à m'appeler ainsi ».

« Merci pour ce privilège ».

Sami installa Analysa sur ses genoux. Elle passa ses bras autour de son cou et se mit à sangloter. Ses larmes mouillaient le col de sa chemise. Il la consola en caressant son dos. Elle avait une peau bronzée et divinement douce.

Elle était très belle. Il glissa sa main sur le bas du dos jusqu'à l'échancrure de ses reins. Sami sentit la peau nue de ses fesses sous ses doigts. Il commençait à sentir un début d'érection.

Analysa gigotait sur ses jambes. La fente de sa robe s'écarta légèrement : assez pour dévoiler un joli pubis épilé. Sami déglutit et se sentait de plus en plus mal à l'aise. Il ne voulait surtout pas profiter d'elle. Néanmoins il n'arrivait plus à contrôler son désir pour elle. Sa main remonta sur sa cuisse jusqu'au centre de sa féminité. Il passa un doigt sur sa vulve humide. Elle était tout aussi excitée, que lui. Il pressentait de l'électricité entre eux.

Sami et Analysa s'embrassèrent.

« Sami ! Suis-je vraiment grosse ? Trouves-tu que je ressemble à un boudin ? Paraît-il que je serai prude ? ».

« Celui qui t'a dit cela est un idiot. Il ne mérite pas que tu t'intéresses à lui. Tu es magnifique Analysa Soberini. Tu es la plus belle femme que je connaisse et tu me fais un effet fou ».

« Sami, j'aimerais que tu me fasses l'amour. Je suis sûre que tu es un amant exceptionnel. Avec Marco je n'ai jamais eu d'orgasme ».

« Parce qu'il n'a jamais su t'aimer Lysa ».

« Toi, le saurais-tu ? ».

« Oui, ma puce ».

Sami et Analysa s'embrassèrent de nouveau.
Leurs langues s'enroulèrent sensuellement. Elle
avait un goût d'alcool, qu'il aimait beaucoup. Il
écarta les pans de sa robe et découvrit des seins
généreux. Elle avait une belle poitrine et des
formes exquises.

« Lysa ! Es-tu prête à faire l'amour avec moi ?
Je ne souhaite pas que tu aies aucuns regrets
demain : que tu penses que je profite de toi ».

« Non, Sami, je te promets de n'avoir aucuns
regrets. Je veux sérieusement faire l'amour avec
toi ».

« Demain, tu auras repris tes esprits, tes idées
seront plus claires ».

« Je t'assure, que je vais mieux ».

« Tu es amusante Lysa. Tu parles comme une
enfant. Je te propose de venir danser un peu et
boire du thé. Ça va te dessoûler davantage. Je
ne veux pas que tu penses que j'abuse de toi ».

« Non, Sami ! Tu sais, je suis une grande fille
de vingt et un ans. Et toi, quel âge as-tu ? ».

« Vingt-six ans. Viens, allons-y maintenant Je te ferai l'amour dans ma chambre en fin de journée ».

En voulant se lever, Analysa le repoussa et se mit à califourchon sur ses genoux. Elle souleva sa robe jusqu'à sa taille. Sami perçut un adorable sexe. Elle se frotta sur son érection.

« Arrête Lysa. Tu me rends fou de désir ».

Analysa souriait. Elle continuait à l'exciter. Sami baissa sa braguette et sortit son membre viril de son caleçon. Analysa scrutait l'imposant sexe de Sami.

« Caresse-moi Lysa. Maintenant que tu m'as excité, tu dois continuer. Et l'autre te trouve prude ! C'est peut-être lui qui a des difficultés, parce que tu es très excitante ma Lysa ».

Analysa attrapa sa verge gonflée de ses doigts fins. Elle se caressa le clitoris avec son gland.

La tête inclinée en arrière, Sami gémissait. Un vertige le surprit. Il ne saisissait d'où venait cet étourdissement. La fixant droit dans les yeux, il la supplia.

« Viens Lysa. Je veux être en toi mon amour.

Analysa descendit sur son sexe. Sami sentit une chaleur qui l'entoura. Il n'avait pas mis de

456

préservatif : il n'y avait aucun risque qu'Analysa tombe enceinte parce qu'il était stérile.

« Hum ! Cette chaleur, c'est paradisiaque ! Je n'ai jamais ressenti cela Lysa ».

Pourtant, Sami avait eu plusieurs maîtresses. Même sans bouger, il était tout prêt à exploser. Néanmoins, il souhaitait donner du plaisir à Analysa. Il commença un tendre va-et-vient. Un autre vertige survint.

Analysa bougea son bassin. Elle adorait ce qu'elle partageait avec Sami. Un orgasme arriva, une contraction de plaisir survint dans son bas-ventre. Elle criait de bonheur. Elle n'avait en aucun cas été aussi heureuse. Les muscles de son sexe resserrèrent celui de Sami.

Sami et Analysa criaient leurs jouissances. Il explosa en elle. Ils restèrent un long moment enlacer.

« C'était fabuleux Sami. Je te remercie ».

« Je ne trouve pas de mots Lysa. Je n'ai jamais connu une jouissance aussi fabuleuse que celle que j'ai partagée avec toi. Ce soir je te donne rendez-vous dans ma chambre. Pour une belle nuit d'amour ma puce ».

Main dans la main, Sami et Analysa entrèrent dans la salle de réception. Ils se dirigèrent vers Nadir et Fiona.

Analysa s'excusa pour ses paroles blessantes.

« Je suis désolée Fiona. Pardon pour ce que je t'ai dit, tu n'es pas une menteuse et je t'aime ».

« Je te pardonne Analysa ».

Nadir entraîna Fiona au milieu de la piste. Il la câlina tendrement lui prouvant son amour. Elle était très belle dans sa robe fluide qui dessinait ses jolies formes. Il avait déboutonné sa chemise jusqu'au nombril, dévoilant un torse musclé, raisonnablement velu. Il faisait très chaud. Malgré la climatisation, les hommes étaient tous torses nus.

Sami dansait parfaitement la salsa. Analysa se laissa conduire par son partenaire expérimenté. Il l'enlaça langoureusement en frottant son sexe à ses fesses. Cela devenait très érotique.

« Après cette danse, allons dans ma chambre ma chérie ».

« Tu as encore envie de moi ! ».

« Plus que jamais Lysa. C'est très excitant de savoir que tu es nue sous cette robe ».

« Moi aussi j'ai de nouveau envie de faire l'amour Sami. Tu es un amant exceptionnel. Je veux découvrir les préliminaires avec toi ».

« Avec plaisir ma belle. Viens partons d'ici ».

Jamil dansait avec Juliana. Il souriait de voir son frère Sami et Analysa s'éclipser de la salle de réception. Son regard tomba sur son frère ainé Maher. Son visage était terne. Avec sa femme Razzia rien n'allait plus.

Juliana le surprit en train de fixer au loin.

« Qu'est-ce que tu regardes ? Y a-t-il une jolie fille qui te plait là-bas ? ».

« Non, que vas-tu t'imaginer ma chérie ? Je regarde mon frère Maher. Je le trouve triste. Il n'aurait jamais dû suivre le protocole ».

« Tu penses que son couple s'épuise ? ».

« Je me demande s'ils se sont vraiment aimés un jour ! ».

« Au mariage civil il a couché avec Regina ».

« Oui, mais pas un mot ma chérie. Il ne faut pas que cela se sache ».

Maher regardait autour de lui, tout le monde s'amusait. Son épouse Razzia plus loin assise sur une chaise parlait avec sa belle-sœur Samia.

Regina, la sœur de Ricardo vint s'asseoir près de Maher.

« Tu n'as pas l'air très en forme mon chéri ! Veux-tu un peu de compagnie ? ».

« Cette nuit, je veux bien ton joli corps près de moi ».

« Hum ! M'inviterais-tu à faire l'amour ? ».

« Oui. Mais je voudrais que nous soyons plus discrets ».

« Excuse-moi de t'avoir mis dans l'embarras. Ton épouse est-elle au courant ? ».

« Je n'ai absolument pas de compte à rendre à mon épouse ».

« C'est comme ça que vous agissez avec vos femmes ici ! Eh bien, pauvre Fiona, moi qui l'envie d'être l'épouse de Nadir ».

Un attroupement se faisait à l'entrée de la salle.

« Que se passe-t-il Maher ? ».

« Je ne sais pas. Rejoins-moi dans une heure aux écuries. À tout à l'heure ma belle ».

Nadir était très ému d'apercevoir son grand-père Issam arrivait au milieu du diner. Les deux hommes se prirent dans les bras et s'enlacèrent chaleureusement sous le regard ému de Fiona.

« Viens t'asseoir avec nous grand-père. Tu m'as fait une agréable surprise. Comment es-tu venu jusqu'au palais ? ».

« Les gardes sont venus me chercher, pour que je participe au mariage de mon petit-fils. Il y a des années que je ne suis pas venu au palais. La salle est magnifiquement décorée ».

« Je reviens grand-père ».

Cinq minutes plus tard, Nadir revint avec Paolo et Ana. Il ne savait pas comment allait se passer le rapprochement entre Issam et sa fille Ana.

« Grand-père, voici Paolo et Ana Falcollini les parents d'Alessandro. Paolo et Ana je vous présente mon grand-père Issam ». ».

« Enchanté Votre Altesse ».

« Il y a longtemps que j'ai laissé mon titre au palais. Appelez-moi Issam ».

Issam serra la main de Paolo puis celle d'Ana entre les siennes. Il fixa les yeux noirs de la mère d'Alessandro. Elle avait les mêmes yeux que lui. Une larme lui coulait le long d'une joue. Il serra plus fort la main d'Ana, avant de s'écrouler dans les bras de Nadir.

« Grand-père. Vite, appelez le médecin ».

« Nadir fait installer ton grand-père dans ma chambre. Je vais l'examiner ».

« Merci père ».

Plus tard, dans la chambre, Issam demanda à Hassan d'aller chercher Ana. Il souhaitait leur parler à tous les deux.

« Pourquoi père veux-tu parler avec Ana ? ».

« S'il te plait Hassan ».

Ana et Hassan étaient assis de chaque côté du lit où Issam était allongé. Elle ne comprenait pas ce qu'elle faisait là.

« Pourquoi Votre Altesse, vous vouliez me voir ? Je ne suis pas à ma place ici. Hassan vous vouliez bien m'expliquer ? ».

« Père veut nous voir à tous les deux Ana. Nous t'écoutons père ».

« Il y a plus de cinquante ans, je suis tombé éperdument amoureux d'une femme ».

« C'est pour cela que tu me demandes de venir ? Je ne veux pas ressasser cette période de ma vie, où j'ai souffert de l'absence d'un père ».

« Hassan, laisse-moi parler ».

Issam reprit son récit.

« C'était une actrice italienne. Elle était d'une sublime beauté. Je l'ai connu ici sur mes terres, ils tournaient un film. Un soir je l'ai invité à diner, puis nous nous sommes revus plusieurs fois. Je l'invitais à Salimar ou c'était moi qui lui rendait visite en Italie ».

« Je sais très bien qui vous êtes Votre Altesse. Néanmoins, il me semble que c'est un peu tard pour les remords ».

« S'il te plait Ana. Je ne t'ai jamais abandonné si c'est cela que tu penses ».

Ana se leva brusquement de sa chaise.

« Je ne penses rien du tout Issam al-Quatir. Mon oncle Mauricio m'a raconté toute cette histoire avec ma mère. Tu m'as abandonné le jour des funérailles de Claudia. Le jour de mon anniversaire. Le jour de mes dix ans. Pourtant, ce jour-là, j'ai cru mourir de chagrin ».

« Père nous allons te laisser te reposer. Nous reviendrons te voir plus tard dans la soirée ».

463

« Non. Ana s'il te plait, maintenant que je t'ai retrouvé, ne me laisse pas dans ma peine ».

« Désolé Votre Altesse. Hassan, je vous laisse avec votre père ».

Ana sortit de la chambre. Elle retrouva Paolo qui ne comprenait pas ce que voulait Issam à sa femme. Elle lui raconta l'histoire d'Issam et de sa mère Claudia.

« Il est complètement dérangé cet homme. Je comprends Hassan qui n'ait jamais voulu avoir affaire avec lui ».

« Issam est mon père Paolo. Je l'ai compris le jour où Nadir est venu nous rendre visite à Bergame ».

« Pourquoi ne m'as-tu rien dit *tesoro* ? ».

« Parce que pour moi il ne fait plus partie de ma vie. Il m'a abandonné le jour de mes dix ans. Je veux rentrer chez nous ».

« Nous ne pouvons pas *tesoro*. L'avion privé n'est pas près de décoller ».

« Eh bien, je vais demander à Fiona de me réserver un avion pour l'Italie. Je ne désire pas rester un jour de plus ici. Autrement je dors à l'hôtel ».

« Je reviens *amore mio*. Je vais en discuter avec notre fils ».

« Non, ne me laisse pas toute seule ici ».

« Je reviens au plus vite ».

En allant chercher Alessandro, Paolo croisa Enzo Falcollini.

« Que voulait Issam ? ».

Paolo raconta à son père le récit d'Ana. Enzo lui certifiait la vérité d'Issam.

« C'est ce vieux fou de Mauricio qui a séparé Ana de son père. Nous nous sommes opposés avec Valentino, malgré cela il n'y a rien eu à faire. Mauricio avait perdu sa sœur, et il ne souhaitait pas perdre sa nièce. Il a préféré dire à Issam que sa fille était morte avec sa mère ».

« Pauvre homme ».

« Oui, pauvre homme. D'après ce que m'a raconté Alessandro, après la mort de Claudia, Issam est parti prier au cœur du désert pour ne plus revenir au palais ».

« Parce que mon fils est au courant ? ».

« Ton fils est au courant le jour où Nadir l'a présenté à Issam. Alessandro est revenu me demander des explications et je lui dis toute la vérité ».

« Pourquoi ne suis-je au courant de rien dans cette ferme ? ».

En contestant d'être de mauvaise foi, Enzo s'emporta contre son fils.

« Parce que simplement tu ne désires jamais rien écouter. À l'époque pendant lequel ton fils a appris pour Issam, il allait très mal. Valentina vivait à Paris. Il n'avait plus aucune nouvelle d'elle. Ensuite, il a épousé Sofia sans amour pour cette petite. Cependant, tu as dénié croire à l'amour qu'Alessandro portait pour Valentina. Tu as eu beaucoup de mal à faire confiance à ton propre fils : que ce soit dans ses projets professionnels ou sa vie privée. Voilà pourquoi tu n'es au courant de rien *figlio* ».

« Ne te mets pas en colère *padre*, ce n'est pas bon pour ton cœur ».

« Mon cœur va très bien, par contre celui de ta mère m'inquiète. Nonna est de plus en plus fatiguée. À notre retour en Italie je vais aller demander à Enrique de lui faire passer des examens ».

« Oui, mais tu sais comment est *mamma*, elle ne veut jamais écouter les conseils du *dottore* ».

« Elle sera bien obligée. Je n'ai pas l'intention d'être veuf. Nous avons encore beaucoup de choses à partager ».

« Merci d'avoir pris le temps de m'en parler *padre* ».

« Maintenant, va retrouver Ana et va dire à ton épouse que son père l'aime. Qu'il n'a jamais souhaité l'abandonner. Bien au contraire. Issam était très amoureux de Claudia. Tout comme Nadir envers Fiona. Il me semble être quelques années en arrière ».

« Alessandro a bien failli les séparer ».

« Ton fils est très protecteur envers sa soe... enfin envers Fiona ».

Plus tard dans la soirée, Hassan, le père de Nadir, souhaitant faire plaisir à la famille de sa nouvelle belle-fille Fiona, avait autorisé un peu d'alcool pour la nuit, en faisant parvenir d'un producteur français du champagne.

Alessandro, un peu émoustillé, porta un toast aux mariés. Il leva son verre de champagne et vint devant Nadir et Fiona. Il commença son discours.

« Je suis très heureux ma puce que tu puisses connaitre le grand amour. Tu rêvais tellement de rencontrer ton prince arabe et te marier avec. Voilà qu'un jour, je fais des études à Genève et je rencontre ta perle rare. Mais. Parce qu'il y a un, mais dans l'histoire. Cet homme que tu as à tes côtés refusait de parler de toi : il détestait les rousses ».

Nadir lui lançant un regard noir. Il voyait sa Fiona se décomposer. Il lui caressa le dos pour la détendre et l'embrassa sur la joue.

« N'écoute pas ce qu'il raconte. Je t'aime ma beauté ».

Alessandro s'adressa à Nadir.

« Nadir te rappelles-tu tous les propos que tu balançais sur ses pauvres filles ? Tu n'avais que Nelly dans la peau. Mais maintenant je suis très content de votre union. Nadir, mon ami, mon frère, nous vous souhaitons avec Tina, tout le bonheur du monde et d'avoir autant d'enfants que nous ».

Le lendemain après un mariage féerique, le personnel nettoyait la salle. Ils préparaient une deuxième journée de mariage.

Nadir, Alessandro, Ricardo et Paul prenaient un café sur la terrasse, leurs femmes dormaient encore. Nadir fit des reproches à Alessandro pour son discours. Il avait presque dû supplier Fiona de faire l'amour pour leur nuit de noces.

« Désolé Nadir, je n'aurais pas dû parler de notre jeunesse ».

« Le champagne te fait dire n'importe quoi ».

« Je sais, excuse-moi Nadir ».

Ricardo détourna la discussion. Il pressentait la mauvaise entente entre les deux copains.

« Bon nous avons un couple qui s'est formé hier soir ».

Paul entra dans le jeu de Ricardo.

« Oui, notre petite Analysa a fait rire les filles en jouant le grand jeu à Sami. J'espère que ça durera autant que Jamil et Juliana. As-tu un don al-Quatir pour accoupler tes frères avec mes belles-sœurs ? ».

« Je n'y suis pour rien Paul ».

« Je trouve qu'il forme un joli couple ».

« Ouais avec Marco aussi ils formaient un joli couple, mais il est tombé sous le charme d'une belle blonde. Est-ce qu'il paraît al-Quatir que tu avais les yeux là où il ne fallait pas ! ».

« Ah non Paul je t'arrête tout de suite. Cette fille s'est exhibée devant moi ».

« Ouais… Ne me dis pas que cela ne t'a pas excité ? ».

« Certes, elle était très belle, mais de là à être excité comme un vrai adolescent. Ce n'est plus pour moi ».

Nadir ne comptait pas parler à ses copains le départ d'érection qu'il avait eu en voyant le joli sexe de cette belle blonde. Depuis la rencontre avec Fiona, il espérait être guéri de ces sublimes gazelles blondes longilignes et bronzé.

Dans les appartements du palais les princes al-Quatir avaient invité discrètement leur amie. Jamil avait attendu que son père Hassan ne soit plus dans les parages pour partager son lit avec Juliana. Le couple resta toute la matinée au lit à se donner du plaisir.

Dans l'appartement d'à côté Sami et Analysa discutaient en se câlinant.

« J'aimerais beaucoup te revoir Lysa. Tu me plais terriblement ».

« Non, je ne préfère pas Sami ».

« Pourquoi ? Est-ce que tu n'as pas aimé la nuit que nous avons passé ? ».

470

« J'ai adoré ce que nous avons partagé. Mais je sors d'une douloureuse rupture. Je ne désire pas encore retomber amoureuse. Je ne veux plus souffrir. Je suis désolée Sami, je ne sais pas où j'en suis avec Marco ».

« Ne sois pas désolée Lysa. Ce n'était qu'un plan cul : une aventure d'un soir. Si tu désires partir retrouver ton Marco, je ne te retiens pas. La porte est grande ouverte. Adieu Analysa ».

Les yeux brillants, Analysa sortit du lit toute tremblante. Mais pourquoi lui avait-elle parlé de Marco ? Quelle idiote ! Alors qu'elle n'en avait plus rien à faire. Elle était tombée vraiment sous le charme de Sami. Elle se rhabilla et partit dans la chambre d'amis prévue pour elle au troisième étage. Elle prit une douche et se changea. Elle enfila un joli jean et un bustier turquoise.

À l'autre étage, Alessandro entra dans une chambre d'ami après son déjeuner. Valentina était couchée et très palie chotte. Il prit une douche et s'allongea à côté d'elle en la prenant dans ses bras.

« Ça ne va pas mieux *tesoro* ? Je trouve que tu es plus malade que pour les autres grossesses ».

« Pour Sandro, j'étais aussi souffrante, ainsi que pour les jumeaux rappelle-toi ! ».

471

« Oui, c'est vrai. Tu te sens capable de venir manger ? »

« Non, rien que de parler nourriture, je me sens mal ».

« Je vais rester avec toi *amore mio*. Les enfants viendront t'embrasser dans l'après-midi. Essaye de dormir ».

« Non va déjeuner. Je vais dormir un peu. Mais je veux savoir d'abord, comment, va ta mère ? Elle m'a fait peur quand elle sortit de la chambre ».

« Ma mère est partie se coucher vite après la discussion avec Issam. Ce n'était pas facile pour elle cette confrontation. Surtout quand elle a su que je connaissais Issam ».

« La pauvre ».

« Bon je vais aller déjeuner. Veux-tu que je te fasse porter du thé ? ».

« Non, pas pour le moment ».

Alessandro excusa Valentina pour le repas. Il s'installa à la table de ses parents Paolo et Ana de sa marraine Alessandra et son oncle Ricardo Tassini. Luigi et Isabella étaient partis en ville avec Paul, Sofia et les enfants.

Au fond de la salle de réception, Enzo parlait avec Valentino et Issam. Alessandro vit sa mère se lever et se dirigea d'un pas décidé vers les trois hommes.

« Je n'ai pas dormi de la nuit. Je suis très en colère après toi Enzo ».

« Ana, viens t'asseoir près de moi. Je vais tout te raconter ».

« Pourquoi m'as-tu laissé penser Enzo que mon père m'avait abandonné ? ».

« Quelques jours après les funérailles de ta mère, nous sommes allés avec Tino rencontrer ton oncle. Nous n'étions pas d'accord avec lui, surtout quand nous avons aperçu Issam repartir complètement anéanti. Mauricio ne voulait pas te laisser partir avec ton père, il a préféré mentir en disant que tu avais péri dans cet accident. Comme je me suis opposé à ton oncle, il m'a tiré une balle à l'épaule ».

« Ce n'est pas possible ! ».

« Pourtant Enzo dit la vérité Ana. Moi j'ai reçu une balle dans la jambe. Je suis resté deux semaines à l'hôpital ».

Ana était bouleversée par l'histoire des deux hommes. Son oncle Mauricio était infâme, mais cela elle le savait déjà. Il n'avait jamais été un homme bon.

Ana et Issa se regardèrent avec tendresse.

« Est-ce que tu désires savoir comment j'ai rencontré ta mère ? ».

« Oui, je veux bien ».

Issam raconta, son histoire. Les larmes aux yeux, Ana l'écoutait attentivement. Elle était émue d'apprendre que son père avait encore beaucoup d'amour pour sa mère et elle-même.

« Je suis parti prier et méditer dans le cœur du désert. Je vous ai aimé toutes les deux mon enfant. Ton oncle Mauricio m'a interdit de vous dire un dernier adieu. Je suis repartie chez moi en pleurant et hurlant à en devenir fou ».

« Pourquoi m'avoir menti ? ».

« Peut-être que ton oncle a voulu te protéger Ana. Ta mère a été tuée. Nous n'avons jamais su qui a commandité cet assassinat ».

« Mais toi Enzo tu dois savoir ! Tout comme toi Valentino ! ».

« Non, Ana, nous ne le savons pas. Je suis sûr que ton oncle n'était même pas au courant. Nos pères faisaient des petits trafics. Nous avons eu

474

des problèmes avec la mafia. Mais delà a tué une femme, je ne crois pas ».

« En voulant me protéger, il m'a privé d'un père ».

« J'ai une photo de ta mère que je conserve précieusement contre mon cœur. Tiens voici la photo ».

Ana regarda la photo de Claudia. Elle déposa un baiser sur le cliché et le rendit à Issam.

« Quand j'ai vu Nadir pour la première fois, il me semblait te voir. Il te ressemble beaucoup. J'espère qu'il sera un bon mari pour Fiona ».

« Mon petit-fils est loyal. Il me parle de Fiona depuis des années. Nadir est très amoureux de Fiona tout comme je l'étais pour ta mère ».

« J'aimerais que tu te recueilles sur la tombe de *mamma* ».

« Je viendrais me recueillir sur la tombe de mon grand amour et ce jour-là, je te raconterai tout sur ma vie ».

Issam regarda ses petits-fils. Il était très fier de Nadir, celui qu'il adorait le plus. Cet homme robuste, orgueilleux et tout comme lui, il s'était mis à genoux devant une belle Italienne : Fiona,

475

la belle Fiona qui lui faisait penser à son amour Claudia.

Nadir et trois de ses frères se retirèrent après le déjeuner dans le bureau de leur père Hassan. Il y a un an, il avait acheté une vielle clinique à l'abandon à Milan. Les travaux étaient terminés, la clinique était flambante neuve. Le directeur et la secrétaire des ressources humaines, qu'il avait employées, se chargeaient d'engagé trois cents personnes en milieu médical et administratif. Il désirait ses frères pour ce projet imposant.

Jamil accepta. Ils avaient projeté avec Juliana de s'installer ensemble à Milan. Maher, à trente-trois ans, était un grand chirurgien cardiologue reconnu dans le monde entier. Il accueillit cette belle opportunité pour refaire sa vie ailleurs que dans son pays. Il devait en parler à Razzia, sa jeune épouse. Sami souhaitait réfléchir à l'offre de son frère.

Nadir écoutait son frère Jamil taquiner, son autre frère Sami sur la nuit passée avec Analysa.

« Analysa désire rentrer ce soir en Italie ».

« Comment le sais-tu Nadir ? ».

« Elle m'a demandé de partir avec le jet qui décolle ce soir pour l'Italie ».

476

« Ah bon ! ».

« Je ne crois pas qu'Analysa va oublier Marco aussi vite. Ils sont sortis deux ans ensemble ».

« Tu as oublié Nelly ! Pourtant vous étiez en couple pendant plus de deux ans ».

« C'est vrai avec Nelly, nous avions partagé beaucoup de choses ensemble. Malgré cela elle m'a trompé en se faisant avorter ».

« Ah ! Et Marco, ce qu'il a fait à Analysa, tu appelles ça comment ? ».

« Je sais que ce n'est pas facile pour toi, mais tu verras, un jour, tu rencontreras une femme que tu aimeras plus que ta vie ».

« Je pensais l'avoir trouvé, mais tu ne m'aides pas en me décourageant Nadir. Je peux te poser une ultime question ? ».

« Oui ».

« Qui as-tu aimé le plus ? Nelly ou Fiona ? ».

Nadir souffla entre ses dents.

« Pourquoi n'arrives-tu pas à répondre ? ».

Nadir se retourna et vit Fiona derrière lui.

« Allons-nous détendre ma beauté ».

477

Fiona avait tout entendu, Nadir ne savait pas de qui il était le plus amoureux entre Nelly et elle ! Elle se sentit mal, les larmes lui brouillaient la vue.

« Fiona ! Ma chérie, pourquoi ce chagrin ? ».

« Je veux savoir d'abord de qui es-tu le plus amoureux, Nelly ou moi ? ».

« *Habibi* ».

« Si tu n'es pas sûr de ton amour pour moi, je préfère le savoir tout de suite avant d'avoir un second enfant ».

« Ma chérie, je sais de qui je suis amoureux. C'est de toi Fiona et toi seule ».

« Je ne sais plus quoi penser. Je crois que tu n'es pas tout à fait guéri de ta gazelle blonde ».

Nadir rattrapa Fiona et l'enlaça.

« Je t'aime Fiona. Tu ne me partageras jamais avec une autre femme.

Une autre belle journée se préparait pour les mariés. Ce mariage féerique dura une semaine. Toute la famille de Fiona était restée jusqu'au dernier jour. Seule Analysa était rentrée dès le deuxième jour en Italie avec des amis italiens.

478

Bergame

Pendant ces deux mois Alessandro avait eu beaucoup de travail. Il avait agrandi sa scierie et embauché quatre hommes de plus dans son équipe. Il étudiait avec son architecte un projet colossal. Il voulait faire un village vacances, avec parc d'attractions, des piscines avec leur toboggan, un restaurant, une salle de mariage ainsi que plusieurs logements pour recevoir les clients : tout cela sur dix hectares de terrain.

Valentina quant à elle avait signé tous ses modèles de la collection de l'été. Elle les envoya dans ses ateliers à Paris et à New York.

À Noël, cette année, le repas se faisait chez les Soberini. Au milieu du repas, Fiona annonça sa grossesse, elle attendait pour le mois d'aout. Tout le monde les félicita. Valentina enceinte de cinq mois commençait à se sentir un peu mieux. Elle avait moins de nausées matinales.

Tous les enfants, émerveillés devant le grand sapin, attendaient pour ouvrir les cadeaux. Il y avait, des consoles de jeux pour Matteo et sa sœur Laora. Un train électrique pour Sandro. Un petit vélo pour Damien. Des Lego pour Leo, Paolo et Enzo. Une très belle poupée pour

479

Alexandra. Des chevaux à bascule pour Nael, Valeria et Martin et des peluches pour Sandra et Alessandro les petits derniers de la tribu.

Les deux copines Valentina et Monica avant la fin du repas étaient parties se recueillir sur la tombe de leurs bébés. Les deux jeunes femmes avaient déposé chacune un énorme bouquet de fleurs.

Valentina prit la main de Monica.

« Nous sommes copines depuis toujours. Je n'aurais jamais cru, que nous aurions la même destinée ma chérie ».

« Moi non plus Valentina. Nous avons été trompés par les personnes que nous aimons et nous avons perdu chacune un bébé. Tout cela par la faute de cruels individus. Quand je pense que nous n'avons plus de nouvelle d'Octavio et qu'il galope dans la nature sans même savoir si nous sommes en bonne santé Marco et moi. Il ne sait même pas qu'une petite fille est morte. Je le hais. Je le hais tellement, que je lui planterai un couteau en plein cœur ».

Alessandro et Ricardo arrivèrent au cimetière retrouvé leur compagne.

« *Tesoro*, tu es peut-être très en colère contre ton père, mais je ne veux pas que tu émettes des propos aussi funestes. Cela ne te ressemble pas mon amour ».

« Excuse-moi Ric. Mais notre fille n'a pas sa place au cimetière ».

« Viens, ma chérie, rentrons ».

Alessandro et Ricardo enlacèrent Monica et Valentina dans les bras. Ils partirent au domaine rejoindre la famille.

Au moment du dessert, la famille se souhaita un « *Buon Natale* ».

Les hommes partirent au salon pour déguster un cognac. Les grands-parents Enzo et Lucia Falcollini ainsi que Valentino et Juliana Soberini se retirèrent pour aller se coucher. Ana et Paolo en firent autant, ainsi que Luigi et Isabella et Ricardo et Alessandra. Depuis un moment, les enfants étaient au lit.

Les quatre hommes leur souhaitèrent une bonne nuit.

« Alors Alex, ta semaine à Londres s'est bien passé ? ».

« Non, Ric pas si bien que ça. Je suis tombé sur un promoteur qui ne croit pas, au projet des logements en bois ».

« Ah merde ! C'est emmerdant pour toi ? ».

« Non, ce n'est pas un souci. Il y a un autre promoteur qui serait intéressé pour un village vacances en Allemagne ».

« Je suis content pour toi Alex. Et toi Nadir avec tes frères ? ».

« En bien, je suis satisfait. Mon frère Jamil prendra ses fonctions dans un an dès qu'il a fini ses études à Paris puis Sami dans deux ans. Par contre, Maher je n'ai pas de nouvelles. Je sais qu'il devait en discuter avec son épouse ».

« Analysa compte aussi sur ta clinique pour commencer sa carrière ».

« Ne te fait pas de souci Alessandro, ta petite belle-sœur à sa place comme kinésithérapeute ainsi que Juliana comme pédiatre. Et bien sûr ma tendre Fiona finit, son internat à la clinique avec Paola ».

« Nous avons eu une belle surprise en voyant Issam à votre mariage ».

« Oui, ça m'a fait plaisir. Je ne m'attendais pas à ce qu'il fasse une apparition au palais. Enfin, je suis ravi que grand-père ait pu rencontrer sa fille Ana ».

« Je suis chanceux de pouvoir correspondre avec mon deuxième grand-père. Je te remercie Nadir de m'avoir fait découvrir le désert, ainsi que de m'avoir donné un grand-père ».

« Je ne suis pour rien Alessandro. Cependant, je suis heureux d'être ton cousin ».

« Il devait venir se recueillir sur la tombe de ma grand-mère ».

« Issam viendra. Il a des affaires à régler au palais ».

« Tu crois vraiment qu'il va laisser le désert pour faire un aller-retour en Italie ? ».

Nadir souriait. Pour le moment, en aucun cas il ne devait révéler à personne le changement de vie d'Issam. Lui seul était dans la confidence de cet illustre homme. Combien il idolâtrait son grand-père ! ».

« Ce qui me chagrine à moi, c'est pourquoi il a repoussé la photo de Monica ? Il me disait que je serais très heureux avec une femme et avoir beaucoup d'enfants. À cette l'époque je sortais avec Laurence, je pensais qu'il me parlait d'elle. C'est pour ça que j'ai forcé le destin en voulant me fiancer à Laurence ».

« Un jour, tu auras l'occasion d'en parler avec Issam. Il te dira pourquoi il a repoussé la photo de Monica ».

« J'espère Nadir ».

Paul dans son coin écoutait ses trois copains. Il se reservit un verre de cognac et le but d'un trait sec. Alessandro fronça les sourcils.

« Tu as un problème Paul ? ».

« Non, rien de grave Falcollini. Je vais me coucher. Bonne nuit les gars ».

« Tu ne veux rien me dire ? ».

« Bonne nuit les gars ».

Une fois Paul parti, Alessandro se posait des tas de questions.

« Tu sais quelque chose Nadir ? ».

« Non, comment veux-tu que je connaisse les tracas de Paul ? ».

« Je ne sais pas peut-être avec Nelly ».

« Ne recommence pas s'il te plait Alessandro. Nelly, c'est professionnel, je ne me déplace plus à Paris. Je ne fais que l'appeler pour savoir si tout se passe bien. Fiona est près de moi quand je donne ce coup de téléphone ».

« Oh les gars ! Vous n'allez surtout pas vous quereller le soir de Noël ! ».

« Non, tu as raison Ric. Excuse-moi Nadir ».

Dans la pièce à côté, les femmes restèrent à table pour parler. Seule Analysa restait pensive. Elle avait rendez-vous la semaine suivante chez son gynécologue. Elle était sûre d'être enceinte de deux mois. Elle ne voulait pas en parler à Fiona, ni à sa sœur Juliana. Elle allait attendre d'abord les résultats des examens.

Fiona parlait de l'émotion de Nadir quand il avait vu son grand-père.

« Oui, c'était très émouvant de voir Nadir, les larmes aux yeux. Dis-moi ma chérie est-ce que je pourrais prendre un rendez-vous avec toi après mon échographie ? ».

« Bien sûr, Valentina. Quand est-ce que tu passes ton échographie ? ».

« Le mois prochain. Alessandro veut à tout prix m'accompagner ».

« Laisse-toi chouchouter ma chérie. Bon je vais me coucher. Je commence à être fatigué ».

« Nous te suivons Fiona. Bonne nuit les filles et que l'année à venir soit riche en émotion ».

Monica remercia Sofia en la prenant dans ses bras.

« Merci Sofia, bonne nuit à toi aussi ».

Depuis le mariage en juin dernier, les deux femmes avaient enterré la hache de guerre. Elles ne se voyaient pas fréquemment. Pourtant, elles appréciaient des soirées comme celle-ci avec les autres jeunes femmes de la famille.

Juliana partit se coucher seule elle aussi. Jamil n'avait pas pu venir à Bergame. Il était de garde à l'hôpital à Paris.

Après les embrassades, les six jeunes femmes Valentina, Monica, Sofia, Analysa, Juliana ainsi que Paola crièrent toutes ensemble.

« BONNE ANNÉE »

Prochainement

Vertige D'amour

La légende D'Issam

TOME IV

Sissi Olano

Printed in Great Britain
by Amazon